冰島謎蹤

雷克雅維克懸案

REY KJA VIK

RAGNAR JÓNASSON

KATRÍN JAKOBSDÓTTIR

拉格納・約拿森　卡特琳・雅各布斯朵蒂 ——— 著　蘇雅薇——— 譯

本書獻給阿嘉莎・克莉絲蒂，
感謝妳激發我們對偵探小說的愛

主要角色名單

譯名說明：冰島人的「姓氏」大多數情況下實為父親的名字加上後綴，「...son」代表「某某的兒子」，「...sdóttir」代表「某某的女兒」。例如馬丁（Marteinn）與蘿拉（Lára）為父女，蘿拉的全名即為蘿拉・馬丁朵蒂（Lára Marteinsdóttir），意即「馬丁之女蘿拉」。

蘿拉・馬汀朵蒂　一九四一——？

華勒・羅伯森　《威庫巴迪報》的記者

蘇娜・羅伯朵蒂　文學系學生，華勒的妹妹

瑪格麗特・索拉倫笙　政治系學生，華勒的女友

尤庫奇・索拉倫笙　律師，瑪格麗特的父親；前法務部長

娜娜・索拉倫笙　律師，瑪格麗特的母親

古納・古納森　神學系學生，華勒和蘇娜的朋友

凱特琳・古瓊朵蒂　瑪格麗特在戶政機關的朋友

卡蜜拉・埃納朵蒂　蘇娜的房東

克里斯欽・克里斯欽森　警察

古德綸・雷克達	克里斯欽的妻子
史諾理・埃西森	警察
達拜圖・史坦森	《威庫巴迪報》的編輯
蘆菲・卡斯朵蒂	達拜圖的妻子
巴爾杜・馬迪亞森	《威庫巴迪報》的記者
斯維里和奇帝	《威庫巴迪報》的員工
歐樂芙・伯倫戴	維澤島的過去居民
奧塔・歐卡森	律師，歐樂芙的丈夫
索荻絲・亞歷山大朵蒂	演員
芬努・史蒂文森	批發商，索荻絲的丈夫
保羅・尤韓尼森	市議員
葛恩珞・哈拉朵蒂	保羅的妻子
伊莉莎白・埃約夫朵蒂	保羅的秘書
赫尼・艾佛德	地產開發商
馬汀和艾瑪	蘿拉・馬汀朵蒂的父母

第一部

一九五六年

八月六日

灰帽子飛到海上去了。

克里斯欽踏出操舵室，欣賞菲查弗希灣的美景，眺望平坦碧綠的小島襯著後方的群山緩緩靠近。當突來的狂風襲擊小漁船，他反應得很快，可惜仍不夠快，想抓住帽子的手只抓到空氣。他永遠不會開口承認，但他覺得還不算太糟：帽子是未婚妻送的聖誕禮物，其實不怎麼適合他。現在他有藉口買新帽子了。

他只得露著頭訪視雷克雅維克外海的維澤島，不過整趟行程注定只是浪費時間，所以又何妨呢？克里斯欽才二十幾歲，重大的工作通常不會交辦給他，但今天是八月的國定假日週末，他的主管不在，因此由他值班。

八月早晨站在船上，無從躲避狂風，太陽又藏在雲後，感覺短暫的冰島夏天彷彿已經結束了。由於沒有固定的渡輪來往小島，克里斯欽必須臨機應變，拜託他認識的老漁民幫忙。

船長從操舵室用沙啞的聲音叫道，「快到了，克里斯欽。」即使沒人看得到，克里斯欽仍點點頭，把外套多扣上一個釦子，好抵禦寒意。他盡量往好處想，就算別無收穫，跑這一趟至少換個環境。

年約三十的女子站在棧橋旁等他。克里斯欽請漁夫朋友一個半小時後回來接他。等他回到鎮上，整個早上都要被這趟行程花掉了。

女子朝他伸出手。「我叫歐樂芙．伯倫戴，歡迎來到維澤島。」她表情嚴肅，沒有笑容。

他說，「妳好嗎？我叫克里斯欽。」他覺得歐樂芙的態度有些古怪。她看來有點坐立不安，但他又可以發誓她因為見到他而鬆了一口氣。

「往這邊。」她靦腆地說，領頭從棧橋爬上綠草如茵的斜坡。他跟在後頭，注意到她留了一頭紅色短髮，身穿厚厚的羊毛衣。

兩棟別緻的紅頂白牆房舍出現在小島的兩座綠色山丘之間：老舊的丹麥殖民風格宅邸和旁邊的小教堂。他們越走越近，克里斯欽才注意到房子多破敗，牆壁和窗框的油漆都剝落了。他在屋子後方看到幾間搖搖欲墜的附屬建物，其中一棟看來像牛棚；都是當年的農場留下來的殘跡。走到半路，歐樂芙停下來轉身說：「我們沒有要過去。我先生在家——我們住在附近。」

克里斯欽點點頭。「沒有人——」

她打斷他：「我們有宅邸的鑰匙，但沒有人住在那兒。屋況雖然有點殘破，但以屋齡來看，其實狀態還不錯。你知道嗎？那棟房子兩百年了——是冰島最古老的石造建築。」

「那個叫蘿拉的女孩子——」

她再次打斷他：「你跟我先生談比較好。」

克里斯欽走在她身旁，兩人都不發一語。島上吹著強勁的風，不過即使沒有陽光，也比渡海時來得溫暖。他們走了好幾分鐘後，他問道：「不好意思，妳說妳和先生住在這裡？」

「我們春天搬來住在我家的房子，去年夏天也在島上過的。這邊……」她頓了一下，「很難找到這樣的地方了。」

克里斯欽非常同意；小島確實景色宜人，海灣湛藍的海水環繞碧綠的草原，襯著高聳的埃夏山。然而他覺得歐樂芙的口氣聽起來不甚肯定。

她繼續尷尬地說，「離我們家不遠了，大概在宅邸和舊學校中間。」

他們一面走，他一面讓思緒遊蕩。在室外呼吸新鮮空氣不錯，但他寧可在夏末之日做些不一樣的事。受到三年前艾德蒙．希拉里和丹增．諾蓋征服聖母峰的新聞鼓舞，這幾年他和幾名老友閒暇時開始爬山。雖然克里斯欽從不奢望挑戰高峰，他還是進步不少。幾天前，新聞才報導有人第一次爬上冰島北部奧克斯拿達的皇端基山，克里斯欽還認識跟美國人一起攻頂的那兩名冰島人。他多希望現在人在山上，而不是維澤島寧靜的城郊。

雖然地勢平坦，他還是步步為營，小心走過長滿生草叢的地面。他記得以往母親會笑說，即使地面非常平坦，冰島男人走路還是像要跨過生草叢。不過他很擔心在這兒拐到或扭傷腳踝——或弄髒西裝外套。他有三套西裝：現在身上的淺灰色西裝最新；細條紋那套有點破舊了；黑色那套他主要穿去葬禮等正式場合。

前方出現一棟古老的木屋，黑色油漆斑駁，屋況明顯走下坡了。這時一隻北極燕鷗俯衝掠過克里斯欽的頭頂，他伸手本想抓帽子趕走鳥兒，這才想起帽子應該漂浮在菲查弗希灣了吧。

「別擔心。」歐樂芙說，「交配季過了，牠不會攻擊你。」她的語氣變得輕鬆一些，彷彿一時忘了她在跟執勤的警察說話。

她先生沒有出來迎接他們，克里斯欽不禁猜想他們為何派歐樂芙去接他下船。這對夫婦平常就這樣，還是背後有什麼原因？

他們走到屋子，歐樂芙簡短地說，「請進。」

克里斯欽走進室內，來到起居室的一角。室內很溫暖，以這個時節來說甚至有些不舒服。

「奧塔？」歐樂芙叫道，「奧塔，他到了。」

克里斯欽聽到樓上傳來聲響，接著隆隆腳步聲響徹木製老屋。歐樂芙不發一語走進起居室，從橡木大餐桌旁拉出一張椅子，示意克里斯欽坐下。

他坐下等候，她也坐了下來。

「早安。」走下樓梯的男子說，「我是奧塔。我想你就是克里斯欽？」

「沒錯，非常感謝你願意見我。我在電話上只能簡單說明，不過我們很擔心蘿拉的狀況。」

「她決定離開。」奧塔直接了當地說，「她辭掉這裡的工作，我不知道為什麼。夏天剛開始時，我們非常滿意她的表現；她感覺工作努力又認真。不過近來的年輕人……」他說話時面無表情。克里斯欽瞥了歐樂芙一眼，她垂下眼。

克里斯欽問，「可以告訴我她幾歲嗎？」不過他早知道答案了。

歐樂芙輕聲回答，「十五歲。」

「十五歲。」克里斯欽復述。「你是說她決定回去雷克雅維克？回她的家？」

奧塔回答，「沒錯。」

「什麼時候？」

「星期五，星期五早上。我當然反對。我們說好她整個夏天都會在這兒幫傭，但怎麼說她都不聽。」

克里斯欽又瞥了歐樂芙一眼。她坐著動也不動，低頭盯著雙手。

「我在電話上也說了，沒有人在雷克雅維克見到她，或接到她的聯絡……」克里斯欽讓說一半的話懸在半空，觀察他們的反應。歐樂芙沒有抬起眼；奧塔依舊面無表情。

「或許我換個問法好了：你們星期五有看到她離開嗎？」

「我們從這裡看不到棧橋。」奧塔回答，「我也沒有義務要歡送她離開。對我來說，如果有人想走，那也是他們自己的事。」

「歐樂芙，妳呢？妳有看到她離開嗎？」

歐樂芙搖搖頭。「我什麼都沒看到。」她的話聽起來有點空洞。

「她打算怎麼回到鎮上？」

「我完全不知道。她說有人會來接她——我想是朋友或親戚吧。我沒有注意船隻往來。」

克里斯欽問，「你們有自己的船嗎？」

「當然有。」奧塔說，「但她沒有請我們載她回去。說實在話，她造成我們這麼嚴重的不便，我也不打算主動載她。況且我說過了，她說她自己安排好了。」

「你們確定她離開了？」

「這是哪門子的問題？」奧塔發火了，「我們當然確定。她說了再見，我們再也沒看到她。」

克里斯欽看向歐樂芙，等她回答。她沉默了一會兒才說：「對，她絕對走了。她把家當都帶走了。」

「之前她都會定期聯絡父母。」克里斯欽說，「所以這個週末沒接到她的電話，他們就開始擔心了。他們沒有聯絡你們嗎？」

「嗯，他們有。」奧塔回答，「我也跟他們說了剛才同樣的話。我實在不懂你何必大費周章跑來，我們在電話上就能回答你的問題。你自己也看得出來她不在。」

「我需要在島上走走才能確定。維澤島滿大的吧？」

奧塔說，「從頭到尾總共三公里。」

歐樂芙補上，「海灣上最大的島。」

「我想應該有很多能躲的地方？」

「這個嘛，」歐樂芙說，「當然有我們家和那棟宅邸，還有教堂跟舊學校，還有……」

「歐樂芙，我想我們不用列出島上所有的房子。」奧塔插嘴，「他覺得非確認不可，就隨他去吧。我只是想不通，他為什麼覺得蘿拉會在島上躲一整個週末。」

克里斯欽問，「她還好嗎？」

奧塔反問，「什麼意思？」

「她心情不好嗎？有理由懷疑她有所隱瞞嗎？比方說有祕密瞞著你們？」

奧塔張嘴要回答，但似乎又決定作罷。沉默好一陣子後，他說：「那個女孩沒問題，她只是厭倦了跟我們待在這兒。問我的話，她走了也好。明年夏天我們會更加慎選幫傭。」

「我了解了。不管怎麼說，她還沒回到父母家，大家總會擔心，就這樣而已。當然，可能她週五離開這兒——」

奧塔打斷他：「可能？我跟你說，她離開了，後來不管發生什麼事都跟我們無關。目前沒有沈船的消息，所以合理推論她一定到了某個地方。」

「如果發生這種意外我們一定會聽說。」克里斯欽說，「問題是，週五沒有船開到島上的紀錄，不過不排除有人來接她。她跟你們一起住在這棟房子嗎？」

奧塔不耐煩地問，「不然她還能住在哪裡？」

「我可以看看她的房間嗎？」

奧塔聳聳肩。「在樓上，不過沒什麼好看。」他沒有要動的意思，倒是歐樂芙站起身。

「我帶你上去。」她的口氣比先生稍微友善一些。

老舊木屋的每一階樓梯踩了都嘎吱作響。客房很小，但還算溫馨，天花板傾斜，房內有個書架，從老虎窗能看到海。

克里斯欽問，「這些書是她帶來的嗎？」

「喔，不是，是我們的書。我們在每個房間都有放書，能塑造很好的氣氛。我先生有不少藏書。你應該知道，他是律師，其實挺有名的。」

克里斯欽確實聽過這個名字。他點點頭。

「奧塔想要減少事務所的工作，暫時投身學術研究。我們打算嘗試暑假都住在這兒。能夠近距離……」她越講越小聲，撇開頭。

克里斯欽問，「她把所有家當都帶走了嗎？」

「對，都帶走了。」歐樂芙說，「什麼都沒留下來。」

「她有跟妳說什麼嗎？」

「嗯？」

「蘿拉，在她離開之前？」

「你的意思是？」

「她怎麼解釋她的決定？」

歐樂芙遲疑了一下。「她沒有解釋。」最後她說，「她，呃，她就走了。」

「她離開前總有說什麼吧。聽妳先生說，她跟你們說她要走了。」

「喔，對，抱歉，我不是那個意思。她只說她想提早辭職，希望我們同意。我們雖然不開心，但當然同意了。」

「妳不替她擔心嗎？」

「擔心？呃，沒有，我們現在才聽說她沒回到家。不過我相信她沒事。」

「希望沒事就好。」

「我們下去吧？」

克里斯欽點點頭，跟著歐樂芙走下狹窄又嘎吱響的樓梯。

他們走進起居室時，奧塔不見蹤影。克里斯欽四處張望，結果奧塔在他身後咳了一聲，嚇得他跳起來，猛然轉身，心跳快得不舒服。

「有人打電話找你。」

克里斯欽驚呼，「什麼？」

「電話，找你的。」奧塔重複一次，彷彿他的話再正常不過。「去裡面接——我的書房。」

「喔？」克里斯欽困惑地跟著奧塔進到擺滿書的房間，視線落在都是高等法院判決的書架。書桌上放著黑色話機，話筒躺在一旁。房內明顯有霉味，看來室內的破敗程度跟外表一樣。

克里斯欽問，「誰想要找我？」

奧塔回答，「當然是警方的人。」

克里斯欽把話筒舉到耳朵旁，緊張地左右換腳支撐身體。他注意到每次轉換重心，地板都會發出空洞的砰一聲。下面一定有個潮濕的地窖。他心想，他不會想住在這樣的木造老屋。

他對話筒說，「我是克里斯欽．克里斯欽森。」

「克里斯欽，哈囉，我是埃里克。」克里斯欽馬上知道是誰，對方在警局的位階高他兩階，是他主管的主管。

他靦腆地回答，「哈囉……」

「奧塔聯絡我，希望我們解釋為什麼你問他和太太那些奇怪的問題。」

「我只是照慣例提問。我在調查十五歲少女的失蹤案，好幾天沒有人看到她……」

「也就是說，她逃家了吧？」

「這個嘛，我們無法確定。她在維澤島幫傭，她的父母擔——」他來不及把話說完。

「沒必要為了這件事麻煩奧塔和歐樂芙。你還大費周章親自跑去島上？」

克里斯欽想要抗議，試圖解釋，但轉念一想又怕造成反效果。「其實我剛好要走，該看的都看完了。」

「太好了。替我跟奧塔問好，好嗎？還有歐樂芙．伯倫戴。別忘了喔？」

埃里克掛了電話。

克里斯欽小心將話筒歸位，試著裝作什麼事都沒有。

他告訴奧塔，「不是什麼急事。」

他們從書房出來時，歐樂芙站在起居室。

「好吧，我想差不多了，除非你們剛好想起什麼？」克里斯欽依序看著夫妻倆。

奧塔回答，「沒有了。」

克里斯欽說，「那我們也只能期望她現身了。」

奧塔又替夫妻倆回答。「一定會的。我想不會有人再這樣跑來了吧。」

「最後一件事。」克里斯欽說，「船還要一會兒才會回來接我，你們不介意我等的時候在附近晃晃吧？」

「隨便你，」奧塔說，「島不是我們的。」

「那我就去附近散個步。非常謝謝你們撥空。」

克里斯欽前往歐樂芙提過的校舍。學校位在島嶼東端，孤伶伶紀念二戰期間遭到遺棄的村莊。他沿著長草的小路走，赫然感到島上的孤寂。中世紀時期，維澤島上有一座富有的修道院；後來小島成為總督住所，但現在除了奧塔和歐樂芙，只剩岸邊刺耳尖叫的海鳥還住在島上。路程比他想得長。等他走到，他發現兩層樓的木造校舍果然空無一人，沒有蘿拉曾經來過的痕跡。他回頭朝上岸的地方走，中途停下來試試十八世紀石造小宅邸的門，但門鎖著。他想起歐樂芙提到他們有鑰匙，可是他不敢為了借鑰匙再打擾夫妻倆。他思索該怎麼辦。狹窄的地峽幾乎將維澤島一分為二，克里斯欽盤算是否要越過地峽去探索島嶼北半部，但發現這回沒有時間了。

克里斯欽不希望讓船夫等他，便迅速朝棧橋的方向走去。隔著狹窄的海峽能看到美麗的雷克雅維克，小鎮正快速成長為都市，到處都有新社區出現，大膽的現代教堂也在小丘頂端逐漸成形。結果他提早抵達棧橋，船還沒來，給了他機會回頭迅速查看島上的小教堂內部，他猜門沒有鎖。雖然他頗肯定不會找到失蹤的女孩，他還是想確認一下。

教堂雖小，室內空氣又陳悶，但裝飾意外精美。木製講道壇異常地高，漆成藍色和綠色，教眾坐的長木椅也同樣色彩鮮豔。克里斯欽心想或許挺適合在這兒跟古德綸結婚，不過光要開船來回載送賓客就是不必要的麻煩，他當作可能的選項記下來就好。他和古德綸訂婚六個月，兩人開始討論未來、婚姻和小孩了。他們住在雷克雅維克西側，古德綸最近開始在附近的雜貨店工作。嗯，或許未來某個風和日麗的日子，他們會站在這個祭壇前……

小教堂內沒有多少藏身處，從霉味判斷，他猜測大門好一陣子沒開了，挺需要通風。

克里斯欽檢查了講道壇後方和長木椅下方，接著回到室外，很感激能大口吸進新鮮空氣。他的視線飄向教堂墓園。這時引擎的輕微震動打斷他的思緒，他望向海面，看到漁船從遠方穩穩朝小島開來。

克里斯欽緩緩往下走到棧橋，試著放鬆享受這一刻，即使稍早主管埃里克才形同痛罵了他一頓。遭到這樣對待根本毫無道理，克里斯欽只是想把工作做好，但奧塔和歐樂芙這種人認識權高勢廣的朋友。他告訴自己沒必要往心裡去。

他比漁船早抵達棧橋，便站在岸邊等。現在太陽掙脫雲層，先前迎接他的狂風減弱成微風。他眺望海灣，終究還是為了帽子給風吹走稍微感到可惜。

他的思緒回到失蹤的女孩身上。她八成安全地躲在某處，她的父母只是大驚小怪。他這才想到他不知道女孩的長相，假如她再不出現，他就得要她的照片了。

嗯，到頭來她應該會平安無事，短期內他不會再來維澤島了。不過老漁船靠到棧橋旁時，克里斯欽的直覺強烈感到距離結案還太早了。

一九六六年

八月八日

女子坐在莫卡咖啡廳的小桌旁讀報紙。她面前擺著抹上奶油和果醬的半塊鬆餅，以及漸涼的咖啡。她身旁的牆上掛著海報，描繪核彈蘑菇雲和孩童驚恐的臉龐。不過當天《威什報》報導的懸案讓她讀到入迷，完全沒注意到周遭環境。

克里斯欽．克里斯欽森警探：
蘿拉失蹤案謎雲未解

十年前蘿拉．馬汀朵蒂失蹤時，克里斯欽．克里斯欽森是第一位趕到現場的警察。資深警探告訴本報記者，蘿拉的失蹤之謎仍如烏雲籠罩全國。當年蘿拉消失無蹤時，人在維澤島上替最高法院大律師奧塔．歐卡森及其妻子歐樂芙．伯倫戴幫傭。當時蘿拉僅十五歲，認識的人都說她個性和善，深受大家喜愛。時隔十年，蘿拉的遭遇仍然成謎。克里斯欽・克里斯欽森向《威什報》說明，當年警方多線追查，但都沒有結果。他們從未查出誰開船將蘿拉載回雷克雅維克，也沒有找到與失蹤女孩相關的遺體證據。過去曾討論要向外國警方申請協助，但近年來並無新發展。蘿拉彷彿從地表消失了。

報導搭配一張漂亮少女的模糊照片，她有深色頭髮和眉毛，身穿高領天鵝絨洋裝。旁邊還有克里斯欽・克里斯欽森的照片，他戴著角框眼鏡，髮線後縮，表情和藹又憔悴，彷彿尋找蘿拉令他身心疲憊。女子盯著兩張照片一會兒，才闔上報紙起身，留下吃剩的咖啡和鬆餅。每次聽到蘿拉的名字，不安的情緒都會悄悄佔據心頭，害她完全沒了食慾。她必須想點別的事讓自己分心。

她將報紙留在桌上，快速走出咖啡館到斯科拉維蘇巷。寒風掃過人行道，巷尾雄偉的新哈爾格林姆教堂正在興建，鷹架佔據了山丘頂端。

這時克里斯欽・克里斯欽森坐在雷克雅維克市中心郵局街的老警局，也在讀《威什報》。

他還沒搬到柯維斯街的全新警局總部，不過很期待能在嶄新的大樓使用各種現代設備工作。而且未來他從斯登格霍巷的家走路上班極近，更是方便。他大概還會有自己的辦公室。他的思緒沿著快樂的方向飄了一會兒，才回到眼前的文章。

蘿拉到底怎麼了？有不知名人士載她從維澤島回到雷克雅維克嗎？她是否帶著所有行囊沉入海中？或者她回到雷克雅維克，卻遭到惡意之徒所害？還是她失蹤是自導自演，至今依然活著，可能用全新的名字與新的家人住在地球的另一端？我們的讀者是否有人其實知道照片中女孩的命運？

克里斯欽嘆了一口氣。記者的推測觸痛他的神經，他覺得報導輕忽了事件有多嚴重，畢竟這名無辜的少女憑空失蹤，他擔心她還碰上了糟糕的下場。然而接受訪談時他還能怎麼說？只能說他盡力了。

可是真的嗎？他真的盡力了嗎？

他猛然起身，走到窗邊。今天天氣發寒，表示今年秋天提早到了。不祥的寒風吹過厄斯圖街，在附近商店和銀行辦事的路人都揪起臉抵禦狂風。今年八月異常寒冷又常下暴雨，每當太陽躲在雲層後，戶外的灰色建築和馬路都更顯淒涼。

克里斯欽的思緒回溯到十年前的一九五六年八月，回到他還算是新進警察的時代，他第一次隱約感到有強大的力量在干預調查。他想起那時奧塔書房的電話響起，警隊最資深的主管埃里克告訴他不需要特別關注這個案子。克里斯欽回到鎮上，遭到斥責後心灰意冷，畢竟他自認只是努力工作，跟其他認真的警察沒有不同。但那個情況下，他還能跟上級警官說什麼？過去十年，克里斯欽回想過這個問題無數次，但除了妻子，他從未跟其他人討論過，她聽了也只是聳聳肩，叫他別多想了；他只需要放下。還有赫尼，克里斯欽很清楚自己沒有追查關於他的線索……但當時情況不容許他用尖銳的問題糾纏社會上的重要人士。

那年八月在維澤島上，案子當然沒有結案，差得遠了。

蘿拉依舊沒有回家，於是廣播和報紙報導了她的事件。女孩失蹤造成不少騷動，因為冰島很少有少女消失。報紙照片中她深色的大眼似乎在對民眾說話，彷彿握有什麼可怕的祕密。警方承受極大的壓力要找到女孩，責任便落到克里斯欽肩上，但他失敗了。

克里斯欽跟好幾名警員一起展開調查。他和一名同事到市中心小丘上的古塔拓區，穿越老舊的木造房子和窄街，去拜訪蘿拉的父母。女兒失蹤的週末他們沒接到她定期打來的電話，馬上就擔心了。

她母親說，「她總是會打給我們。」從報紙上蘿拉的照片判斷，母女倆長得很像。「她很戀家，有事都會跟我們說。她突然想要暑假去幫傭，就去申請維澤島上那對夫妻開的缺，也應徵上了。我不意外——她那麼努力工作，又很體面。」

蘿拉的父親比母親略長幾歲，兩人都是老師，蘿拉是他們的獨生女。女孩的房間乾淨整潔，白色鐵床框上蓋著蘿拉在學校針織課自己鈎織的彩色被子。那時克里斯欽心想，她用色很有品味。說來奇怪，十年後他仍記得這些不重要的細節。衣櫃裡都是她沒帶去維澤島的衣服，大多是冬衣，但也有她在黑白照片中穿的天鵝絨洋裝，原來顏色是綠色。

其中一面牆邊擺著簡單的化妝桌椅，看來都是手工製的，抽屜裡有蘿拉的表親從哥本哈根寄來的幾張明信片。書架上放著聖經和幾本小說，包括剛贏得諾貝爾文學獎的冰島作家赫爾多爾·拉克斯內斯的作品。

房內沒有線索能推斷蘿拉的命運。克里斯欽在書架上的小說後面找到一本日記，但內容都是一九五四到一九五五學年的事了。蘿拉整齊的字跡描述她每天吃的正餐，也評論厄斯圖拜中學的同學，尤其是長相帥氣的男孩。

克里斯欽問蘿拉的母親女孩是否習慣寫日記，她說沒錯，還補充說她鼓勵女兒寫下島上的生活。「她本來是去冒險的。」母親繼續說，「我家蘿拉算是過得一帆風順，最近她都在準備畢業考，空閒時間在牛奶公司當店面助理。維澤島的工作讓她有機會冒險，或許長大一點。」母親說出最後幾個字時，眼眶溢滿淚水。「對我來說，她不去還比較好。她才十五歲，現在又……」克里斯欽記得她沒有把話說完。

他也記得問了蘿拉那個週末是否可能計畫在雷克雅維克跟誰見面。女孩的父親回答說女兒沒有男朋友。「蘿拉跟我們很親，我無法想像她回來雷克雅維克卻不告訴我們。」

克里斯欽可以想到無數範例，都是年輕人自有原因不把行蹤告訴父母。然而後來他發現蘿拉的女性友人也都說不出來她是否有男友，或認識其他可能跟她遠走高飛的男人。

聽蘿拉的父母說，她透過前一個暑假替奧塔和歐樂芙工作的女生認識維澤島上這對夫婦。克里斯欽有想過或許值得跟那個女生談談，但並非當務之急。畢竟他想，她怎麼會知道蘿拉的下落呢？

蘿拉每週都會打電話給父母，聽起來也過得很開心。當然她不可能在雇主面前抱怨，但父母都同意她聽起來很滿足。她在五月初搭船到島上，預計待到八月底。但根據奧塔和歐樂芙的說詞，她突然表示要提早解約。蘿拉的母親聽了搖頭：「我可以保證，蘿拉絕對不會半途而廢。她總是準時到牛奶公司工作，絕不會想要別人說她自行請辭。」

克里斯欽從回想中猛然回神，發現他還站在警局窗邊。他喝完杯中的冷咖啡，苦澀的味道害他揪起臉。蘿拉的案子仍如鬼魂糾纏他。他不打算結案，但時隔這麼久，所有線索現在大概都消失了。她父母眼中的悲傷如此深刻，他覺得為了緩解他們的苦痛，他做什麼都願意。

當時大家認為蘿拉最有可能搭某人的便船離開，然後在靠岸前或抵達雷克雅維克後遇難。他想這是最方便的解釋：無名的凶手，犯下永遠解不開的惡行。

然而克里斯欽仍不住猜想他們是否更該把焦點放在維澤島上。當然事發當時警方搜索了小島，沒有找到女孩的蹤跡。奧塔和歐樂芙也口徑一致：蘿拉決定辭去工作，回去雷克雅維克。但他知道警方其實可以搜查得更仔細，對奧塔和歐樂芙進行更嚴格的偵訊。

警方曾發出聲明，協尋那個週末可能開船載蘿拉離開的人，但沒有人出面。雷克雅維克的港務長也無法提供那個週五在維澤島和本土之間來往的船隻資訊。由於小島距離岸邊的最短距離只有四公里多，開小船過去不會引起注意，船隻回航時也未必停靠在雷克雅維克。警方的調查毫無結果。搜索隊清查了沿岸海灘，但沒有找到屍體或蘿拉的家當。女孩就這樣消失無蹤。

難怪事件激起了大眾的想像。沒有任何公開資訊能傷害蘿拉的形象；她沒有祕密，感覺跟任何人都很要好；她只是想要換個環境。那年暑假她離開家，希望能稍微成長，學習獨立。她認真努力工作，直到她決定提早辭職——如果這套說詞是真的。

她怎麼離開維澤島著實是個謎——當然，除非她根本沒有離開。

一九七六年

八月七日

主管說，「克里斯欽，你答應了對我們部門好，對你好，對警方也好。」克里斯欽在科帕沃於爾的自家公寓坐下，端給記者一杯咖啡，腦中仍迴盪著主管的話。

他的訪客態度客氣地回答，「如果方便的話，我比較喜歡喝茶。」

對你好……

再次挖出蘿拉失蹤案的細節怎麼可能對他好？如果問他，他不惜一切只想忘記這個案子。過去二十年，這件事就像重擔掛在他的脖子上。雖然他在警界稍有晉升，他總覺得如果沒有搞砸那次調查，他可以爬得更高。現在他又被迫要再次面對他的失敗。「不管我們喜不喜歡，大家都會討論這起事件。」他的主管補上，「所以我們應該把握機會，講清楚我方的說詞。」主管似乎不覺得要代替他向媒體發言：不，總是克里斯欽給丟進虎口。

最近幾個月，大眾對蘿拉的下場沒那麼感興趣。那年夏天，冰島的新聞頭條都是古蒙德和傑芬能這兩名男子的失蹤案件，以及遭到逮捕又獲釋的四名嫌犯誇張的故事。克里斯欽完全沒有碰這次的調查。

記者歐拉佛也兼任報社編輯，態度和善，克里斯欽推估訪談至少立場會公正。他是《威什報》的忠實讀者，大致滿意報社的立場。訪談會刊在週末版的頭版。

窗外逐漸染上晚霞。持續數週的永晝後，在八月看到黑夜歸來總令克里斯欽心生不祥的預感，二十年前他開始調查蘿拉的失蹤案以來都是如此。有時他會幻想她只是遭到黑夜吞噬了。

「首先，謝謝你邀我到你家，克里斯欽。」編輯說，「我絕不會辜負你一番好意。總之，我們計畫在週日的報紙提醒讀者這起悲慘的事件，你的訪談會是報導的重點。」

克里斯欽點點頭，試著忽視他對訪談的疑慮，同時希望採訪不會超過一小時，因為他想看九點半播出的《神探可倫坡》最新一集。冰島只有一台電視台，目前他唯一沒看的節目只有講武器生產的瑞典紀錄片。

「請帶我們回到你第一次聽到蘿拉的名字那天，告訴我們發生了什麼事？」

克里斯欽沉默了一下，最終才開口：「沒問題。對我來說，那天只是普通的上班日。我記得天氣偏涼，八月偶爾會這樣。我也記得我假定她只是逃家——或想逃離幫傭的工作。」

「所以沒有跡象顯示二十年後你還會在講這個案子？」

克里斯欽搖搖頭。「當年我才二十四歲，年輕又缺乏經驗。當然我以為我什麼都懂，但我其實陷入了難關。」

「你經常會想到蘿拉嗎？」

編輯的問題聽起來很誠懇，但克里斯欽無法給予同樣誠懇的答案。客廳的沙發共有三張，編輯舒服地坐在格紋扶手椅上，兩人之間的茶几上放著茶杯和一台黑色錄音機。男子年約三十初頭，一頭黑髮，身穿有品味的灰色西裝。克里斯欽覺得認識他，但純粹是因為一九六六年冰島引進電視後，頭幾年他經常看到對方播報新聞。那時他在螢幕上是黑白的，現在卻突然以全彩的姿態出現在克里斯欽的客廳，即使西裝是灰色的。

克里斯欽稍微停頓後回答，「我當然經常想到她。」然而真正的答案是他天天都想到她。

因為他並沒有盡全力，上級覺得最具潛力的線索太過牽強，不允許他追查。該死的統一陣線——橫跨整個政治光譜；如果「重要」人士可能感到不悅，就沒必要冒險打草驚蛇。克里斯欽也聽話配合，他想要保住工作，讓老闆開心。**你瘋了嗎？赫尼·艾佛德當然跟這件事無關**……當時這句話重複了無數次。

他的思緒回到中間這幾年。他第三次去維澤島成了調查期間最後一次拜訪，當時有位漁夫載他到島上，他當然聽過失蹤的蘿拉，便問警方是否還在找她。克里斯欽說沒錯。那次他戴了新帽子，記憶中天氣完美，只有一點微風，夏末的陽光燦爛。

有一次我載那個赫尼去島上——你知道我在講誰嗎？

克里斯欽馬上聽出漁夫在說誰。

赫尼・艾佛德？

他不只是地產開發商；他出身權貴，人脈廣闊，跟維澤島上的律師夫妻是同輩。

對，他穿得很正式。他跟我說他錯過了船，臨時需要有人載他去島上。

這是最近的事嗎？

不是，大概一個月前了，如果我沒記錯，是星期五晚上。應該沒什麼吧，不過看你是警察，還是跟你說一聲。

可是克里斯欽沒有追查這條線索……他遭到施壓就妥協了。

前電視台主播的編輯咳了一聲。克里斯欽讓回憶散去，回到客廳和現在。

「抱歉？」他發現自己沉浸在過去，一時分神了。

「我只是想問，克里斯欽，**你認為蘿拉怎麼了？**」

說來奇怪，克里斯欽其實沒有準備這個問題，但他毫不遲疑就回答：「我相信她還活著。」

編輯訝異地驚呼，「你說真的嗎？」

克里斯欽心想，他顯然挖到報導的標題了。

「對，我說真的。我有預感。」

「克里斯欽，可以說明你這麼想的原因嗎？」編輯態度如此友善，看似真心對這個議題有興趣，克里斯欽覺得他不得不回答。

「這個嘛……沒有跡象顯示她受到傷害。這名少女替一戶好人家幫傭，他們待她也很好。然後她帶著所有家當消失了。她很難拖著行李跳海，這是最不可能的選項。我認為她自行離開，但我不知道為什麼。」

他抬起頭，看到妻子古德綸從廚房看著他，一臉不認同。他知道怎麼回事。他們討論過他的這套理論，她多次警告他不要對外公開，否則只會揭開舊瘡疤，讓蘿拉的父母更難受，因為他形同——間接——暗示女孩可能想逃避家裡的問題。

好吧，這下他說出口了，而且他不後悔一時衝動的決定。或許這樣能再次推動案子進展——推某人一把。

「我倒第一次聽說。」編輯說，「當時有調查這個可能嗎？」

「你也知道，我們手上的資訊極少，通通都是臆測。她就這樣消失了。不好意思，我想請你幫個忙……」

「當然好，克里斯欽。」

「如果蘿拉還活著，已經成年，以假名在某處生活，我想留個訊息給她。」

編輯點點頭。

克里斯欽突然感覺像在接受電視採訪，起居室宛如攝影棚，他坐在鎂光燈下，看著攝影機，直接對蘿拉說話。

「我想跟她說，不管妳在哪裡，請讓我們知道妳沒事……這樣能讓很多人安心。」

克里斯欽心想，**包含我在內**。

他知道是他一廂情願，但有時懷抱希望也無妨。他心底也知道——是吧？——赫尼．艾佛德當然跟少女失蹤無關。這個想法非常荒謬，他是插手市內大半建設的企業家，怎麼會想傷害無辜的小孩？

克里斯欽感覺好一些了。他再次成功說服自己蘿拉還活著。

他試著暫時轉換話題：「我想請問，你現在的工作跟製作電視節目差很多嗎？」

編輯笑了，大概沒有料到會換他受訪。「說實在話，我比較喜歡現在的工作。協助冰島創立電視台是了不得的冒險，但不管是誰都需要換個環境。十年後，或許我又會想做完全不同的事。你呢？」

「十年後嗎？」

「對，一九八六年。」

「還很久呢。」克里斯欽說，「不過我還是會在警隊。」他甚至沒有多想，因為答案不言自明。一朝為警，終生為警。他工作做得很好，總是遵守指令。他和妻子在找比較大的房子——這次要住獨棟了。他的薪水或許普通，但至少是穩定的收入。他們每個月都有存錢，無視出國度假的廣告，運氣好的話幾年後就能搬進自己的房子。問題是現在通膨嚴重，吃掉存款的速度幾乎等於存入的速度。新的鋁製克朗硬幣好薄，都能浮在水上，可見品質多糟。即便如此，他仍開始思考自己蓋房子，或在新的城郊購買成屋，再分階段裝修。

「我想你很喜歡當警察吧。」

「對，我覺得警隊是我的歸屬。我的祖父也是警察，雖然我父親不是，但可以算是家族遺傳了。我在警局感覺很自在，也希望能為社會服務。」

「最初蘿拉失蹤案的調查順利嗎？可以跟我們說說嗎？」

克里斯欽愣了一下。「嗯，調查算順利，不過……或許不該這麼說，因為結果並不成功，我們沒有找到蘿拉。但客觀來看，我們查得很徹底：我們訪談了每位相關人士，也進行了專業的調查。」說到這兒他有些心虛，但盡量沒有表露出來。

「你有得到足夠的支援嗎？」

「抱歉，你的意思是？」

「上級的支持？你的主管？」

「喔，有，我需要的支援都沒少。」這是正確的答案，至少適合刊出。「進行調查時，有權限自由查看每個細節最重要，我們也是這麼做。當然有時候會需要協助，我們都會提出。」

「原來如此。可以描述一下當年的維澤島嗎？這些年來變了很多。」

「當然。首先，雇用蘿拉的夫妻搬走了……我相信他們在島上住了幾個夏天……」

「奧塔和歐樂芙，對。」

「沒錯。我記得當時覺得他們在島上的生活好平靜，不過女孩失蹤當然打亂了一切。我猜這起事件是最終促使他們搬走的原因之一。請問你也有訪談他們嗎？」

「可惜他們不打算跟我們談，不是每個人都願意回顧過去。」

克里斯欽再次後悔同意這場訪談，把自己放上火線。他不露神色地開玩笑說，「可以理解。」這不是編輯的錯；他只是在盡責工作。他不是第一個報導蘿拉的記者，也絕對不會是最後一個。

「克里斯欽，你經常拜訪他們嗎？去維澤島？」

有那麼一瞬間他考慮撒謊，但現實不允許他逃避。警察不能對記者撒謊，這種事到頭來都會曝光，到時候下場就不用說了。不管他對當時自己草率的工作方式有多慚愧，克里斯欽都不打算因為撒謊丟掉飯碗。

他心想是否該說他不能透露調查細節，但他不認為上司會滿意這個答案。案發這麼多年，絕不能看似他——或警方——有所隱瞞。

「有必要我都經常去。」他頓了一下才回答，「我去見了他們三次。第一次是收到蘿拉失蹤的通知後，我一個人去的。接著警方安排搜索小島，新聞有報導。我們一群人搜遍了整座島——警察、志工、家屬……看你這麼年輕，大概不記得吧。」

編輯笑了。「我來之前看過所有背景資料，報紙檔案中有搜索的照片，規模一定很大吧。」

「由於好幾天都沒有蘿拉的消息，我們非常擔心她的安危，民眾也要求警方給個說明。我們別無選擇，只能徹底搜查，但還是沒找到那可憐的女孩。」

這句話說完，房內陷入古怪的沉默，彷彿在暗示糟糕的祕密和難以衡量的重擔。過去二十年，這起事件確實壓在克里斯欽心頭。雖然他不特別虔誠，但他幾乎每晚都向宇宙禱告，內容永遠一樣：希望解開蘿拉的生死之謎。他祈禱當然是為了女孩和她的家人，但他在心底知道也是為了自己。他覺得快要無法繼續與謎團共生，但他別無他法。

偶爾晚上同事都回家後，他會坐在辦公室，打開舊檔案來看。他會努力判斷他是否忽略了什麼小細節，在記得的範圍內盡可能回顧每次訪談，回想受訪的人士，甚至他們的表情，希望時間沒有模糊掉現實和想像的差異。

他繼續說：「我清楚記得我們去搜索她的那一天。那個秋日很冷，彷彿天氣之神與我們作對，不希望我們找到她。我們分成好幾組，各自帶著熟悉小島的專家，不過維澤島不大，其實不容易迷路。島上沒有多少建築：教堂、宅邸、舊校舍、農舍和幾座廢墟。不知為何，我總是想像她在教堂避難——我不知道為什麼——但她當然不在那兒。她根本不在島上。」

「要不是她的行李不在，我想大部分的人都會認為她跳海自殺了吧？」

「對，她的行李，沒錯。就是說不通。」

「你剛才說後來你還去了島上一趟？」

克里斯欽點點頭。那次就是漁夫載他出海，兩人談到赫尼。

「對，我有再橫越海灣一次，找那對夫妻談談。那時本來就少的線索都逐漸碰壁，到處都沒有她的跡象，沒有情報，沒有人看到她或聽到她的消息。但我覺得必須努力最後一次，確認他們是否忘了什麼，就算只是小細節也好——」

編輯打斷他：「所以他們是嫌犯嗎？」

這個問題殺得克里斯欽措手不及。他該怎麼回答？他們當然是嫌犯——對他來說。然而對高層來說可就完全不同了；資深警官埃里克明確要求他不准打擾奧塔和歐樂芙。案發一陣子後，克里斯欽研究了奧塔的職涯。他擔任大律師，看來名聲清白，幾乎難以想像這樣的人會傷害少女。除了法律工作，奧塔在公眾領域也很活躍，對商界頗有影響，跟政界的關係也很密切。即使奧塔當時還算年輕，才三十初頭，這種人在社會上絕對人脈很廣。他在冰島大學教過合約法，還擔任過領事。夫妻倆除了維澤島上的農舍，在雷克雅維克市中心還有一棟獨棟住宅。歐樂芙出生名門，八成也是夫妻財富的來源：翻開伯倫戴一家的族譜，隨便都能看到批發商、國會議員和政府首長。他們都是不會害人的顯赫人士——表面看來如此，但克里斯欽當然不能完全排除他們的嫌疑。女孩在他們屋簷下憑空消失。就他所知，島上只有他們三個人，然後突然就剩兩個人了。他不禁想起他曾讀過的阿嘉莎·克莉絲蒂偵探小說。

嚴謹的警察必然會緊追這部分的調查，要求夫妻倆到警局接受正式偵訊，好好逼問他們，優先考量蘿拉的利益，而非屈服於上司的要求。可是面對考驗，克里斯欽一次又一次失敗了。

「這個案子沒有真的嫌犯。」他終於說，小心翼翼字斟句酌，「你看，從來沒有確切犯行的證據。我們在尋找失蹤少女，不是調查謀殺……」

但如果蘿拉真的遭到謀殺，維澤島的夫妻不就一定有涉案嗎？不是只有他們有機會嗎？他們可以丟棄她的行李，處理掉屍體。難道發生了糟糕的意外，雙方爭執到最後落得最糟的下場，夫妻倆被迫掩埋真相，好保全名聲？出乎意料，新聞報導沒對他們造成大礙。民眾不敢認定律師夫妻可能跟女孩失蹤有關。克里斯欽記得在《晨報》讀過歐樂芙・伯倫戴的訪談，她在文中懇求民眾協尋蘿拉，還大力讚賞她，說她工作多麼認真。那篇訪談中，他特別注意到她的描述：**如此漂亮、活潑的女孩**。雖然他們從未謀面，他也是這麼想像蘿拉。說來奇怪，他對失蹤的女孩感到強烈的羈絆。

「原來如此，沒有嫌犯。警方從來沒有想過要變更調查方向，或升級為謀殺偵查嗎？」編輯的口氣變尖了一點。

克里斯欽遲疑了一下，四處張望，不確定該如何回答。他可以想像頭條會怎麼寫了。

這時古德綸從廚房出來，毫無預警地說：「很抱歉，我和克里斯欽需要出門了，我們跟朋友有約。」

「什麼？」

「對呀，他忘了提嗎？」她歡快地回答，彷彿這個瞞天大謊再自然不過。

「他沒提呢，不過沒關係。不好意思佔用你們這麼長的時間。」

她說，「不會。」

「我們也需要一張你的照片——新的近照。」編輯回頭面對克里斯欽。「我可以派攝影師來拍嗎？」

克里斯欽躊躇了一下，用手摸摸頭。他的頭髮最近掉得好快——要是多年前在菲查弗希灣上被吹走的帽子還在就好了。每次媒體挖出蘿拉的案子，都會用他的舊照，但這段期間他老了不少。他希望能拒絕，卻又不想顯得不近人情。

「嗯，我想可以吧……」他聳聳肩。

一九八六年

八月一日

索荻絲・亞歷山大朵蒂依然風姿綽約，一頭濃密的深色秀髮，雙眼似乎能表達各種情緒。她的長才之一是換上各種外表。她可以穿簡樸的套裝，把頭髮梨成髻，只畫最淡的妝。她也可以穿低胸線的亮眼洋裝，披散頭髮，塗上用錢能買到最紅的口紅。即使近來胖了幾公斤，她仍保養得很好，用聰明的穿衣方式遮掩較豐腴的身材。他們的獨棟住宅位在盧嘉羅斯路，現在她在家中鏡子前檢視自己的模樣。今天她的裝扮是黑洋裝披紅羊毛披肩搭配黑皮靴。她擦了一點口紅，朝鏡中的自己微笑。

母親從小就教她永遠要打扮得好看，尤其在危急時刻。把焦慮彰顯在外沒有好處。索荻絲看隔壁的法文老師穿牛仔褲和套頭衫去上班，頭髮看似給人倒著拖過樹叢，偶爾她會不認同地哼一聲。她心想，這種打扮可是拆自己的台。索荻絲總是努力穿著光鮮亮麗，不管在什麼場合都擦指甲油，即使只是去商店採買。

劇場生態必然強化了她的習慣。巔峰時期的索荻絲是冰島少數的知名女演員，不管是演出莎劇女主角還是較現代的角色，她的無數演出都獲得一致好評。

然而隨著年紀漸長，演出邀約也開始減少。她在藝術學院的該死男同學都還活躍於業界，跟年輕許多的女子同台演出，這些年她卻鮮少有演出機會，大多是扮演年邁的阿姨或裏著灰色羊毛披肩的護士，只能用尖銳暗啞的聲音說少少幾句台詞。後來又傳出索荻絲嗜酒過度的謠言，於是找她演出的角色更少了——即使同樣的行為絲毫不影響男性同儕拿到他們想要的角色。

索荻絲覺得她的飲酒習慣非常受控。況且她心想，不是很多研究顯示紅酒對身體好——就像巧克力嗎？

她又瞥了鏡子一眼，快步走回臥房，戴起巨大銀十字吊飾的項鍊。她要去醫院陪伴臨終的丈夫，感覺頗為合適。她想像護士用真誠的同情眼光看她，隔天在員工餐廳崇敬地談到她。

想到這兒，索荻絲不禁眼眶泛淚，趕忙走出家門。她披著紅披肩，胸前掛著十字架，感覺簡直像天主教的主教。

芬努．史蒂文森住院八週了。醫生診斷他罹患結腸癌，等到開刀，癌症已擴散到整個消化系統。確定沒有其他救治手段後，他的健康狀況迅速惡化，現在所剩的時間不多了。

索荻絲優雅地走進病房。他蓋著白色被子，臉色死灰，雙眼無神。她伸手輕撫他的臉頻。她會想念芬努。四十幾年前，他們在雷克雅維克的明星高中認識，當時索荻絲是為數甚少的女學生之一。他是雷克雅維克批發商的兒子，後來接手父親的事業，經營得非常成功。他向來很有眼光，能看出大眾會喜歡的商品，不管是運動服飾、廚房電器還是酒精飲料。她和芬努曾分開一陣子，但他將近四十歲時兩人又破鏡重圓。她比他小兩歲。

在學時他們很快就交往了。他個性靦腆低調，她則大膽果斷，兩人正好互補。然而到頭來索荻絲厭倦了他，她不喜歡他那群朋友，覺得他們毫無內涵——只會談錢、政治和權謀規劃，沒有一點文化素養。兩人分手後給了她精神上喘息的空間，於是她愛上了同行的演員。

經歷波瀾萬丈的短暫戀情後，她又回到芬努身邊。他用尊敬理解的態度接納她，真心對她在藝文界的野心和劇場的工作表達興趣，支持她做的每件事。他們一起旅行，拜訪國外的藝廊，品嘗美食，學習人生。多虧批發事業的成功，他們不太需要虧待自己。他總是以崇敬的眼神看待索荻絲，她也喜歡跟他分享劇場生活的小故事，討論文化界的各種人士和爭議，好逗他開心。

她想芬努應該是最接近靈魂伴侶的存在了。少了他，她的生活會變成什麼樣子？獨自在盧嘉羅斯路的房子亂晃，狂飲紅酒，沒有人陪她說話。為了忘卻突來的絕望情緒，她專心想像他的葬禮：她身穿一身黑，悲痛欲絕但光彩耀人，坐在座無虛席的教堂，由摩泰特合唱團演唱伴奏——或許再搭配一名獨唱。

她嘆了一口氣。她會孤獨得難以忍受。

芬努躺在國立醫院腫瘤科病房的病室，雙眼看著窗戶，聽到妻子進來便轉過頭來。她和冰冷單調的病室反差極大：一身紅黑，伴隨一絲香水味，混雜些微的酒氣。他了解他的索荻絲，了解她的所有優點和缺失，而且就愛她這個樣子。她輕坐在床邊的椅子，緊緊握住他的手。

他累了。他知道疾病在體內紮根，由內消耗他的身體。他懷念品嘗美食、欣賞美酒芳醇的喜悅，與索荻絲一同享受。然而現在他只能躺在這兒，全身灌滿嗎啡。只要麻醉的迷霧散去，他便會感到下腹疼痛，提醒他——他最好是會忘記——疾病正在無情地步步逼近。他一點一點對人生失去興趣。嗎啡流過血管，令他昏沉，頭腦遊蕩回到過去，秀出各種活動的畫面，有些是真的，有些——他不太確定。

他在劇場派對上樂於退居二線，索荻絲才是群眾的焦點，笑得無比燦爛。在他出生成長的農場，他的父母認真工作，總是辛勤努力。母親和善但嚴肅，父親永遠忙個不停。他十歲時，父親找到在雷克雅維克的工作，全家搬到首都，一開始住在辛布雷街的地下室公寓，隨後在社會慢慢往上爬。父親從進口鍋具做起，業務蒸蒸日上，不斷擴張，直到他成為冰島數一數二大的批發商。芬努繼續把公司做大，展現出更適合這一行的資質。

他和索荻絲已同意怎麼處理他的資產：芬努的姪子會接手管理批發事業，索荻絲則保有多數股份。芬努有些懷疑姪子的能力，年輕人缺乏芬努的幹勁；他太喜歡過好生活了，有點像芬努的老朋友赫尼．艾佛德，每次都帶不同的女伴，總是在開心享受人生。

芬努的思緒繼續來回打轉，給嗎啡蒙上一層霧。

「芬努，老公，你今天好嗎？」

他努力想喃喃說話，試著對妻子微笑。

護士從門口探頭進來，一臉同情看著他們，然後問索荻絲要不要喝咖啡。

「謝謝。」索荻絲跟著她到走廊，護士交給她裝咖啡的馬克杯，杯子上印著國立醫院的標誌。

「他現在惡化得很快。」護士警告她，「妳今天能待下來嗎？」

索荻絲說，「可以。」一切都感覺殘酷得難以承受。

「你們有孩子或其他親友會想趕來嗎？」

「沒有。」索荻絲疲憊地說，「今天沒有。」

「他經常說話，雖然我們有時候聽不懂他在說什麼。他什麼都說，像是生活成本、通膨之類的。不過有一點比較不尋常，他開始說他必須去維澤島。」

索荻絲嚇了一跳。「維澤島？」

護士重複一次，「對，他說他必須去。」

索荻絲短暫瞥向窗口，然後笑著說：「一定是嗎啡害他搞糊塗了。」

她回到芬努的房間。室外太陽閃耀，無情的夏末陽光籠罩病室，把一切照得無比清晰——什麼都無所遁形。芬努躺在窗邊，肌膚毫無血色，幾乎死灰，臉上每一條線都清清楚楚。

芬努將疲憊的視線投向索荻絲。她回到房內，咖啡香現在蓋過身上的香水味和酒氣。他微微一笑。他似乎只剩嗅覺運作正常了，他的鼻子向來靈敏。醫院的異樣之處就是缺乏正常氣味，什麼都經過消毒，用無味肥皂刷洗過。芬努喜愛索荻絲的味道。

他的思緒又開始飄盪。農場草地剛鋤草的味道。撿馬鈴薯時土壤的氣味。他第一次拜訪巴黎；一場感官的綜合刺激，包括紅酒、香水、大蒜和天熱時塞納河冒出的下水道臭味。粉紅玫瑰的香氣。海岸邊鹽和海帶的味道。死亡的氣味與土壤和草地混在一起。

他的眼皮閉上。他能睜開眼嗎？他感到呼吸越發困難。嗯，索荻絲在，他仍能聞到她：香水、咖啡、她每天擦在肌膚上的乳液。她喜歡寵愛自己。

他有事要跟她說，很緊要的事……

索荻絲注意到丈夫的呼吸轉變，猛然意識到他可能要走了。淚水湧上眼眶，但她不再介意自己的樣子。她的丈夫要離開她了。

她握緊他的手，盯著他，彷彿要把伴隨她多年的親愛臉龐刻進腦海。

芬努張開眼睛。起先他雙眼朦朧看著窗戶，接著直直看向索荻絲。他的眼神變得清晰，一瞬間顯得生氣勃勃，好像這輩子第一次這麼有精神。

「維澤島。妳得去維澤島。」

索荻絲對上他的視線。

芬努長嘆了一口氣，眼中的光芒淡去。

病室似乎也隨之暗了下來。

芬努．史蒂文森與世長辭了。

一九八六年

八月十四日

華勒．羅伯森坐在莫卡咖啡廳，手拿當週的報紙。

報紙剛印好，濃烈的墨水味跟新煮的咖啡香混在一起。莫卡咖啡廳沒有太多客人，只有幾位華勒認得出長相的熟客，但他不是來交朋友的。莫卡咖啡廳是雷克雅維克所謂的大都會咖啡廳，從一九五〇年代後期開始供應咖啡。雖然那時華勒還沒出生，店面至今大概也沒什麼大改變，仍保留復古的家具、牆上的畫作和低矮的銅製燈具。他想要有機會悠閒看完報紙，品嘗這一週的成果。然後妹妹會來跟他碰面，他們一週至少在莫卡咖啡廳見一次面，邊喝咖啡吃鬆餅，邊更新彼此的近況。

首先是萬眾矚目的頭版。他很驕傲版面吸睛，但不失品味。《威庫巴迪報》的編輯達拜圖總是強調要靠封面才能賣報紙——街頭的銷量與頭版絕對脫不了關係，因此有時他們不免會稍微越線。不過華勒很有野心：他不打算一輩子待在八卦小報。他想成為冰島最優秀的調查記者，所以他盡可能遵循自己的規則，同時努力取悅上司。大概再一年多，他應該就能累積足夠的名聲，跳槽到日報工作，搞不好還能進軍電視台。他對廣播沒有興趣，直覺告訴他未來發展都在電視，尤其冰島的第一家民營電視台即將開台。一切都在轉變；社會逐漸改善，充滿了機會。雖然現年才二十五歲，他可是二十歲起就在新聞界打拼，一路往上爬，在現在的報社草創沒多久後加入，待了超過兩年。一般週報的生存周期不長，不過他們的業績已連續兩週創紀錄，各種跡象都顯示本週會持續超標。連續三週，華勒都負責整個頭版內容。

全都要感謝蘿拉。

三十年前憑空消失的可憐女孩。

華勒跟大家一樣，從小就聽過這起事件。女孩的同一張照片定期會出現在媒體上，彷彿刻印在國家的靈魂上。每個人都認得蘿拉的那張照片。華勒從小就著迷於這個謎團；他也不知道為什麼。蘿拉的故事有種說不上來的神祕感，好像女孩不屬於這個世界，好像她從來不是血肉之軀。但她當然是——或許現在還是。他有時覺得她的命運才是這個故事背後的神祕力量：沒有人能肯定她活著還是死了。

他和妹妹蘇娜小時候會推論這起事件。他們只差兩歲，總是膩在一起，都二十幾歲了感情依然很好。他們想過各種蘿拉可能的下場。由於蘿拉的名字家喻戶曉，他們的同輩應該不少人也推論過，但他得承認他和妹妹生來就有異常活躍的想像力。他在新聞界找到創意的抒發管道，蘇娜則投身學術；她在冰島大學鑽研比較文學。她總是說有一天她要當詩人，他也相信。他真心認為她會是很不錯的詩人，也會在她需要時及時鼓勵她。

一個多月前，蘇娜直接把這個主意送上門來——當然是在莫卡咖啡廳喝咖啡的時候。八月是蘿拉失蹤三十週年，一個月前華勒便開始著手準備，跟編輯達拜圖約在辦公室開會。達拜圖六十歲出頭，經歷報業的無數變革，看來鐵了心要以《威庫巴迪報》的編輯身分退休。華勒剛提出這個想法時，達拜圖不怎麼感興趣，堅稱**關於蘿拉能談的事都報導過了**，還說他懷疑現在還找不找得到她。但華勒堅持己見，並指出女孩的失蹤之謎凝聚全國，深入報導保證能帶來銷量。他規劃花一整個月獨家重新檢視她的故事，盡可能找到認識她的人受訪，希望過程中能挖出一些新線索。

看來提升業績這一點說動了達拜圖，他不甘願地同意華勒撰寫一系列的蘿拉專題報導。

連續三週發行三份報紙後，必須承認華勒說對了。報紙銷量一飛衝天，民眾對蘿拉的興趣來到近年新高。華勒甚至上了新聞，受邀上電視和廣播受訪，彷彿成了未結案件的代表人物。

即便如此，依舊沒出現新的線索。華勒盡心盡力調查，也只重新挖出一些與案子相關的有趣細節。雖然他加了新的訪談，但受訪者並沒有揭露任何新資訊。不過達拜圖坦承他的呈現方式不錯，稱讚了他一番，華勒覺得理所當然。

他要再寫一篇文章。他跟達拜圖保證，**我把最精彩的內容留到最後**，不過編輯已分神去關注接下來雷克雅維克建城兩百週年的慶祝活動了。

華勒其實不認為他能達成自己誇口的目標：他已用掉大部分的點子，也試圖跟案件相關的重要人士談過了。訪談蘿拉的父母最為艱難。他也多次嘗試聯絡當年住在維澤島的夫婦奧塔和歐樂芙，但目前為止都失敗了。或許週末前他可以再試一次，比方說到奧塔的辦公室堵人。

他還有一個人選，也許能帶來一些進展。他還沒辦法聯絡上當年負責調查的警察。就華勒所知，他還活著，但行蹤難以掌握。華勒曾打電話到他家，接電話的女子替他留了口信，但沒有人回電。華勒後來又打了一次，仍然失敗。他還沒直接闖去對方家，不過或許值得試試……因為他必須做點什麼，才能寫出下週四的報導。但他現在應該喝杯咖啡，慶祝他的努力成果，順便期待接下來的週末。華勒其實很少休息；他可說總是在工作，流連各間咖啡廳和酒吧，一邊聽線人分享八卦，一邊喝冰島獨特的雞尾酒——無酒精啤酒配上一小杯伏特加。由於銷售含酒精啤酒違法，華勒只能這樣喝到最接近真的啤酒。

直到蘇娜在桌子對面坐下，華勒才注意到她。

蘇娜問，「嗨，你替我點了嗎？」她愉悅的神情反映在口氣中。

「還沒，我不確定妳到底幾點會到。」

她笑了，放下筆記本、筆和一本折角的薄書。

他問道，「妳在讀什麼？」

「埃里亞斯．馬爾，他的詩作選集，大概出版十年了。我剛跟他喝完咖啡。」

「在他家？」華勒頗為敬佩。埃里亞斯．馬爾年約六十，是知名的現代主義作家。

「對，在西區。感覺有點像走進二手商店，到處都是書，室內煙霧繚繞。不過他人很好。我的畢業論文就是研究他，什麼都比不上親自見到本人呢。」

「這樣不算作弊嗎？」他開玩笑說，「跟研究對象見面——可以嗎？」

「人生就是競爭，你忘了嗎？」

「他怎麼樣？」華勒試圖表現出對妹妹生活的好奇，但他其實只想談週末出刊的報紙和失蹤案，畢竟他們都對這個議題感興趣。

「埃里亞斯嗎？他狀況很不錯。那你呢？找到蘿拉沒有？」她站起身。「我去點杯咖啡。」

蘇娜就是這樣，老是急匆匆，要不是在回答自己的問題，就是懶得等人回答。華勒耐心坐著，等她回來。

「有什麼新發展嗎？你找到她了嗎？」她拿著咖啡回來坐下，又問了一次。

「這種事要花時間的。」他笑了。「我其實碰上一點麻煩。」

「麻煩？」

「我需要擠出至少再一週的報導。」

她笑了。「擠出來？華勒，你沒辦法無中生有製造新聞。你要不就有更多能發揮的題材，不然就沒有……」

「妳當然會這樣想，妳一直都是學生，從來沒有真正工作過。」他又開了玩笑。「相信我——世事就是這樣。有時候你得無中生有，才能保住飯碗。」

「你又不怕丟掉飯碗。就靠你一個人的功勞，全國人民都在談論蘿拉。你的文章一炮而紅——多虧你，報社一定大賺了一筆。」

華勒知道她八成沒錯，或許他應該趁機要求加薪。

她一如往常想幫忙，又問道，「你有查過舊報紙嗎？」

「當然有，查過好幾次了。我放棄享受室外的夏日好天氣，在國家圖書館蹲了好幾天。我看完一九五六年八月份的所有報紙，有些連九月份都看了。看來事發一陣子後，大家才開始認真看待她的失蹤。我能找到的第一篇報導是她消失後幾天，《晨報》簡短提到警方呼籲民眾提供失蹤少女的相關資訊。不久後事件才爆發，登上大部分報紙的頭版。我記下每個名字，當時有受訪的每個人，之後就一直努力想訪談越多人越好。」

他拿起身旁地上的扁背包；磨損的簡樸棕色皮背包，是他第一份記者工作到職當天父母送他的禮物。

「妳看……」他拿出筆記本。他總是用同一種款式，一年用掉好幾本。筆記本是他最珍貴的資產，很少離開他的視線。

蘇娜驚訝地問，「哇，你真的要讓我看？」她接過來翻開。「真沒想到會有這一天。」

「嗯，全都在裡面——這趟奇妙旅程上所有有用的資料。但一定有我忽略的地方，一些點子……」

「華勒，別跟我說你希望能破案？」

他笑了。他當然想過，但沒有很認真。他允許自己想像破案能帶來的好處，各種聲望和財富……然而在他心底，他知道完全不切實際。

「沒有，當然沒有，蘇娜，別傻了。我只需要多賣點報紙。」

「我以為那是報童的工作，他們每天風雨無阻在街上叫賣《威庫巴迪報》，你可是躲在溫暖的室內敲打字機。」

他笑了。

她問道，「可以借我嗎？」

「什麼？」

「你的筆記本。」

華勒想了一下。他沒這個打算，但他確實碰到瓶頸，感覺不到靈感。或許他需要徹底遠離蘿拉一兩天，讓蘇娜讀讀他的筆記。她的論文顯然可以先放一邊。他只需要幾個好點子，從新的角度看這起案子；足以再寫一篇文章，吸引大眾的興趣……

「好呀，交給妳了，但星期一一定要還我，好嗎？」

「好啦，好啦。」

「我沒在開玩笑。蘇娜，妳要用生命保護我的筆記本。」

「拜託，裡面又沒有軍事機密。對了，你跟負責調查的警探談過了嗎？我記得在電視上看過他，以前他有受訪討論過案子吧？」

「他不接我的電話。」

「你只是不夠努力而已。」

「喔，閉嘴。我又還沒放棄，下星期我會再試。今天下午我會進公司一趟，然後明天休假。過去三週下來，我快累垮了。」

「當明星記者很辛苦呢。」

「好啦，筆記本給妳，看妳能找出什麼。各種點子我都歡迎，我一定忽略了什麼。我不期望下週能寫出大爆料，但有點東西總比沒有好……」

蘇娜笑了。「交給我吧。對了，你有去維澤島嗎？」

華勒遲疑了一下。「其實沒有，我……」

「才怪，你有去呀——我在其中一篇報導有讀到：你描述蘿拉消失之處的天氣，夏日的鳥類生態，還有碧綠的草地。」

「喔，對，那是我掰的，我實在懶得去。以前我去過維澤島好幾次，現在島上沒有有用的資訊了。」

「華勒，你不應該欺騙讀者。」蘇娜嚴厲地說，但口氣有點在戲弄他。

「算是善意的謊言吧。我保證下個禮拜會去島上，但妳也要保證給我一些好點子。」

一九八六年

八月十四日

華勒踏進辦公室，裡頭靜悄悄的。唯一在公司的人是新聞界的老鳥編輯達拜圖・史坦森。《威庫巴迪報》最近在考拉巷的老房子租了辦公室，隨和的房東是達拜圖的朋友。華勒的座位在窗邊，能俯瞰菲查弗希灣，景色閒適，當天下午的海水寧靜而湛藍。華勒希望有一天能一圓兒時的夢，投資買一艘小遊艇。他跟朋友已經講了好幾年，說要一起湊錢買。他們都有駕船執照，卻老是卡關；通常是因為有人或每個人都窮死了。

「華勒，孩子，你好嗎？」一如往常，達拜圖的態度像個朋友。他禿頭又肥胖——他很愛吃——中午總是散步到老辛霍特區，回到他跟妻子同住的家吃中餐。華勒懷疑他每天至少吃下肚兩大頓家常菜。他咖啡永遠喝不停，習慣抽菸斗，但很久以前就不再喝酒，甚至把戒酒會的寧靜禱文刻在打火機上。達拜圖向來看似不把人生當一回事，華勒覺得他也不會過度擔心錢。如果報社破產，他可靠的線人大概能幫他安排其他工作。

「我很好。」華勒回答，「我剛才在莫卡咖啡廳看報紙，我們做得不錯呢。」

「功勞都要歸給你。現在這個蠢季節，能把報紙塞滿好報導簡直是奇蹟。」

「所以沒什麼新聞囉？」

「世態頗平靜的。漁業部長捲入捕鯨議題，但八月沒有人想讀這些。其實大家什麼都不想讀——除了蘿拉。」

「別忘了新的廣播電台，幾天後就要開台了。」

達拜圖哼笑一聲。華勒知道他的個性就是討厭創新。如果順著達拜圖的意，一切都會照舊：廣播成為自由市場令他不悅，他對員工諄諄教誨很多次了。華勒有時會點出他在民營報社工作，卻反對民營廣播電台，本身就很矛盾，但這個論點對他毫無作用。

「當然還有雷克雅維克的建城兩百週年紀念。」華勒圓融地轉換話題。

「對，週年紀念。」講到這兒，達拜圖的臉亮了起來。「這可是大事，他們預計會有六萬人參加。這是本月的重大新聞——不過我不太想自己去。」

華勒愉悅地說，「哎呀，我會去呀。」

「喔，我想我還是得露個面。」達拜圖的口氣像是積怨已久。「我聽說慶祝活動會佔據整個市中心，只要出門就非參加不可。」他搖搖頭。雖然達拜圖的抱怨令華勒發笑，他知道碰上緊要時刻，老編輯可是無比專業。達拜圖補上一句，「你替我們寫一些週年紀念的精彩報導吧。」

華勒笑了。「我盡量。」

「不准說什麼盡量——小子，你要寫，而且會寫得很好。這家報社不歡迎沒貢獻的人。」

「不用擔心。別忘了，我還有一篇蘿拉的文章。我會再試著聯絡那個不接電話的警察。」

「好喔。我今天想提早回家，你還會待一陣子吧？」

其實達拜圖離開後，華勒本來不打算留下來。

「對，我應該會待著。」他嚥下失望的情緒。「努力想一些點子——先做一點下週的工作。」

「太好了，孩子，那就交給你值班囉。」達拜圖瞥了時鐘一眼。「我想剩下的時間我就在家工作吧。」

華勒回答，「好呀，沒問題。」

達拜圖起身離開。華勒繼續坐在桌前，有些後悔把筆記本借給蘇娜。他本來可以運用這段時間翻閱筆記，尋找靈感。不過他還是往好的一面想：或許蘇娜能看出一些他沒注意到的事。

他伸手去拿電話簿，提醒了自己克里斯欽的號碼，他是負責調查蘿拉事件的警察。說真的，蘿拉的失蹤案可說糾纏了這個可憐人的整個職涯，就這麼一個案子，整整三十年未決。新聞首次報導這起事件時，克里斯欽出席了記者會，於是他的照片開始出現在報紙上。當時他雖然年紀輕輕——只有二十四歲——倒是身穿西裝，頭戴帽子，穿著頗為考究。所有照片都是黑白的。一九六六年，克里斯欽又給拖回鎂光燈下，回覆記者為何仍未尋獲女孩。華勒覺得他沒有在新聞檔案庫找到所有關於事件的報導。首先，他只聚焦閱讀一九五六年秋天的報導，接著看了一九六六年八月和一九七六年八月；事發後十週年跟二十週年。一九七六年八月只刊了一張克里斯欽的照片，搭配《威什報》的獨家訪談。那時他四十四歲，看起來卻像五十好幾。要不是拍照當天他剛好狀況不佳，不然就是歲月待他很殘酷。大張彩色照片中克里斯欽滿布皺紋的臉佔據頭版，搭配較小的蘿拉黑白照；全國人民都很熟悉那張經典的臉龐。

蘿拉的照片看來是在夏天拍的。她身穿深色短袖天鵝絨洋裝，留著深色長髮。透過這張照片，三十年後她仍活在全民心中，每次案子被挖出來就朝大家微笑。每個人看到她的感想必然相同：殺人已經夠惡劣了，奪走如花之年的少女性命更是不可饒恕。

然而有罪的凶手至今仍逍遙法外，可能永遠不會落網。

當然，除非……除非蘿拉還活著。或許這是謎團最吸引人的原因；蘿拉可能在某一天出現，安全無虞。雖然希望渺茫，但仍是希望。

不管真相如何，華勒都必須投注所有精力找到克里斯欽。他撥了警察的電話：沒有人接。

不過報社不只要報導蘿拉，於是華勒運用時間完成社會版的文章。記者們會輪流分享他們對音樂、電影、電視節目和書籍的看法。華勒自願報導電視節目，打算拼命稱讚《貝爾熱拉克》，這齣講述澤西島警探的英國影集每週都在電視上播出。他也計畫替他讀的書寫簡短的書評。他通常只讀報紙，就算讀書也往往是自傳，這本也不例外。偶爾當截稿日太近，報社又缺乏素材，他會商請蘇娜替她上課讀的眾多小說寫書評。不過他一直無法說服她替書評冠名；連縮寫都不行。

華勒寫《貝爾熱拉克》的評論寫到一半，正在思索描述男主角的適當形容詞，這時電話響了。他接起來，報上名字，暗自希望是克里斯欽終於回覆他的留言了。

「你好……」他覺得是女人的聲音，但連線品質很差，她的聲音模糊，彷彿從鄉下打來，甚至可能是越洋電話。「你叫華勒，最近就是你在報導……」她頓了一下；話筒傳來雜訊。「蘿拉的事。」

他說，「沒錯。」

文章開始刊出後，他接過幾次這種電話，都是不重要的小道消息，還有不少詭異的來電，講講很快就會發現對方只是想吸引注意，其實沒什麼內容。然而他突然直覺感到這通電話不屬於前述兩者。

「我只是想跟你談談蘿拉。我……」她又停下來。他耐心等待。他確定不是線路問題：女子反悔了，她在判斷要跟他說多少。

「好，沒問題。」他終於開口，試圖推她一把。「我還在寫她的系列報導。」他也不知道為何加上這一句：「真是可憐。」

她回答，「是啊。」他覺得聽到汽車開過，彷彿她站在路上。或許她從電話亭打來，想保持匿名。這個舉動本身就耐人尋味。

「華勒，我想幫你。時隔太久了，這女孩值得更好的待遇。」

他倒沒料到這番話。他繼續等，豎直耳朵聽。他又聽到車子呼嘯而過。

他終於問，「她還活著嗎？」話說出口時他感到心跳加速。他真希望有錄下這通電話。

女子直接了當地說，「沒有，她死了。」她冷靜肯定的口氣害華勒完全不知所措。說來奇怪，他感覺像是聽說至親過世了。當然他從來不相信蘿拉還活著，但在腦袋深處，他必然還是懷抱著希望。他相信女子說的是實話，即使他不知道為什麼，也無從確定。

「妳怎麼知道？」他才問完就後悔了。他不該劈頭就咄咄逼人，否則會把她嚇跑。他可能再也沒有她的消息，永遠找不到她。

她沉默了很久才說：「不重要，我就是知道她被殺了。」她繼續說，像在自言自語，不是對他說話：「週六晚上，不是週五晚上。」

「什麼？」

她重複一次，「我很肯定她被殺了。」

他急急忙忙全部記下來。**死了**。**被殺**。**週六晚上**，**不是週五晚上**。

「可以告訴我妳的名字嗎？」

「不行。或者……」她又頓了一下。「你可以叫我尤莉亞。」

他小心翼翼地問，「好。尤莉亞，我能怎麼幫妳？」

「華勒，我希望你幫我做一件事。」她回答，「我希望她能葬在教堂墓園，或是，好吧……能夠好好下葬。」

華勒的心臟狂跳，但他一如往常努力一字不漏記下她的話。

「我要怎麼幫妳？」他小心地問，「妳知道屍體在哪裡嗎？」

一陣沉默。

然後：「對，我知道，我太清楚了。可是你得向我保證。」

這回換他遲疑了一下，才不甘願地回答：「呃，好……？」

「一切到此為止。」

「什麼？」

「華勒，如果我告訴你她在哪裡，你可以寫進報導，但不可以繼續調查。」

「什麼意思？」

「三十年太長了，她需要安眠。」

華勒開始起疑了。女子是在說實話，還是幻想？整件事只存在她腦中嗎？

「我怎麼知道妳沒有騙我？」他才問完就後悔他的遣詞用字。

「因為我……」她猶豫了一下。「因為我知道她在哪裡，我希望大家找到她。但我不想捲入案子──我只希望一切能結束。」

「尤莉亞，妳應該知道警方不會這麼想……即使我一個字都不寫。」

「我……跟我保證你會考慮。過了這麼多年，蘿拉需要安息。我不能……我不能……」

「嗯，這一點我們都同意。」他維持語氣平靜。

「我會再聯絡你。」

「我要怎麼找到妳？」

但她掛掉電話了。

下班回家路上，華勒行經奧塔的辦公室，但仍無法訪問到他。回到家後，他打電話給蘇娜，講起剛才跟自稱尤莉亞的女子談了什麼。他們來來回回討論，最後雖然時間晚了，華勒還是決定打電話給達拜圖。

華勒自己也說不上來，但他相信這名女子。首先，很明顯她沒有說出真名，或許表示她說的是實話。她跟案件有某種關聯，但想保持距離。

華勒大略轉述電話內容後，達拜圖的反應是，「你在開玩笑嗎？」

「嗯，確實有點怪……」

「有點怪？拜託，我們可能拿到重大消息了，華勒。年度獨家報導。你就放她走了嗎？」

「放她……？沒有，不算吧……我相信她會再打來。」

「你很肯定嗎？」

「肯定。」華勒答得很有自信，但他其實根本不確定。

「好，你繼續調查，但我們必須非常肯定資料來源經得起驗證。」

「好，當然……」

「華勒，星期一一早你就著手處理。不過看在老天分上，千萬要保密，我們可不能讓任何競爭對手知道。」

「當然，我什麼都不會說。」華勒向達拜圖保證，避著沒提他和蘇娜講過了。

「等著瞧吧，我們要大肆報導，搖醒大家的暑假。我們要塑造緊張氣氛……這絕對會勝過任何兩百週年的鬼報導。」達拜圖欣喜地笑笑，道別掛上電話。

華勒動也不動站在電話桌旁，小心翼翼將話筒掛回話機。

大肆報導，塑造緊張氣氛……達拜圖到底有什麼打算？

一九八六年

八月十四日

歐樂芙·伯倫戴很擔心，不過歐樂芙本來就時時處在焦慮的狀態。她會擔心說錯話，說溜嘴不該說的事。她會擔心煮錯食物，擔心穿著不恰當。每次開車去商店，她總是焦慮不已，想像自己卡在雪地裡，或者出車禍，或者汽油用盡。要是車子拋錨怎麼辦？

現在歐樂芙擔心她買了雞肉，卻太晚發現艾羅瑪調味料用完了。奧塔向來喜歡吃同一種方式烹煮的雞肉：淋上奶油醬，加上大量的艾羅瑪調味料。他們去挪威卑爾根的冬天第一次吃到這道菜。艾羅瑪調味料非常必要；少了調味，形同是完全不同的食譜。

歐樂芙站在她與奧塔同住的房子廚房，不知所措。幾年前他們賣掉雷克雅維克的家，搬到高級城郊加爾扎拜爾這間大多了的新房。系統廚具是深棕色和白色，餐桌和流理台都使用富美家美耐板。檯面上擺滿雜物，包括各種尺寸形狀的小公雞。一九五〇年代初期，歐樂芙的奶奶從西班牙買了一隻送她當紀念品，從此她便一直收藏至今。現在大家——朋友、小孩和奧塔——都送她小公雞，讓廚房簡直看起來像雞舍。除此之外，他們的房子跟其他城郊的獨棟房舍無異，只是特別大，不過奧塔本來就不懂適中的美感。最初他亂花她從家裡繼承的錢，但不久後他當律師便闖出名聲，結交上有權有勢的朋友和客戶。取得執照後，他非常善於掠奪案件，利用歐樂芙家人的人脈建立起繁忙的事務所，讓他們年紀輕輕就蓋了第一間獨棟房子。她想念那棟老房子；她在城郊沒有家的感覺。不過說真的，她不能抱怨。只可惜奧塔總是那麼累又緊繃。

一九五〇年代初期，他們規劃每年夏天到維澤島度假，伯倫戴家族長年在島上有一棟老宅。當時奧塔一派輕鬆地說，事務所放著也自己會營運；他向來不擔心錢。不過一九五六年的夏天過後，他們的嘗試戛然而止。

歐樂芙從回憶中猛然驚醒，回到現在。或許她有時間衝去商店購買正確的調味料。她感到自己為了兩難的局面開始冒汗。為什麼總是有事情出錯？她做了決定，她要趕快再出門買一些艾羅瑪調味料。她穿上最近買的粉綠色外套，衝上車直接開到商店，迅速找到一大罐康寶的艾羅瑪調味料。

奧塔心不在焉從市中心開車回家。他整天都忙著撰寫合約，包括提供雷克雅維克工地的合約給業務往來密切的土地開發商。那份工作完成後，照理講應該值得慶祝，但奧塔沒有心情。下午大約四點，他正在替最後的細節收尾時，秘書敲門說《威庫巴迪報》的記者想見他，對方叫華勒，想跟他談談蘿拉。

看過宣傳蘿拉失蹤案系列報導的頭版後，奧塔多少預期會有人找上門，但他還是有些震驚。負責報導的記者已留言給他，他不該訝異對方現在跑來辦公室，打算親自探個究竟，但他還是措手不及。他通常沒什麼時間理會記者，把他們視為不必要之惡，所以他不可能跟八卦小報記者談論維澤島的事。

他的秘書仍站在一旁，耐心等待指示。她個性害羞，一頭淺棕色頭髮，戴著眼鏡；奧塔覺得她不值得注意，不過工作做得不錯。「我現在沒時間跟他談。」他草率地說，「我還有一堆文件要處理。」

秘書點頭離開房間，但一分鐘後又探頭進來。「他說他可以等，他已經在前台找位子坐了。」

她收回頭，奧塔則繼續處理那一大疊文件，決心要待得比記者久。

畢竟他要怎麼談那起討厭的事件？這年輕人難道找到了新消息嗎？他是否打算找歐樂芙談？一如以往，他們必須確保兩人的口徑一致。

奧塔的公司位在奧姆里街頗沒特色的現代商業區。下午六點，他終於偷偷離開辦公室。他早已做完工作，坐著眺望窗外至少四十五分鐘了。稍早他看到記者離開大樓，還在寒冷的室外發抖等了十分鐘左右，才終於走了。不過奧塔不敢馬上離開，又等了半小時才小跑步跑向他的車。奔跑時風衣外套在腿邊翻飛，他感覺像普通罪犯。

奧塔到家時，佐上濃稠艾羅瑪醬的雞肉已放進烤箱，歐樂芙正在煮搭配的飯。她看得出來他很累，但她知道最近他有很多事要忙。

奧塔來自冰島東部的漁夫家庭，不過成年後大半時間都住在雷克雅維克。他的父親長年出海捕魚，歐樂芙有時覺得奧塔的母親可能有過外遇，才能解釋奧塔為何跟弟弟們長得不像。身為長子，奧塔經常需要保護弟弟和母親不被父親毆打。他跟歐樂芙講過這些事。

他們還在念書就在一起了，頭幾年一切都很美好。他想做什麼她都支持，靠娘家的金援伴他走過職涯的起起伏伏。她自己沒什麼嗜好，更沒多少朋友。不過最近她開始參加降神會，並發現死後的世界比現世更吸引人。

夫妻倆獨自在餐廳吃晚餐。他們的小孩早就成年離巢了。

「雞肉真硬。」

「唉呀，真的嗎？可是我放進烤箱的時間跟食譜寫得一模一樣呢。」

「隨妳說，就是太熟了。飯也是。」

歐樂芙說，「老天，我真的很抱歉。」她好懷念跟孩子一起吃飯。他們週日還是喜歡帶家人回來吃烤肉，歐樂芙最喜歡那些日子，她有機會跟大家聊天，陪孫兒玩耍。只要他們在，奧塔就會藏起脾氣，假裝一切都好。

然而歐樂芙知道一切並不好。認識加爾扎拜爾降神會的其他女子後，她感覺更為明顯。她們經常聊到男人、女人和兩性關係，其中一人提到**施暴者**——這個字牢牢記在歐樂芙腦中。

現在她看奧塔煩躁地大口吞下硬如老皮靴的雞肉，又想到這個字。

丈夫當然偶爾會感到過勞或壓力太大，自然會脾氣暴躁，但打太太就是不對。

她又緊張地瞥了奧塔一眼。

他快吃完盤子上的食物了。她猜想他是否在生氣。有時怒火彷彿從他體內燒起來，直到他再也控制不住。不過事後他都會道歉，感覺也很後悔對她發火。

奧塔悶哼一聲「謝謝」，猛然站起身，撞倒了玻璃杯，杯子滾下桌摔碎在地上。歐樂芙趕忙跳起來，去拿掃把清掉碎片。

「妳幹嘛把這些玻璃杯擺出來？」奧塔對她大吼，「平常不需要用這麼好的餐具。妳看現在怎麼辦！」歐樂芙趕過來清理時，他伸手重重賞了她一巴掌。她雙眼迸出眼淚，直覺舉起雙臂保護自己。

這次奧塔沒再打她，只是罵了她一頓，然後氣沖沖走出餐廳，在身後用力甩上門。如果晚上心情不好，他會躲去書房生悶氣。她坐了一下，因為吃痛和恐懼而微微啜泣，不過她很慶幸這次情緒爆發沒有惡化。接著她振作起來，掃起碎玻璃片，收拾剩菜。一小時後，歐樂芙整理完畢，在餐桌旁坐下，抽一根睡前菸。每週四沒有電視播出，於是她打開廣播。有個節目剛開始，從當地詩人的角度看雷克雅維克。

歐樂芙沒在聽，反而在回想上一次她參加的降神會。那次的靈媒是戴眼鏡的白髮男子，似乎能輕易接觸來世。現場許多女子都認出父母或過世的親友，來世傳來的訊息充滿了愛，或請她們注意健康，照顧自己，不禁令歐樂芙想到廣播電台的《病人許願》節目。目前還沒有鬼魂來找她，不過她在降神會也跟平常一樣不愛出風頭，穿著粉綠色外套、米白色圍巾和淺色唇膏，簡直要融入背景。但最近這次降神會她是否收到了訊息？一名深色眼睛的女孩透過靈媒抱怨她不得安寧，其他女子都不認識她。

當時歐樂芙全身顫抖。蘿拉不可能透過靈媒試圖聯絡她吧？

她是多麼可愛的女孩啊，個性善良，認真又好相處。

歐樂芙記得來找她的警察。她看得出來他有些懷疑，但他從來沒有對她和奧塔施壓。

我不得安寧。

靈媒的話在歐樂芙腦中迴盪，忽然**施暴者**這個字又浮現腦海。她捻熄香菸，趕忙上樓，確保奧塔決定要就寢時她已經睡著了。

請賜給我安寧。

一九八六年

八月十五日

整座城籠罩在燦爛的陽光下——不過此時華勒感覺不像在城內，反而更像鄉下。他一下計程車，馬上就迎來嘹亮的鳥鳴，比他住的市中心清楚多了。華勒第一次到格拉瓦佛區，四年前的市級選舉後，新城郊才開始發展。放眼望去，到處都是建到一半的房子，其間穿插空地，誰都看得出來如火如荼正在施工。

計程車司機光是找到地址就很難了，要想辦法橫越新區和其餘城市之間的海面更是困難。規劃好的橋還沒興建。到頭來，司機放華勒在完全錯誤的地點下車，不過四處晃晃後，他無意間剛好走到正確的路。

跟華勒看到的許多房子相比，克里斯欽．克里斯欽森警探的家看來建好了。迷人的組合式平房附有車庫，車道上停著一輛拉達跑車。院子裡的幾棵白楊樹幼株還不足以遮陰，不過再過一陣子就可以了。

華勒今天不告而來，就像昨天他到奧塔的辦公室試圖找他。秘書拒絕讓他入內，華勒仍然很失望沒跟律師說上話。照這樣下去，他就得到對方家堵人了，就像他現在跑來克里斯欽家。去奧塔家就算不能跟他說到話，至少還可能跟歐樂芙說上幾句。他覺得有義務為下一期的頭版努力，即使這對夫婦不太可能提供什麼新消息。

格拉瓦佛區的街道空曠暴露，他走在路上必然會引人注意。一名年長男子已站在屋外，省下華勒敲門的必要。他立刻從照片認出克里斯欽，不過這些年來他明顯老了不少。雖然天氣暖和，警探仍身穿筆挺的灰色褲子、白色襯衫和領帶。他高大的體格頗具威嚴，如同華勒工作時見過的許多警察。他的表情平淡，既不驚訝，也不生氣——不過也不開心就是了。

他溫和地說，「你就是華勒吧。」

華勒點點頭。

「我在報紙上看過你的照片，也注意到你一直試圖聯絡我。」

「對，沒錯。你沒有回覆我的留言，我才決定——」

「平常我不會容忍這種行為。再怎麼說，住家都是很神聖的地方，不是嗎？」克里斯欽的口氣在警察與牧師之間擺盪。「不過你感覺還算友善，我相信你不會擅自引述我的話？」

華勒遲疑了一下才說：「不會，當然不會。沒有你的許可，我什麼都不會寫。」克里斯欽設下這項條件，令他有點挫折。他本來希望跑這一趟能擠出好幾段文章。

「我知道你最近在寫什麼。」克里斯欽說，「就算不想看也不行呢。不過我感覺你是以尊敬的態度在寫蘿拉的故事，而且發自內心想了解怎麼回事。我說的對嗎？」

華勒漸漸發現克里斯欽不打算邀他進門了。

「對，不過我不太指望能解開謎題，也絕對不想把事件渲染成轟動的八卦新聞。天知道——現在民眾又開始關注這起事件，或許有人會願意站出來分享封存多年的資訊。」華勒的思緒飄向自稱尤莉亞的女子。

「原來如此。嗯，要是有人出面就好了。不過呀，華勒，我已經接受這起案件永遠破不了，有些案子就是這樣。應該說這不是我唯一要帶進墳裡的案子，雖然我也還沒馬上要上路啦。」他們開始談話以來，克里斯欽的雙唇第一次勾起一抹笑。

「你還清楚記得那天去維澤島——」

克里斯欽打斷他。「聽我說，華勒，我不打算對案情多加評論了。我跟記者無止盡地反芻過這個案子，遠超過我該投入的程度。我總屈服於壓力，無視直覺判斷，太常接受訪問。可是我現在五十幾歲了，剛搬進全新社區的全新房子——活到這把年紀，雖然我還在工作，但我也要珍惜時間多陪陪太太，稍微緩下步伐。我絕對不想因為三十年前的老案子捲入媒體風暴，希望你能理解。」

華勒不甘願地點頭。他想反駁說克里斯欽應該多替失蹤的女孩想想，不該只關心自己，但他忍住了。警察感覺態度堅決，華勒不認為他會妥協。

「嗯，我了解，當然……」停頓一會兒後，華勒躊躇著補上一句：「如果需要，我可以私下請教你的意見嗎？只是協助我理解細節……」

「我說過了，」克里斯欽耐心重述，「我不太想花太多時間去想當初的調查。都那麼久了，大家不該一直糾結過去。我不希望世人想到我只記得這起事件——我沒能解開的案子。」

「當然不會。」華勒雖然這麼說，但他也知道這是警察一廂情願，克里斯欽自己一定也很清楚。

警探伸出手：「很高興見到你，華勒，祝你一切順利。我得去忙了，等一下這條街的居民要辦烤肉派對，有很多事要準備。」

「嗯，希望你玩得開心，也謝謝你跟我談。」

華勒站在原地，不知所措。他這才意識到他可能要走好幾公里到最近的商店或加油站，才能找到電話叫計程車。他本來期望跑這一趟能有成效，能說服警探開口。蘿拉的事件擺明讓克里斯欽的職涯蒙上陰影，華勒覺得警探連私下都不想談，著實奇怪。

克里斯欽叫道，「你沒有車嗎？」不過答案再明顯不過了。除了應該是克里斯欽的拉達跑車，街上目前蓋好的房子前都沒有停車。

「沒有，我其實是搭計程車來的。」

「我替你叫車吧。還是你打算徒步走回市中心？報社辦公室都在那兒吧？」

克里斯欽的口氣聽起來稍微友善一些，彷彿對受困的記者勉強感到一絲同情。

「對，我們的辦公室都在市中心的考拉巷。當然好，謝謝，非常感謝你。要走到最近的商店好遠——」

「可不是。請進，電話在走廊，自己打吧。」

華勒應邀進門。室內仍有不少工程尚未完成。他瞥了客廳一眼，看到鑲木地板正鋪到一半，門廊放著一箱箱未拆封的鑲木板和磁磚，每樣東西都沾了一層灰，工具散落地上。華勒光想到這麼辛苦的肢體勞動就累了。他比較喜歡坐在打字機前，外出追新聞，跟想講有趣故事的人喝咖啡聊天。想到克里斯欽空有一堆資訊能分享，卻拒絕開口，他又感到一絲挫折。

華勒打電話叫了計程車，然後故作輕鬆地問——不把握老天給的機會太誇張了：「克里斯欽，維澤島事件的相關人士當中，有叫尤莉亞的女生嗎？」

「什麼？」警探聽到問題似乎很驚訝。「尤莉亞？」

至少再聽到蘿拉的問題他沒有大發雷霆。

「對，尤莉亞。我猜她有點年紀——我是說現在，當年她當然年輕三十歲。」克里斯欽若有所思地皺起眉頭。

「我滿肯定沒有這個人。對了，我們現在只是私下聊喔。我翻閱案件檔案很多次，也經常回想調查過程，所以我記得每個跟蘿拉失蹤有關的人，但沒有人叫尤莉亞。我們幾乎跟她所有的朋友都談過了，但我甚至不記得她有朋友叫這個名字。」

「這名女子聽起來更年長，我猜蘿拉失蹤時她已經成年了。」

「我可以問尤莉亞是誰嗎？」毫無預警就換成了克里斯欽提問，華勒頗驕傲能成功釣起他的好奇心。

「她打電話給我。她不肯告訴我全名，所以其他我什麼都不知道。天曉得，她搞不好根本不叫尤莉亞。」華勒知道他跟達拜圖說好不提那通電話，雖然他打破了承諾，不過他判斷克里斯欽不會到處宣揚。

「啊，我懂了。不過民眾不是經常打電話給記者——就為了引人注意？」

「我跟你說，我覺得這次不一樣。她很緊張，講話聽起來也很真誠。其實她沒說多少，幾乎沒給我她本人的資訊。」

「所以她說了什麼？」

當時華勒幾乎隨手逐字記下來了，但他的筆記還放在公司。「如果我沒記錯，她提到蘿拉需要葬在教堂墓園，像是知道她出了什麼事。」

「教堂墓園。唉，這樣呀。」克里斯欽的臉色刷白。客廳除了一張餐椅，幾乎沒有其他家具，他走進去坐下來，華勒跟在後頭溜進去。他們終於有些進展了。

沉默一會兒後，華勒說，「對，我滿肯定她這麼說。」

「你知道這表示蘿拉已經死了吧。」克里斯欽的聲音沒有洩漏任何情緒，彷彿他只是在唸警方報告。他似乎陷入沉思，華勒不想打擾他。

警探終於繼續說話，像在自言自語：「我一直希望她還活著，有一天我能見到她，跟她握手，抱抱她，聽她訴說整個悲哀的故事。」

「克里斯欽，你知道這名女子可能是誰嗎？」

警察抬起頭，似乎終於注意到華勒站在他的新家客廳。他搖搖頭。「很抱歉，我毫無頭緒。」

「如果尤莉亞說的沒錯，我們可以推斷蘿拉的遺骨就在某處，等著有人發現——否則沒辦法遷葬到教堂墓園。」

克里斯欽皺起眉頭回答，「嗯，沒錯。」

「也就是說，她不會在海底。」

「的確。」克里斯欽看似喘不過氣，彷彿他剛失去至親，而不是失蹤三十年、他從不認識的女孩。

「你對哪些搜索過的地方特別有印象嗎？」華勒問，「你有感到什麼嗎？」

克里斯欽好好想了一會兒才回答。「你是說維澤島上嗎？島上那些房舍？」

「未必。就我們所知，蘿拉也可能離開島上了。」

「對，所以才讓人頭痛——我們不知道。我想你讀過報導了，我們把小島從頭到尾搜了一遍。」

華勒確實讀過。他看遍了資料庫裡所有的主流報紙，追蹤案情發展。隨著時間過去，全國人民都全神關注女孩失蹤的劇碼。蘿拉的照片總是同一張，露出神秘的表情，像是守著什麼不得了的祕密。或許她真的有祕密。

華勒也試著去找更多案件的近期新聞報導。他特別記得一九七六年《威什報》的頭版採訪克里斯欽，警探在文中侃侃而談當年的調查。之後他必然決定遠離鎂光燈，因為華勒沒有找到其他訪問他的文章。

「沒錯，你們跟一大群志工展開非常完整的搜索吧？」

「對，她不在島上。我還是認為她想辦法回到本土了。要找人願意開船載她不難，我曾經搭漁夫的便船——」克里斯欽突然停下來。「真是的，我本來要規劃今晚的鄰里烤肉大會——雖然社區還沒完工，我們還是盡量照常過日子。沒關係，船到橋頭自然直。」他重重嘆了一口氣。「說實在話，我現在應該沒心情參加派對了。我會一直想到蘿拉，可憐的女孩。」

「我懂，真的很糟糕。但時間站在我們這邊，一九五六年不願意出面的人現在顯然準備好提供線索了。」

「嗯，希望你說的對。你應該……」克里斯欽遲疑了一下。

華勒耐心等待。他不趕，也能感到對方有話沒說。計程車要好一會兒才會開到格拉瓦佛區，還得找到這條施工中的街道。

「以下純粹是我的推測。」克里斯欽繼續說，明顯字斟句酌。「我想你或許能花點時間去跟赫尼．艾佛德這個人談談。」

「什麼？」雖然華勒聽見克里斯欽的話，一時卻會不過意。為什麼警探突然提到知名地產開發商的名字？赫尼．艾佛德人脈廣闊，每個重要專案都插一手，但他通常都躲著媒體。雖然他盡其所能隱瞞年紀，他一定比克里斯欽年長。華勒記得在某個建案的動土儀式見過赫尼，他染得很糟的頭髮讓華勒看得目不轉睛。

克里斯欽說，「赫尼．艾佛德——我想你聽過他的名字？」

「當然，我知道他是誰。你是說那位開發商嗎？」

「沒錯。」克里斯欽眼神閃爍，像在逃避。「你叫的計程車上路了吧？」

「對，應該很快就會到了，不過這附近路不太好找。」

克里斯欽尷尬地笑笑。

華勒催促他，「為什麼要找赫尼・艾佛德？」

「這個嘛……」

「你覺得他跟蘿拉有關係？」

「不是，拜託別誤會了。當時他的名字確實有出現，但別說出去，也別提到是我說的。我不應該……從……從舊檔案提供資訊給你。可是我想幫你。你聽到的消息——蘿拉大概早就死了這件事——很震撼，你懂嗎？不過我猜我在心底一直都知道。」

「我懂。」華勒溫柔地回答，「呃，當初怎麼會出現赫尼的名字？」

「怎麼會？」克里斯欽的頭腦看來在轉，思索該說什麼。「據說他幾週前去過維澤島，某個週六晚上。」

「你知道原因嗎？」

克里斯欽停下來。「華勒，我真的不能再多說了。我只能說這條線索沒查出什麼，不過這點資訊或許對你會有幫助。」他聳聳肩，但態度很明顯不只是隨口在聊八卦。警探一定懷疑赫尼・艾佛德跟蘿拉失蹤有關。

「好吧，還是謝謝你的情報。」華勒說，「感謝你幫忙，我保證不會說是你講的。你確定沒有其他籠統的話能讓我引述嗎？」

「華勒，我太老了。我無法面對更多的訪談和拍照，不斷提醒我沒能替那個女孩聲張正義。」

「我方便留下我的電話號碼，以防你稍後想到什麼嗎？」

「當然，沒問題。或許我也能請你幫個忙？」

「好呀，什麼事？」

「如果你有任何進展，可以告訴我嗎？如果你快要解開蘿拉的生死之謎，不管白天晚上都可以打給我。我努力了三十年，每天都想到蘿拉，也把所有散落的線索反覆想過無數次。但是我沒有精力了。或許調查需要新血，需要全新的視角——像你這樣的年輕人。你可以把電話號碼寫在這裡。我家的電話有登在黃頁電話本，查『克里斯欽．克里斯欽森，裝訂工』就找得到。裝訂書是我的嗜好——放棄登山後持續好幾年了。」他頓了一下，接著說：「聽起來你的計程車到了。」

一九八六年

八月十五日

赫尼．艾佛德一邊唱歌一邊更衣，面對鏡子打好領帶，心情仍因昨天的合唱練習雀躍不已。打扮帥氣對他非常重要，他傾向認為他的形象就是打扮整潔但自然，他也會密切注意時尚大師把什麼風格帶進冰島。他通常喜歡受眾是年輕人的衣服，不過對赫尼來說，年齡本來就是相對的。他有自信站在年輕許多的男生旁邊也不會遜色。

將我的一切納為己有，與我共度一生；
人間的苦痛將永遠離你而去。

赫尼是朗霍爾特教會合唱團的成員。雖然教會數年前才成立，合唱團可存在很久了。赫尼熱愛唱歌，也很享受隨之而來的社交生活。現在暑假結束，他們剛恢復排練，先從較輕鬆的幾首曲目開始，讓傳統冰島民謠在教堂內迴盪。「罕見的夜晚」是赫尼很喜歡的歌曲——赫爾多爾・拉克斯內斯無比激昂的歌詞配上淒美的旋律，似乎直接對他說話。

她閃耀的雙眼和深情的回應
將永遠離開他，
直到他死去入土
永遠孤獨一人。

赫尼嘆了一口氣。歌詞提到死亡和入土，讓他想到芬努。朋友的死來得太快，令人震驚。芬努得知診斷結果前幾天，赫尼才在鎮上撞見他。一聽聞消息，赫尼便到芬努的辦公室找他。朋友故作勇敢，說只是要暫時請病假，化療期間姪子會替他頂著公司。「我們就能看出他有沒有料了，」芬努還補上一句，明顯懷疑姪子是否稱職。赫尼在他臉上的每條細紋都看到後悔。不過芬努似乎樂觀相信治療會有預期的效果，他很快就能回到索荻絲身邊，重掌公司大權。

不久之後，消息就傳開了：剖腹探查手術發現芬努的癌症擴散範圍超過醫生預期。剩下的選項只有慢慢等死，不過他的死期到頭來也沒多慢。

赫尼細心打好領帶結，雙溫莎結特別匹配襯衫的義大利衣領——他聽說是最新的流行。他利用一家紳士服飾店的特別服務，商店員工會帶樣品到他的公司，讓他在閒暇時試穿，最後他會買下一些，把其他的退回。今天他的穿著是灰色棉毛混合長褲搭配有金鈕扣的深藍色西裝外套。他定期用染髮劑維持髮色，不過他在小心吹乾的頭髮中看到幾根白髮，趕忙撥開藏好。他心想，至少他髮量還豐富，不像朋友都為禿頭的徵兆所苦。

為了塑造形象，他捨棄了襲自父親名字的姓氏，改用他的中間名艾佛德。冰島的命名法規保守，堅持要以父輩名字為姓，不創造新的姓氏，他花了很大功夫才說服戶政機關接受他改名。

一如往常，他替臉頰拍上大量的鬍後水。他的膚色偏棕，接近橘色，大家都認為他經常曬太陽，但他其實沒有這種閒時間。地產開發是艱苦的工作。不過有人偷偷告訴他這種助曬藥丸，能將皮膚由內轉為漂亮的顏色。赫尼幾個月前開始吃，非常滿意結果。

他穿上鞋子——閃亮的黑色便鞋——朝鏡子看了最後一眼確認。他最近搬進歐凡列帝街上的單身公寓，這棟高級公寓特別設計給一定年紀後想縮小居家規模的富裕人士。赫尼自行裝潢，以淺色系和鉻金材料為主。整間公寓鋪上白地毯，客廳放著淺色皮革三件式沙發，電視是市面上最大的型號。床非常大，裝有鉻製條狀床頭板。所有房間都貼上鏡面磁磚，創造出輕巧空靈的效果。

他的公司有參與歐凡列帝街的開發案，所以宣稱他建的公寓品質如此優異，連他都不想住在其他地方，算是不錯的行銷手法。不過這不是唯一的原因。他最新的女友是冰島電視觀眾都熟悉的菲翠卡．哈朵斯，她終於受不了他成天沉溺女色，花天酒地，把他趕出兩人在艾福塔遜街的公寓。他們育有一名四歲的兒子，在母親都不同的三個孩子中排行最小。

他排行最長的孩子是托馬斯．艾佛德，現在三十初頭，母親是赫尼的青梅竹馬瑪麗亞。托馬斯與父親大相逕庭，在出版社工作，閒暇時會寫詩。他沒有女友，最近甚至告訴父親他是同性戀。赫尼無法接受，兩人自此不再往來。

後來赫尼瘋狂愛上安娜，兩人生下女兒狄莉芙．歐努朵蒂．艾佛德。不過他們終究分手，安娜最終代表女子黨當上國會議員。近年他們很少聯絡，但狄莉芙在聖誕節和生日會來探望他——他覺得主要是來數落他的缺點。

他認識菲翠卡時，她剛從國外念完平面設計回到冰島。她任職的廣告公司替艾佛德開發股份有限公司設計新的形象和商標，兩人因而認識。菲翠卡個性開朗外向，跟他一樣認為穿著最新時尚風格極為重要。他們認識不久後，她應徵上國營電視頻道的主播。他們一起搬進大公寓時，許多人都認為赫尼．艾佛德終於找到另一半了。然而對赫尼來說，人生就是要擁有最好的，不管是家具、假期還是女人，所以他永遠無法確定身邊的女人絕對是市場上最好的人選。

不過他不時會後悔失去菲翠卡。據說她要在即將開台的新民營電視台擔任重要主持人，他要是能參加那些派對一定很開心吧。菲翠卡最近接受時尚雜誌採訪，暢談那段「沒有成功的戀情」，公開分享她必須練瑜珈和冥想，才能在跟赫尼．艾佛德分手後重新站起來。

赫尼又嘆了一口氣。他不會再年輕了。近來他必須更加努力，不過靠一杯琴湯尼酒、閃耀的眼神和一陣阿諛奉承，通常也足以迷倒任何女人——前提是你夠幸運，有他的個人魅力。說真的，他不懂他的眾多前女友——也不懂他的孩子。托馬斯是同性戀！狄莉芙則像她母親，總是嚷嚷社會應該多關注女人的體驗。然後菲翠卡迷上冥想和那些靈修的屁話。他想他只是沒找到對的女人吧。

赫尼大聲朗誦，「我準備好面對今天，把發生的一切都當成機會。」參加戴爾．卡內基訓練課程後，他學會用名字稱呼每個人，好顯得更真誠可親。他也學了一些激勵人心的口號，每天早晚朗誦，藉此保證成功和生活快樂。雖然赫尼不了解托馬斯在出版社的工作，更別說他寫的詩，但他偶爾會讀英文的勵志書，鑽研如何實現目標，確保自己勝出。

他的公司總部位在雷克雅維克老城中心美輪美奐的特約寧湖畔，他直接開車過去。目前他最大的專案是在格拉瓦佛新城郊打造住宅區，他的公司和雷克雅維克市政府為此簽下報酬豐厚的合約。至於雷克雅維克市克林蘭區的新市中心開發，艾佛德開發股份有限公司也扮演要角。公司業務蓬勃發展絕不能忽略他拉攏保羅．尤韓尼森的能力，有朋友在市政府工作真是太方便了。想到保羅，赫尼不禁咧嘴一笑。他總是一本正經，因循守舊。他和葛恩珞極為傳統，住在完美的房子，養育完美的小孩，過完美的生活。即便如此，這個人仍是無聊透頂，人生目標只有政治和權力。

不過赫尼必須承認，他和保羅的交情頗有幫助。當然艾佛德開發股份有限公司本來就有實力承接這些建案，但赫尼和保羅協商後，加速了原先較冗長的流程，而且絕對沒有不法嫌疑。說真的，那些繁文縟節太繁瑣，只會阻礙他這樣的創業家，害他們無法為當地居民的利益快速開發建案。況且法規的聯帶影響導致現在沒有人能自己蓋房子了；有太多表格要填，太多執照要申請。因此只要碰到一堆無關緊要的官僚，用堅守規則的奴性態度阻礙嶄新計畫進行，他就會打電話找保羅處理，不得不承認確實方便。他和保羅的協商沒有書面記錄；他們都在電話上或當面溝通。如果問他相信誰能小心保管敏感資訊，那絕對是保羅，赫尼沒見過比他沉默寡言的人。雖然不符合直覺，但他似乎因此在政界大放異彩。不用說，赫尼當然慷慨捐贈了不少保羅的競選基金。

赫尼的下一個遠大夢想是開發吉丁甘尼，這一大塊海角位在雷克雅維克沿岸，以狹窄的海岬與本土相連，非常適合雅緻的獨家面海建案。不過左派一如往常反對，抱怨會破壞未經人擾的沙灘和大眾使用的權利。大眾使用的權利！光想赫尼就哼了一聲。

當然建案能夠直接欣賞維澤島的美景——只要你的口袋夠深。

想到維澤島，赫尼忍不住打了個哆嗦。有時晚上女孩會陰魂不散，出現在他的夢中，或應該說害他做惡夢。

現在達拜圖的垃圾報社有個寫手想利用這個案件。不過大眾的興趣終究會消逝，沒有例外。

自那個出大事的夜晚以來，赫尼都不曾跟朋友討論過維澤島的事件。然而不知為何，案件一直沒有結束，固定一陣子便會重新出現報導，女孩的深色大眼從同樣的報紙舊照中凝望冰島大眾。

私人車位標著他的車牌號碼 R69878，他把車停好，在下車面對世界之前調整後照鏡，快快檢查儀容。

赫尼再次藏好白髮，逕自咧嘴笑笑，下車邁開自信的大步走到辦公室入口，準備應付今天的挑戰。他必須說服世人現在是開發吉丁甘尼的最佳時機，而交付給他絕對沒錯。走進屋內前，他低聲喃喃說，「我把今天發生的一切都當成機會。」

華勒知道赫尼．艾佛德的公司總部位在湖邊美麗的挪威風老房子。當時開發商買下房產的消息洩漏到媒體，因為他出的價格實在太昂貴了。房子雖然好看，但老城中心的獨棟已經不流行了。華勒注意到最近有錢人家通常喜歡城郊或雷克雅維克外圍地區的現代大型建案。

華勒當然不屬於這群人。記者的薪水少得可憐，他的家庭背景也不富裕。他的父母仍住在北部的小鎮胡薩維克，他和蘇娜從小就在大自然的環抱下自由自在長大。他們在胡薩維克的生活舒適，但他和蘇娜仍一有機會就南下搬去了首都。華勒很喜歡雷克雅維克和他的工作；老闆達拜圖為人公平，對他來說錢也不是一切。記者的生活非常有趣，有時甚至挺刺激的，華勒也決定過一天算一天。他還年輕，不太擔心未來。目前他很滿意他在勞加提格街租的小公寓，兩側種滿路樹的街道距離勞加德勒爾區的大游泳池不遠。等他老一些，或許他會用低廉的價格買下老城中心的漂亮木造房子，因為其他人都在排隊等著搬到夢想中的加爾扎拜爾城郊。他想像自己和現在交往的女友瑪格麗特住在有大窗戶的傳統小屋，天氣好的時候能在小花園休息。

好吧，他大概沒辦法住在這條昂貴的提納街上，不過附近也行。

陽光耀眼，照亮湖邊色彩繽紛的屋頂，幾乎帶來童話般的氛圍，跟雷克雅維克平常灰暗的陰天看來非常不同。

華勒站著眺望閃耀的湖水一會兒，才走向赫尼的公司。大門深鎖，不過旁邊有花俏的門鈴，公司名稱「艾佛德開發股份有限公司」刻印在下方的銅牌上。華勒按下門鈴，繼續等待。

不久後，一名中年婦女開門，她從頭到腳穿得一身白，戴厚重的眼鏡。她朝華勒露出和藹的笑。「早安？」這句話同時是問候也是提問：**你來有什麼事？**

「早安，我是《威庫巴迪報》的記者華勒。我想跟赫尼談談。」

「你有預約嗎？」

華勒搖搖頭。

「除非事前約好，不然赫尼通常不見記者。我跟他說一聲，再告訴你適合的日期？」

華勒正在想適當的方法婉拒，他要找的人便從樓梯走下來。他的肌膚依然曬黑，身穿深藍色西裝外套，顯然要外出。他停在近視的接待員旁邊：「美女，我要去開會了，不確定結束後會不會回公司。」

赫尼經過時短暫瞥了華勒一眼，漠然的表情顯示他毫無興趣。

華勒逮到機會，趕忙退出門外回到階梯上，跟著赫尼往下走。

他問道，「不好意思，你是赫尼・艾佛德吧？」

赫尼停下來，驚訝地回過頭：「對。你是？」

「我叫華勒，我是記者——」

赫尼的臉突然沉下來。「啊，達拜圖報社的小子。當然，現在我認出你了。我得說，你的報導署名照片比本人好看多了。」

他粗魯的態度沒讓華勒亂了陣腳，他做這一行看多了。「我們一年多以前見過一次面——你大概不記得我了，是在——」

「沒錯，我不記得你，我見過很多人。是說我現在要趕去開會了。」

「我可以快快問一個維澤島的問題嗎？」

「什麼？」

「維澤島。」

「抱歉，不行，你要先預約。」

赫尼準備走開，但華勒持續追擊。

「我聽說奧塔和歐樂芙住在島上時，你經常拜訪他們。」好吧，嚴格來講克里斯欽不是這麼說，但華勒希望能刺激他回答。

「誰跟你說的？」赫尼吼道，「胡說八道，我——」

「所以你不認識他們？」

「我當然認識他們——大家都知道。奧塔和我是朋友；我們讀同一所學校。」

「他住在島上的時候，你從來沒去拜訪他？」

「當然有，找朋友沒問題吧。」

「你常去嗎？」

「說實在話，我覺得不干你的事。」赫尼氣得火冒三丈。華勒猜測他這種人遭到突擊不會摸摸鼻子就算了，他會馬上打電話給達拜圖，飆罵他報社的傲慢年輕記者。不過達拜圖會替員工撐腰，華勒並不擔心。

「我聽說蘿拉失蹤前不久你才去過一趟？」

「蘿拉？」赫尼的表情擺明他很清楚她是誰。

「那個失蹤的女孩——她本來在奧塔家幫傭。」

「都幾十年前的事了。」

「整整三十年，頂多差幾天。」

「聽好了，我根本不認識她，也不懂你幹嘛拿這件事騷擾我。」

「一九五六年八月你在島上嗎？」

「我怎麼可能記得？不管你了，我開會要遲到了。」赫尼大步走開。

「謝謝你跟我聊。」華勒朝他的背影大喊，「我會寫進下週四的報導，也會告訴讀者蘿拉在哪裡。」

赫尼猛然停下來，轉過身。「沒有人知道她在哪兒。」

「我有線索，下週就會公開。蘿拉該好好下葬了。我想整份報紙都會報導這個案子，我們會刊登她的照片，當然也會有你的照片。我現在可以替你重新拍照嗎？不行的話，我們也可以用你的舊照。」

「不准照什麼該死的照片，也不准寫我的事。你要是寫了，我會把你和你的報社告到死，我會把你們告到破產。」

「這句話說得真好，請讓我引述，謝謝。對了，我沒什麼家產，所以對我來說沒差。」

「我警告你喔，小子！我的事你通通不准寫。」

「幸好不是由你決定。不過這週我願意找時間聽聽你的說詞，就是那些常見的問題：你多常去島上，你去拜訪的原因……蘿拉整個夏天都在維澤島，你一定見過她。你記得她嗎？」

「我的說詞？才沒有『我的』說詞。我不認識蘿拉，跟事件也沒有關係。就我所知，她搞不好住在國外，還活跳跳的呢。」

「蘿拉死了，星期四你就會知道怎麼回事——除非你本來就知道了。」

一九八六年

八月十六日

瑪格麗特去年暑假在報社工作，但七月底突然辭職。當時她告訴華勒，「那個地方男性罣酮素太重，我受不了。」

他們當同事關係就不錯，不過一直到隔年春天在夜店重逢，才真的看對眼。她二十一歲，比華勒小幾歲，在冰島大學攻讀政治學位。他們同意慢慢發展，偶爾有空就見面。目前他還沒跟多少人說這件事，他有告訴蘇娜，但沒有告訴父母，至少現在還沒說，反正以後時間多得是。不過他對這個女孩有不錯的預感；他們處得很好，每次約好見面他都滿心期待。

現在瑪格麗特問他，「星期一你會去參加市中心的慶祝活動嗎？」今天星期六，他們在哈尼餐廳吃中飯，享用披薩可樂，慶祝第一次約會以來交往三個月。

「嗯，我覺得我應該去，吃吃蛋糕，看煙火。妳呢？」

「喔，我擔心去了會有點失望。大家的期待太高了。」

雖然她在報社表現很好，他們倒很少直接討論他的工作，聊的通常都是政治、藝術或文化。有時他懷疑她甚至不讀報紙了。

她在加爾扎拜爾長大，父母保守，華勒猜想《威庫巴迪報》不是這種家庭會讀的八卦小報。他心想她暑假應徵到報社打工，是否在警告父母不要自以為她會跟隨他們的安排。華勒心底不禁懷疑她跟他交往也是為了同樣的目的，一種無法持久的無聲反抗。老天行行好，拜託千萬不是。

他問，「星期一晚上我們要不要約在湖邊見面？」

「真浪漫。」她笑著說，「不錯呀，那就約在湖邊——晚上八點？」

「說好去約會囉。」他回以微笑。「這個週末呢？等一下妳會想進城去嗎？」

瑪格麗特回答，「抱歉，我答應姊姊今天晚上和明天要幫她帶小孩。」華勒感到一絲失望。

不過她又溫柔地補上：「但星期一已經約好了嘛。下禮拜平日我們再找一天租錄影帶窩在家看怎麼樣？」

以八月來說，今天天氣異常宜人，但華勒認為他必須幾乎整天待在辦公桌前，以防神秘的尤莉亞再次來電。代價太高，他不能放棄這個機會。他的大獨家，或應該說他的第一個大獨家——希望以後能有更多。

他在辦公室外的陽光下逗留了一兩分鐘，仰頭對著太陽，深知八月的每次好天氣都可能是最後一次。

出乎意料，他走進辦公室時，已經有一位同事在了。巴爾杜當報社寫手的資歷比華勒長多了；他幾乎跟編輯一樣老，換過無數的工作。有時華勒覺得巴爾杜根本在國內每家報社都待過。

巴爾杜問道，「見鬼了，你來公司做什麼？」

由於華勒偶爾週末也會在辦公室露臉，同事實在沒道理挖苦他，但正常上班時間外，他確實偏好在家工作。不過他不會浪費時間跟巴爾杜解釋，況且他覺得在話中聽到一絲嫉妒：華勒報導蘿拉的文章大獲成功，同事吃味了。顯然巴爾杜認為華勒在《威庫巴迪報》過去一個多月的飛速晉升有些太突然了。

「我有一篇報導要寫。」華勒簡短回答，「你呢？很多事要忙嗎？」

「又是蘿拉的報導吧。」巴爾杜很會用中性的語調說這種話。他很適合當政治家，因為旁人都聽不出來他真正的想法。

華勒撒謊說，「不是，那篇只剩一點要收尾。其實我開始寫新的文章了。」他想像巴爾杜的腦袋在想什麼，好逗自己開心。

他在辦公桌坐下，雙眼自動瞥向電話，彷彿這樣就能讓鈴聲響起。那名女子可能永遠不會再打來，其實也沒有什麼大不了的線索。他努力專注在手邊的工作，翻閱桌上的報紙。說實在話，他沒有緊要的事要做，但只要巴爾杜在辦公室，他就得裝忙。

他問道，「剛才有人來電找我嗎？」

巴爾杜轉過頭。「嗯？你在等電話嗎？」

「算是吧。」

「沒有人打來，倒是有一封信要給你。」

「信？」

「對，我來的時候就放在信箱下的地上，我想可能是昨天寄到的。」

華勒盡量不要顯得太感興趣。他沒有在等信，但訊息只可能來自那個人吧？

「喔，在哪裡？」

「我沒放在你桌上嗎？」

巴爾杜回頭看向他的桌面。「喔，不對，在這兒。」

他拿著信封漫步走到華勒旁邊，站在那兒等他拆信。

「謝謝。」華勒沒有要動作的意思，一直等到巴爾杜回去坐下。

他這才小心拆開信封口，拿出一張白紙，上頭只寫了一個名字：

奧菲德．雷弗朵蒂

他再看了信封一眼。絕對是寄給他沒錯。

奧菲德．雷弗朵蒂？

女生的名字，但他不認得。

這是尤莉亞傳來的訊息嗎？她只寄來這些嗎？還是跟完全不同的案件有關？

他把紙條放回信封，這時注意到信封背面用正楷寫了：**尤莉亞**。

所以**真的**是她寄來的！或許她選擇寄紙條給他，表示她不打算再打電話來了，但至少感覺她仍希望他能追蹤線索。

他心生雀躍，站起身要去拿筆記本，這才想起他把筆記本借給蘇娜了。到時候他得把這條線索加進去。現在他只能把信封塞進他可靠的背包。

他大聲清楚地說，「巴爾杜，我走囉。」

「這麼快？我們相處的時間如此短暫但甜美呀。」

華勒撒謊說，「我把筆記本忘在家了。」

巴爾杜故作輕鬆地問，「信封裡有什麼有趣的東西嗎？」

「信封？喔，沒有，只是收據。」

華勒通常為人沉穩，不會讓自己得意忘形，但這封信算是重大突破。他有預感他有機會寫出冰島新聞報導史上留名的文章。有些記者一輩子都在等這樣的機會——例如可憐的巴爾杜，平庸地蹉跎至今，只能輾轉為一家又一家的報紙發聲（通常是立場中間偏左的報社），一直沒能留下自己的紀錄。現在如果運氣好，華勒可是坐擁年度的大獨家。

他到家後打電話給蘇娜，但她沒接。他心想她老是不在家，總是在大學或在莫卡咖啡廳喝咖啡，不然就是跟朋友去跑趴。不過她終究還是得回家。他思索要不要走去希達區，在她的公寓門外等她。可惡，他需要那本筆記本！各種點子在他腦中翻飛，他迫切需要溫習事件相關的人名、事證和電話號碼，才能重新訪談所有相關人士。他記得其中一個他記下的名字是芬努．史蒂文森，一家批發公司的老闆。華勒查出芬努跟奧塔是兒時玩伴，兩人一直都有聯絡。合理推估，奧塔住在維澤島時他們一定也是朋友。然而華勒還沒來得及去敲芬努家的門，希望多了解奧塔的背景，他就在報紙上讀到芬努的死訊，這條線索就斷了。因此聯絡上奧塔和歐樂芙更顯重要，為了寫出下一篇文章，他非跟他們談不可。

他更迫切需要查出奧菲德．雷弗朵蒂是誰——當然還有尤莉亞的身分。

冰島天氣向來變化萬千，難以預測，現在天空轉陰，開始下起小雨。這下他別想碰運氣跑去蘇娜家堵她了。合理的下一步是翻閱電話黃頁簿，尋找名叫奧菲德的女子。但他必須很有耐心，因為冰島的電話簿是用地區分類，他得看過每個村落依照字母排序的姓名列表。現在他太激動，無法專心做這件事，於是他走到走廊，翻開電話簿查找達拜圖的電話號碼。他一時想不起來，畢竟他不常打電話到老闆家。他拿起話筒，緩緩吸氣吐氣，試圖控制興奮的情緒，然後開始撥號。

「華勒，小子，怎麼了？」

「我有新消息。」

華勒更希望能當面告訴編輯，他預期編輯會拍拍他的頭稱讚他，不過現在只能先打電話了。

「新消息？哪件事？」

「蘿拉的事件。」

「不錯嘛。」達拜圖回答，「快說，我洗耳恭聽。」他低沉的聲音增添一絲機密，又補上：「等著瞧吧，華勒——我們的報紙銷量真的要起飛了！」

「還要你說。」雖然報社的財務狀況良好與否與華勒無關，他還是願意積極協助提高銷量或訂閱人數。他想要感覺自己的表現值得這一份薪水。不久後總有一天，他會鼓起勇氣要求加薪。

「廢話少說，快講吧，怎麼了？」編輯開始不耐煩了。

「我收到一封信寄來的訊息。」

「什麼？」

「算是匿名的紙條吧，來自之前打電話給我的女子尤莉亞。」

「她說了什麼？」

「她寄給我一個名字。」

「名字？什麼名字？」

「奧菲德．雷弗朵蒂。」

「奧菲德？她是誰？」

「我不知道，但我會查出來。」

話筒另一端沉默了一下，華勒可以聽見達拜圖在吸菸斗。然後編輯說：「這還差不多。等我一下，我在想……」

「好……？」華勒滿心期待他的讚賞。

但達拜圖不是會大肆讚美的人，往往沒有被他罵就是稱讚了。「我在想……」他又說了一次，「我們是不是應該稍微提升刺激程度呢？」

「什麼意思？為了逼出更多銷量嗎？」

華勒往往難以跟上達拜圖的邏輯，這次也不例外。或許是因為華勒永遠抓不到他的政治直覺吧。

「當然好，我們就盡量逼出銷量吧。」為了填補空白，他又重複了一次。

「嗯，聽我說，我覺得就這樣做吧。你來替我解開這個謎團，但看在老天份上，不要對外提到你的線人——或有人給你線索的事。華勒，我們要保密。現在你真的有進展了，不洩漏資訊非常重要。」一會兒後，他用有點不可置信的口氣補上：「誰會相信有這一天？」

華勒嘆了一口氣，看來編輯之前對他沒有多大信心。不過他會讓編輯看到他多認真；現在他真的要贏得達拜圖的信任了。

一九八六年

八月十七日

華勒跟達拜圖講完電話後精神過於緊繃，無法好好睡覺，到了週日早上仍坐立不安，什麼事都做不好。他心不在焉盯著窗外。孩子在街上玩，對街的房子反射陽光。華勒也渴望能到室外。八月的色澤和光線總是特別吸引他，夏日的末尾，夜晚剛開始拉長；秋天和第一個結霜的晚上彷彿就在轉角……

雖然華勒不是土生土長的雷克雅維克人，他在城裡倒感覺就像家，很享受城市能提供的多元選擇。他想像自己漫步走過市中心的街道，即使有工作壓力，也把該寫的文章推遲幾小時。想到這兒，他咧嘴露出懊悔的笑，畢竟他總是把事情拖到最後一刻。少年時期他最痛恨週日晚上，因為他得坐在胡薩維克老家的客廳桌旁，應付整桌的作業。蘇娜則是好幾個小時前就寫完功課，可以懶洋洋躺在他們家的黑白電視機前。

並不是說華勒覺得國營電視台週日晚上的節目有多吸引人。這個時段十之八九都是嚴肅的瑞典影集，故事講述離婚夫妻打官司，主角總是酗酒的男人和過勞的女人。還有冰島藝術家值得矚目的訪談，分享為何他們作品中的煎蛋象徵胸部或這類做作的廢話。華勒清楚記得自己抱著一疊數學習題，越過蘇娜的肩膀看電視。她可是認真消化了節目內容，不過蘇娜本來就比較有文化素養，不像他喜歡充滿髒話的美國節目，看槍林彈雨擊倒劇裡的角色。新的民營電視台打算跟國營電視台一較高下，他希望新的電視台能多播這種調調的節目。他一直在考慮買錄影機，補足電視上缺乏的娛樂節目，但他的薪水有限，又有太多其他的誘惑要花錢。

他喝了咖啡，沖個澡，想甩掉以往週日帶來的焦慮。他要搭公車去報社辦公室，看看有沒有其他蘿拉事件的來電或訊息，然後到鎮上散散步。由於他喜愛老街和路旁妝點彩色浪狀鐵欄杆的木製房子，華勒對現在正在施工的「新市中心」極有意見。克林蘭區的主要交通幹道米卡拉大道旁已蓋起名為商務大廈的高聳辦公大樓，籌畫中的購物商場也將取代雷克雅維克的傳統市中心，此外還有更多的重大開發建案。華勒不喜歡當代建築，最近他寫了一篇文章，報導在湖畔蓋新市政廳的計畫，嚴正表達他的不滿。現在的建築師似乎都缺乏上個世代的美感。如果一切能順著華勒的意，大家都該繼續蓋木造房屋。

華勒在歇姆廣場公車站下車，他注意到雖然商店週日沒開，鎮上已經越來越多想引人注目的人。他先走上小丘到《威庫巴迪報》在考拉巷的辦公室。公司空無一人，他待了一下，翻閱桌上的文件，然後決定去厄斯圖街逛街散心。

他直接到卡納拜服飾店欣賞最新的流行服裝。當他站在櫥窗前，打量一件紅色格紋襯衫，他感到有人拍了他的背一下。

「嘿，最近怎麼樣？」

華勒轉過身，看到來自胡薩維克的老朋友古納。他在大學攻讀神學學位，個性很好，頂著一頭紅髮，眼角總是帶著一抹笑。

「工作如何？你在《華盛頓郵報》是不是忙翻了？」

華勒咧嘴一笑。「是啊，忙翻了，新聞總是一直來。」

「我看你在報導蘿拉的案子，你覺得你能破案嗎？你是雷克雅維克的神探可倫坡嗎？」

華勒呻吟一聲。「我不確定，但我就是放不下手。事件發生得太突然，很難相信她就這樣憑空消失。怎麼會有人這樣不見？又不是說她在外遊蕩，受寒凍死在維澤島……」

古納眼露關懷看著他。「華勒，難道她不可能投海嗎？決定結束一切？拋下聖經說的流淚谷？」

「帶著她的行囊耶？她所有的行李？如果你要自殺，你不會費心打包吧？還有一件事，古納。我跟當年負責調查的警探克里斯欽談過，我覺得他有所保留。其實我不相信她有離開島上。」

華勒要自己停下來，免得脫口說出尤莉亞給他的資訊。他要為下一篇報導藏一手。

古納表情凝重地端詳他一會兒，然後點點頭。

「你能找到她就太好了，否則案子只會繼續壓在全國人民的心頭。」

華勒聳聳肩。「誰都說不準，但要解開三十年的懸案不容易。是說你呢？差不多要畢業了嗎？」

古納笑了。「大概還要再辛勤努力三十年吧。沒有啦，只是開玩笑。我在寫畢業論文了，但沒什麼進展。我在研究耶穌在山上寶訓中說的話：『你們不要論斷人，免得你們被論斷。』」

華勒緩緩點頭。他莫名覺得這句話是說給他聽的，要他自問挖掘過去的罪行是否真的是他的工作。

「好啦，我得走了。」古納說，「明天神學院學生必須參加建城兩百週年的禮拜，我要在大教堂幫忙，現在得過去了。聽說一堆政治人物都會參加——我只能說老天保佑！」

等到晚上，華勒已反覆考慮過好幾個報導標題，但沒有一個滿意。

他也想好接下來一週的計畫。週二他會去島上，尋找能讓文章更豐富的細節，最起碼讓讀者讀了彷彿身歷其境。目前他手上最聳動的資訊就是尤莉亞說蘿拉在週六晚上遇害，他會說是有匿名線報。運氣好的話，他還能公開奧菲德．雷弗朵蒂的重要意義。他和赫尼・艾佛德的衝突也能增添一些風味。

華勒炒了一些冰箱裡的絞肉，煮義大利麵搭配，然後坐在老舊的電視機前看八點的新聞。頭條提要列出這節新聞會報導老鷹航空的營運問題、未決的南非經濟杯葛、卡爾波夫對上卡斯帕羅夫的西洋棋比賽、政府將維澤島的一部份贈與雷克雅維克市作為兩百週年紀念——以及蘿拉失蹤案的最新發展。

華勒從椅子彈起來，調大電視音量。主播講到最後一項時專注地盯著鏡頭說：

本台新聞編輯部的情報來源證實本週四出刊的《威庫巴迪報》會揭露蘿拉・馬汀朵蒂失蹤案的全新資訊。過去數週，記者華勒・羅伯森透過數篇專題報導重新檢視蘿拉的案件，這名十五歲的少女於一九五六年在維澤島上消失無蹤。多虧《威庫巴迪報》接獲的新資訊，蘿拉的下落之謎極有可能在本週解開。本節目無法取得華勒・羅伯森的回應。

華勒的下巴掉了下來。搞什麼鬼？這條新聞從哪兒來的？老天是要他怎麼交出新聞宣稱的成果？他又沒有真的答案。他搓起手，開始繞著擁擠的客廳緊張地徘徊。

本節目無法取得華勒・羅伯森的回應……要是他在辦公室待久一點，電視台的人就能聯絡上他，他就有機會駁斥這番說詞。

誰會洩漏消息？他的老朋友古納不可能大嘴巴亂說吧？不會，況且新聞編輯部沒道理認定他是可信的情報來源。其實除了華勒在報社的同事，沒有人能提供調查的現狀，而且說穿了只有編輯知情。

華勒衝到走廊，用顫抖的雙手撥出達拜圖的號碼。電話響著等編輯接起，他不禁感到胃部發酸絞痛。

「我是達拜圖。」

「喔，你好，我是華勒。你看到新聞了嗎？」

「有，我剛才在看。」

「你有看到報紙和蘿拉事件的部份嗎？他們宣稱這週會揭露重大資訊？」

「我當然看到了。」

華勒覺得達拜圖聽起來對整件事絲毫不以為意。

「但沒這回事！」他驚呼，聲量越來越大。「雖然我收到那個女生的提示，但我完全不知道線索會帶我去哪兒。我本來打算這週去維澤島……」

「可是華勒，孩子啊，你確實說過你覺得有東西可以報導……」

「對，可以寫成文章——但不代表我能解開案子。」

「這個嘛，這樣講才能讓大家提起精神關注，不是嗎？」

「你知道電視台怎麼得知這個消息嗎？」

「什麼消息？」

華勒在背景聽到喧喧擾擾，包括小孩尖銳的聲音——應該是達拜圖的孫兒。他的電視也開得很大聲，但編輯沒有提高聲量。誰都會以為他在競逐冰島全國低血壓冠軍。

他的反應令華勒有些不安。他自己光想到現在要面臨的巨大壓力就焦慮到流汗。

「他們預期這週會有獨家報導，」他喘著氣說，「整件事都跟我的名字綁在一起——大家都認得我的臉，現在他們都認為我要揭露什麼大消息。誰會跟電視新聞說這種事？」

「華勒，這對生意很好呀。大家都會迫不及待想讀蘿拉的報導，我們的業績會一飛衝天。你會吸引不少應得的注意，報社可能下個月開始就能由虧轉盈了。我覺得沒有壞處。」

「是你把消息洩漏給新聞編輯部嗎？」

「就算是好了，有那麼糟嗎？」達拜圖現在開心得像要嘶叫了，他似乎覺得整件事是個大笑話。

華勒啞聲說，「也就是說，**真的**是你？」

達拜圖說，「聽我說，孩子，我們報社每週都踉踉蹌蹌，在破產邊緣擺盪。」華勒覺得他言過其實；他從來沒聽說現金流問題，也沒看到報社刪減成本。「我得拼命撐住公司，」編輯繼續說，「你的調查對報社業務大有幫助，能帶來更好的銷量，但永遠都還有進步的空間。聽好了，今晚的新聞會讓《威庫巴迪報》大賣特賣，不管你有沒有真的解開謎題。別忘了我們是在做生意；想發布新聞，就得賣出報紙。你就心存感激吧——你和報社都能受到矚目，我很肯定你能端出好料。要寫出符合大眾期待的文章，對你來說也是一番考驗吧。」

達拜圖很明顯樂見事態的發展。

華勒清清喉嚨。「嗯，好，沒問題。看來只能這樣了。拜拜，達拜圖。」

「華勒，好孩子，拜拜。」編輯掛了電話。

達拜圖掛掉電話後，妻子蘆菲朝他露出疑惑的表情。

「老公，怎麼了嗎？」

「沒事，只是報社的華勒看到新聞有些心煩意亂，不用擔心。」

「不意外呀，老公，要年輕人承擔那麼大的壓力。」

達拜圖沒有回答，蘆菲便走進廚房泡茶。她先生把人生都投注在報社，成天到晚都不講別的事。他們初識時他有趣多了——頭髮也濃密多了——但不知為何他們的婚姻仍持續到現在。不過過去幾年，她越來越少關心達拜圖，都專注在瑜珈、有氧運動和孫兒身上，聽到丈夫報社的困境都很沒耐心。

她聽到他在隔壁房間跟孫兒說話。她調整頭上的彈性束髮帶，等水煮沸。

華勒回到客廳，呻吟一聲癱坐在沙發上。

照達拜圖說的，如果要「符合大眾期待」，他真的得全力以赴。

瞧他給自己惹了多大的麻煩。他只希望尤莉亞能再聯絡他……當然也不能忘了信封裡的紙條：或許他可以找到奧菲德．雷弗朵蒂，不管她是誰。沒錯，他有好幾條線索可以追蹤。要他把危機變成轉機也並非不可能。

他看向窗外。夕陽西斜，粉色光芒反射在對街房子的窗戶上。他突然感到無比樂觀：他不會因此被擊倒。

他站起身。他現在需要再去好好散個步，清空腦袋。

他會想出辦法的。

一九八六年

八月十八日

華勒仍未從週日晚間新聞的震撼彈中恢復，週一早上很早就進了《威庫巴迪報》的辦公室。達拜圖還沒到，不過其他記者陸續進來，喝起當天第一杯咖啡。華勒跟大夥打招呼。他在忙自己的文章，其他人則大多都在關注中午要開始的建城週年慶祝活動。有些人下午要休假，其他人則要值班報導慶典。許多公司今天都讓員工放假，鎮上確實瀰漫著假節的氣氛。

週日報社派巴爾杜去維澤島，參加贈與宅邸和教堂給雷克雅維克市的典禮。華勒咒罵自己沒有自願去報導這起活動，否則就有大好機會四處打探，感受一下島上的氛圍。

「華勒！」他的同事斯維里說，「《晨報》想採訪你……」

華勒對上斯維里的視線，搖搖頭。斯維里把手從話筒上挪開，向對方說可惜華勒不在辦公室。

巴爾杜點燃香菸，尖酸地說，「成為明星記者的代價呀。」

「是啊。」華勒在他的辦公桌坐下。他需要專心，才能寫最終版的報導。他拿出紙筆，開始寫作。如果他先寫下粗略的初稿再打字，有時候能幫助他釐清思緒。

蘿拉慘遭謀殺。

嗯，他會用這個標題。

目擊證人出面聲稱十五歲的蘿拉．馬汀朵蒂在一九五六年八月四號週六晚上遭到謀殺。

蘿拉的父母週末沒有接到女兒慣例打來的電話，詢問雇主後得知她突然辭職，於是在週一報警。

蘿拉的雇主奧塔．歐卡森和歐樂芙．伯倫戴當時住在維澤島，兩人告訴警方蘿拉提出辭呈，打包行囊，在週五離開島上。

華勒低頭盯著紙，然後加上：時間和地點？？？

如果蘿拉在週六晚上遇害——當時她可能在雷克雅維克嗎？

還是她從來沒有離開維澤島？

他嘆了一口氣，回想他跟自稱尤莉亞的女子說的話——那通電話的筆記混在他桌上的文件中——然後寫下：

　　蘿拉需要好好下葬。
　　她的屍體在哪裡？

「華勒！」又是斯維里。「這次是廣播電台新聞節目想採訪你。」

華勒抬起眼，搖搖頭。斯維里咧嘴一笑，對電話說抱歉華勒在忙其他的工作。

「小子，一刻都靜不下來，沒辦法寫作吧？」達拜圖到了，表情一臉平靜。他身穿棕色絲絨夾克和米白色襯衫，滿是雀斑的臉心滿意足，彷彿整個週末都在曬太陽休息。「怎麼樣？」

「喔，還好，謝謝。」華勒嘆氣說，「我有感到壓力，但我想最後應該沒問題。明天我會去維澤島一趟，想辦法替文章增添一點背景色彩。總之我會盡力。」

「計畫聽起來不錯。」達拜圖說，「對了，如果你需要暫時遠離蘿拉，來替我寫建城週年的報導也行。」他嘲諷般哼了一聲：「聽說昨天群眾繞著廣場排隊，就為了進去那個科技展，可見冰島人對創新有多狂熱。多虧這些慶祝活動，市長獲得不少媒體正面報導，總統正式出席我還得派人去採訪。說穿了，整件事搞得像馬戲團一樣。」

華勒笑了。「我還有幾件事要查，不過結束後我可以出去看看狀況，找個能報導的切入點。」

「好孩子。」達拜圖說，「我們得報導蛋糕和娛樂活動。有人跟我說，稍早為了搶特殊週年郵票的首日郵封，郵局發生了踩踏事件，或許你能寫一篇文章。別忘了，孩子，記者也要報導日常小事，別因為成功就忘我了。如果你解開蘿拉的案子，一定會大受女孩子歡迎吧——老天保佑！」

達拜圖講完笑話，自己哄堂大笑。華勒微笑點頭，暗自心想沒什麼比報導郵票更乏味了。為了討好老闆真是什麼都得做……不過達拜圖很清楚他在做什麼。洩漏消息或許是聰明的一招，甚至會奏效，讓大家期待週四的報紙，同時向華勒施加必要的壓力，要他把工作做完。

他把注意力轉回剛才用來努力統整重點的紙上。

然後他從背包拿出信封。奧菲德·雷弗朵蒂——她是誰？

華勒拿來電話簿，開始從「奧」字頭查詢奧菲德……他先從雷克雅維克找起，再依照郵遞區號查遍全國。搜尋一陣子後，他很滿意目前只有兩名叫奧菲德·雷弗朵蒂的女子住在冰島。他寫下兩人的電話號碼和地址，從窗口漫不經心眺望大海和山丘。他該試著打電話給她們嗎？直接問她們是否有蘿拉．馬汀朵蒂的消息？

他拿起話筒，打了第一個奧菲德的電話，她住在雷克雅維克的盧達雷可街。

「喂？」

「喔，您好，請問是奧菲德．雷弗朵蒂嗎？」

「我就是，請問哪裡找？」她的聲音聽起來遠超過中年。

「我叫華勒，我是《威庫巴迪報》的記者。」

話筒另一端一陣沉默。

「呃，我想請問您是否有蘿拉．馬汀朵蒂的消息？她三十年前失蹤了。」

「我？」女子聽到問題似乎很訝異。「沒有耶——你是說維澤島那個女孩嗎？」

「對，沒錯。」華勒說，「我接獲通報，說您可能認識她。」

「我不認識她。」女子聽起來越發不滿對話的走向。

「蘿拉．馬汀朵蒂一九四一年出生。」華勒改變策略，「她跟您是同輩嗎？」

「不是，我從來不認識她。」奧菲德冷漠地回答，「沒有別的事的話，我要掛電話了。」話筒突然斷訊了。華勒咒罵自己笨拙的應對，女子擺明覺得他太過分了。他必須想出更含蓄的作法。

另一位奧菲德．雷弗朵蒂住在冰島南岸外海的小群島西人島。經歷過前一通電話，華勒必須鼓起勇氣才能撥出她的號碼。

他隨手寫下：

線索用盡。

他一邊等第二位奧菲德接起電話，一邊心想這句話當作副標是否不錯。

「喂？」這次的聲音開朗熱情，而且年輕很多。華勒清清喉嚨。

「奧菲德嗎？」

「對？」

「喔，您好。我叫華勒，我是《威庫巴迪報》的記者。呃，我們接獲通報說您——或與您同名的人——可能跟三十年前失蹤的蘿拉．馬汀朵蒂有關係。」

奧菲德重複一次，「蘿拉．馬汀朵蒂？」

「對，她在一九五六年失蹤，《威庫巴迪報》最近在重新檢視她的案件。」

「喔，懂了。好吧，那時候我還沒出生呢。」奧菲德聽起來既不焦慮，也不特別感興趣。「蘿拉——你是說昨天新聞報導的事件嗎？」

「對，沒錯。」華勒說，「所以您想不出來您跟她可能有什麼關係嗎？」

「抱歉，我也不清楚，」奧菲德說，「我什麼都想不到。為什麼你認為我跟她有關係？」

華勒解釋，「就像剛才說的，我們接獲通報說您或與您同名的人可能與案件有關——就這樣。」

「原來如此。」奧菲德說，「呃，沒有，我完全沒概念。不過，嘿，祝你好運。」

華勒跟她道別，掛掉電話，心想這位歡快的年輕女子不可能是紙條上的人。倒是第一位女子的反應有些可疑，她的年紀也差不多符合。他可以打電話去戶政機關確認，瑪格麗特有個朋友凱特琳在那裡工作。

他回頭來思考奧塔和歐樂芙的問題。他在頭三篇報導有短暫提到這對夫婦，但他需要更多背景資訊，問題是他們都不接受採訪。

誰會有理由到島上拜訪他們？華勒已經知道批發商芬努．史蒂文森是奧塔的同學，表示他肯定在名單上。當然還有赫尼．艾佛德，克里斯欽聊案子時提到他的名字。當華勒試圖找他談，他的態度非常惡劣……

他站起身，走進達拜圖煙霧繚繞的辦公室。

他宣布，「我想多了解雇用蘿拉的那對夫婦。」

「合理。」達拜圖說，「不過當時警方不是徹底調查過他們了？倒是你的線人尤莉亞——她有再聯絡你嗎？比方說紙條的事？」

「對，奧菲德——紙條上的名字——我在查了，不用多久就能找到她。」華勒決定要跟瑪格麗特在戶政機關的朋友談談。「我也在調查赫尼．艾佛德。」

「赫尼？老天，為什麼要調查他？」

「他一定會來跟你客訴。」

「那又怎樣？我相信我的記者，華勒，你很清楚。」

「要不是芬努．史蒂文森已經過世，我大概也會跑去找他。我的名單上都是社會上有頭有臉的人物，他也在上頭。」華勒笑了。

「看來週四的報紙越來越精彩了。」達拜圖語帶一絲滿意。

「豈止精彩，一定**讚透了**！」

「讓我們創下銷售紀錄吧。」達拜圖繼續說，「銷售紀錄耶，華勒小弟。不過你還有時間替我寫一篇週年紀念的短文吧？就是紀念郵票的報導？這樣吧，你陪奇帝去拍照，順便找民眾回答本週熱門問題。」

華勒逼自己微笑點頭。他覺得達拜圖刻意要他做這些無聊的工作，想提醒他記得腳踏實地。《威庫巴迪報》只有一位明星記者，就是老闆兼編輯的達拜圖。

不過他只回答：「沒問題，我會找個好的切入點。」

一九八六年

八月十八日

市議員保羅．尤韓尼森在長椅上坐立不安；這個環境令他無法放鬆。他從政不是為了浪費早晨上教堂，不過今天避免不了。整座城的教堂都在舉辦禮拜慶祝建城兩百週年，身為雷克雅維克市議會的民選議員，他不可能缺席。雖然保羅平常不上教堂，也不信教，他受訪時總喜歡說他保有兒時的信仰，因為他知道潛在選民認同這種說法。他又扭了一下。雷克雅維克老教堂的硬木長椅需要更換了，連囉嗦的中年牧師也無法讓保羅分心。

如果問保羅他從政的原因，他得說是為了獲得影響力。他很重視都市規劃，也輕易給安插到這個部門。他曾希望順著市府的政治階級往上爬，但後來逐漸意識到他缺乏贏得選票的必要魅力，況且當時他已達成所有重要的目標了。靠著經驗和廣泛的人脈，就算他不是市議會的多數黨，也能推動事情進行。他本人也極具影響力。保羅跟正確的人為伍，替他在體制內鞏固了一定的地位，這比受選民歡迎重要多了。他選擇在政壇上退居幕後，左派右派對他來說都不是主要的問題。

都市規劃目前是市政的重點。位在新市中心的大型購物商場預計隔年開幕，整個開發計畫會改變雷克雅維克未來的樣貌。新市中心也會集中開發更多住宅和零售商店，更別說新的廣播大樓在興建多年後終於快完工了。保羅非常滿意這些專案。他喜歡跟建商會面，接受他們的驚嘆敬佩，參觀施工現場，大略指示城市未來的開發走向。他很驕傲自己如此重要。他也會關照朋友，尤其是赫尼。其實他們是互相幫助。

保羅向來傾向在幕後工作，選擇追求安逸的人生。他的父親是商店老闆，母親是家庭主婦，再平凡不過，兩人也這樣教養孩子。他們的目標永遠是住好房子，買車，娶個美嬌娘，生下有前途的孩子；也就是說，過受人景仰的像樣生活。妻子坐在他身旁的長椅上，他偷偷瞧了她一眼。

葛恩珞曾是那個美嬌娘。他們在學校相識，她是全校數一數二受歡迎的女孩，後來還去進修家政學。現在他們的兩個孩子都在念預科學校。葛恩珞的金髮逐漸花白，以往柔和的面容也變得銳利。她身穿深藍色外套搭配粉色圍巾：「她的」顏色。最近她跟刺繡同好會的女性朋友一起去聽人解析適合她的顏色，發現她是「春季」色調，於是她開始大量購買粉色、紫色和丁香色的衣服。

目前她看來完全在認真聽牧師說話。智者會把房子蓋在磐石上，撐過每一場暴風雨——不像建在沙地上的房子：「我們的城市也一樣，」牧師說個不停，「建立在磐石上，面對每次的暴風雨都屹立不搖。」

保羅的思緒不免飄向城市東側盧塔伐湖畔的建案，四年前選舉時惹出頗大的爭議。最近幾次選舉，都市規劃都不算棘手議題，他都歸功於自己的努力。他初次在政界嶄露頭角就是發言反對開發綠地，「保護我們的綠地」是保羅的競選口號。不過他知道都市規劃不僅是保護綠地：地產是冰島唯一安全的投資，唯一能承受經濟不斷波動、通膨飆升和利率飆漲的資產。

保羅回神聽牧師佈道，發現他已講到家庭價值。他回頭瞥了葛恩珞一眼，她的雙眼仍盯著牧師。他什麼時候意識到這段婚姻不再滿足他的需要？葛恩珞以往個性開朗愛笑，但有一天他突然發現她的笑聲沒了。她把家打理得堪稱楷模，照顧他們的小孩，週日準備烤肉，跟上新聞時事，陪他參加招待會或執行妻子的其他義務時，她也能對談如流。她是刺繡同好會的成員，會讀書，也參與女子機構的活動。除此之外，她還去上課，編織毛衣，甚至織了一條掛毯掛在牆上。他們在沿岸往北一到兩小時的斯科拉達爾有一棟裝潢迷人的夏日小屋，住家則位在雷克雅維克西側富裕的格林穆爾區，雙雙展現極高的品位和優質建材。她有兩件皮草——肯定是成功的證明。

然而即便如此，保羅仍找上另一個女人。

伊莉莎白年僅二十三歲，是雷克雅維克市政府的秘書。她把一頭金髮綁成高馬尾，穿著愉悅的粉彩色，通常搭配有肩墊的外套、色彩繽紛的塑膠腰帶和沉甸甸的項鍊。她負責接電話、安排保羅的會議和倒咖啡。當她和每個人問好，感覺都像真心期待見到他們。她住在鳥斯街的閣樓小公寓，盡量把房子裝飾得漂亮。她雖然受雇於都市規劃部門，卻對部門業務毫無興趣。

保羅逐漸注意到她；她向來開朗活潑，粉色唇膏似乎能點亮房間，顫動的笑聲很有渲染力。

有天晚上，都市規劃部門舉辦員工派對，因緣際會把他們帶到一起。晚上大半時間，他都在跟男同事聊天，但活動快結束時，女生們開始收拾。保羅在家從沒想過要幫忙打掃，但這時他晃到伊莉莎白身旁，表示願意協助。他注意到其他年長女性意有所指地互看，但伊莉莎白只是朝他露出燦爛的笑，欣然接受他的幫忙。

活動結束後，保羅從伯嘉圖街陪她走回鳥斯街的公寓，兩人在她家激情做愛。她拖著他爬上狹窄的樓梯，咯咯笑著看他脫掉她鮭魚粉色的洋裝。她年輕，肌肉緊實，表現得像他取悅了她。其實他和葛恩珞仍會固定上床，但總是按照同樣既定的做法，她老是穿同一套睡衣，關上燈，一點都不新鮮。跟伊莉莎白在一起，他感覺又變年輕了。她用崇敬的眼光看他，把他當成大明星。

葛恩珞．哈拉朵蒂看著牧師。哈多爾牧師有夠無聊，每句話都說過上百次了。她並不介意上教堂；她甚至對主教評價甚高，認為他真的有話要說，宣揚心靈生活的重要。但她不喜歡哈多爾牧師，今天跟來只是為了輔佐保羅。

葛恩珞剛過五十歲，她對外都這麼說，但其實差了十歲。她還在學就愛上保羅，他膚色黝黑，長相英俊，讓人感覺他一輩子都不會做錯事。他念大學時他們結婚，生了兩個孩子，打造了美麗的家，買了溫馨的夏日小屋。接著保羅進入政界，早年還懷抱頗大的野心。然而他不是天生的政治人物，習慣保持低調，比起民選議員更像人民公僕。不過他的工作收入優渥，他似乎也很喜歡，往往伏案撰寫都市規劃草案到很晚，成天跟開發商開會，擔任分配建地的重要人物。

葛恩珞盡責扮演她的角色，烤蛋糕煮咖啡，參加永無止盡的會議和活動，永遠都陪伴在丈夫身旁，忠誠又可靠。她替他的兒時友人煮過不知道多少頓飯。有時他們的妻子也會受邀，葛恩珞大多時間都和索荻絲一起，她似乎很享受成為注目的焦點。葛恩珞心想，我們都很忠誠可靠，可是有得到同等的回報嗎？

她感知到保羅在她身旁，挺直了背，坐姿莊重，但思緒擺明完全不在現場。牧師請大家起立接受祝福時，他最後一個才起身。近來保羅似乎越來越容易分神，不只在家，連他們出門在外也是。

葛恩珞認識丈夫很久了。婚後大多時候，他們的利益都是一致的。她支持他參政的野心，但她自己也不遑多讓。她想進入最高級的社交圈，參加開幕夜，在雞尾酒會與同樣水平的人交流。然而最近她感覺和保羅漸行漸遠，他似乎對他們做的任何事都沒了興趣。他們仍和以前一樣去同樣的地方，他和所有人打招呼，沉浸於扮演他的角色。可是他越來越常加班，總有藉口說都市規劃申請案件多到處理不完。他不甚關注葛恩珞，鮮少發現她盛裝打扮，聽她說話往往都像機器回答。由於保羅熱愛美食，以往用餐時段是他們特別的私密時間，但現在也變得單調無趣。他似乎沒什麼話好說。

葛恩珞有想過他可能學一些朋友開始四處尋芳，把她視為理所當然。唉呀，祝他好運。她知道偷吃和沉溺女色在政治圈是家常便飯，保羅跟他的密友們也很清楚。但她也知道即使民風近來較為開放，仍不表示他這種地位的男人離婚會太好看。不過擺脫掉他或許也好，他這個伴侶不怎麼吸引人了。

牧師請會眾唱最後一首詩歌。保羅在她身旁翻開詩歌本，動起嘴唇。他不是會跟著唱的人。葛恩珞低頭看她的詩歌本，倔強地提高聲量。

一九八六年

八月十八日

攝影師奇帝個性安靜隨和，跟華勒大約同年，來自城市東側的布雷霍須區。他似乎沒什麼嗜好，但他拍的人像照極具魅力，已替他闖出名聲。政治人物是他最喜歡的拍攝對象。並不是說他有明確的政治傾向，或很了解各個政治人物和政黨，但他很有看人的眼光，也懂得怎麼把他們的個性刻印在底片上。不過他人很好，接到大多數的案件都不會抱怨，即使是去郵局拍郵票的照片。

華勒請奇帝稍等一分鐘，讓他打一通電話。他直接打通戶政機關的號碼，指名找瑪格麗特的朋友凱特琳。稍等一下後，凱特琳接起電話。她的聲音輕柔但清楚，他想像髮夾將她柔順的金髮整齊往後夾，露出臉來。華勒問她是否能私下查詢奧菲德·雷弗朵蒂這個名字，列出過去五十年左右叫這個名字的女子名單給他。

雖然凱特琳以前幫過他類似的忙，她還是唉聲嘆氣，說要給她一點時間，他明天打來應該就會有答案了。華勒拼命跟她道謝，週四報導的謎題重大關鍵就靠她了。

華勒把信封和紙條放進背包，背上肩膀，匆忙跟奇帝一起離開《威庫巴迪報》的辦公室。他們的任務是前往中央郵局，找人採訪紀念郵票，然後攔住一些參加慶典的遊客，請他們回答「每週提問」專欄的問題。遊行即將從哈爾格林姆教堂出發，隨後在湖邊公園和舊市中心會有一系列的娛樂活動。

郵局的採訪很快就完成了。受訪的女士手拿有幾張郵票的信封，上頭蓋了週年紀念郵戳，是天鵝擺成數字兩百的圖案。奇帝拍了她的照片，華勒則記下幾句話，說明雷克雅維克市民對郵票的無比熱情，加上標題：

紀念郵票首日封熱銷

等他們走出郵局，沿著厄斯圖街前進，市中心已聚集大批人潮，娛樂活動也開始了。雷加街擺起一排桌子，放著兩百公尺長的蛋糕。

華勒提議，「好，每日一問。我們來問大家對蛋糕的感想吧。」

「這樣不是得等到他們先吃過嗎？」奇帝問完聳了聳肩。

他們走到蛋糕旁，站在比較有利的位子。第一片蛋糕做做樣子送給冰島總統，她面色莊重，身穿時髦套裝，頭戴帽子。接下來就開放全民共享了，感覺雷克雅維克的所有居民都聚集到桌邊，非要拿到一片蛋糕不可。小孩鑽過父母腿間，烘焙師傅切蛋糕的速度都趕不上需求。華勒和奇帝不久就搭訕到幾名吃了蛋糕的慶典遊客。

蛋糕怎麼樣？

很好吃！

蛋糕怎麼樣？

絕對有一點酒味，是加了雪莉酒嗎？

蛋糕怎麼樣？

我不太喜歡杏仁蛋白糊。

搞定每週提問後，華勒和奇帝也趁機吃了一塊。奇帝喃喃說，「沒什麼特別。」最後他們一起走回考拉巷。華勒迅速寫完兩篇文章，通通在四點前交出去。

他想回鎮上再享受一下慶典的氣氛，接著趕回家梳洗，晚上去跟瑪格麗特見面。他們約好八點在湖邊碰面，從雷加街上方的安納霍爾草丘欣賞娛樂活動。華勒猜想結束後瑪格麗特會不會跟他回家，她有時候會。不管怎麼努力，他的異性交往技巧向來不太熟練，他老是覺得和女生相處很尷尬，不確定該說什麼才會顯得有趣，要他主動出擊又太害羞。

他不確定和瑪格麗特的關係最好怎麼進展，不過他覺得兩人走在對的路上。她趁大學開學前在放短短的暑假。大多數學生整個夏天都在打工，不過她的家世背景應該付得起這樣的餘裕，況且她還跟父母住在一起。她長得漂亮，留一頭深色長髮，穿著比實際年紀來得成熟一些。

雖然他每次看到她都心頭小鹿亂撞，他仍不確定未來會如何。也許只是他天生缺乏安全感吧。他很羨慕妹妹蘇娜，她似乎只要抬抬手指，就能讓男女生都拜倒在她裙下。華勒不是這種人。

他穿過人山人海。到處都是人，不過大部分的群眾都要離開市中心，回家吃點晚餐，再來參加晚上的娛樂活動。通常只有週六夜大約凌晨三點，城內的夜店將酒醉騷動的人潮吐到街上，才會看到雷克雅維克這麼擁擠。不過今天的人群有規矩多了，大多是帶小孩的家庭。華勒閒逛了一陣子，才想起他把背包忘在報社。他回到考拉巷去拿，接著走到史庫拉街，希望能搭上公車。

他走在路上，思緒又回到他的報導。

奧菲德是謎題的關鍵嗎？如果是，他想找的奧菲德是兩位當中的誰呢？

他對奧塔和歐樂芙夫婦又了解多少？比方說，只要有意願，任何人都可以搬到維澤島嗎？也許去查查城市資料庫不錯。

蘿拉死在島上嗎？

尤莉亞告訴他兩件事：一，蘿拉在週六晚上遇害。二，她的死跟一個名叫奧菲德．雷弗朵蒂的女子有關。

華勒走到公車站。由於假日期間市中心禁止私家車通行，公車站擠滿了人。一輛公車快速開來，華勒推測車上一定客滿，便鑽過人群靠向路邊，免得錯過空位。他想要沖個澡，換上乾淨衣服，再去跟瑪格麗特約會。想到要跟她共度具有歷史意義的這一天，感覺有些浪漫。

他忘卻稍早的壓力，心中充滿迫切期待，對未來審慎樂觀。

就在這時，他感到後方有人用力推了他一把。他失去平衡，猛然往前衝上馬路，一瞬間看進公車司機驚恐的雙眼。

第二部

一九八六年

八月十八日

蘇娜一直努力想忽視建城兩百週年的慶祝活動，但實際上根本躲不掉。每個人都只想聊這次節慶——以及維澤島的事件。昨晚電視新聞報導市長前往島上，參加將所有權從國家轉移給雷克雅維克市的儀式。不過同一段新聞快報的大消息是當週稍後華勒將解開維澤島上女孩失蹤之謎，稍微蓋過了市長的風光。蘇娜看到後震驚不已，反覆試圖打電話給哥哥，但聯絡不上他。

那個混蛋，什麼都沒跟她說。

難道他真的找到蘿拉了？如同惡名昭彰的蓋芬納事件，蘿拉的案子充滿爭議，全國人民都屏息追蹤每條新消息，迫切希望得知女孩的下場。

蘇娜心想，冰島人對犯罪故事都不膩呢。她記得去年冬天，她和華勒連續六週的週二都一起看英國新影集《掩上她的臉》，主角是戴利許警探。影集播放期間，他們的朋友都入迷地想猜出凶手身分。影集快播完時，蘇娜曾跟華勒說她可以想像自己未來寫起犯罪故事。**哈，最好是啦**，華勒輕蔑地說，**誰會想看發生在冰島的警探故事。我倒可以保證在報紙上解開真正的犯罪事件給妳瞧瞧**。

週年紀念日的週一，蘇娜小聲開著廣播，在家專心寫論文，待到吃完午餐。她習慣聽播放輕鬆節目和當代音樂的第二電台，不過她等不及能有更多選擇了。目前如果想聽搖滾或流行音樂，另一個選擇只有美軍電台，從北約在凱夫拉維克的基地以英文播出。是時候冰島該有自己的其他選項了。

天哪，建城週年的各種炒作都令她厭煩，連第二電台的節目都被入侵了。等到下午兩點電台開始直播市中心的活動，她終於受不了了。為了逃避鋪天蓋地的媒體報導——根本是媒體狂熱——蘇娜決定搭免費接駁巴士進城，去親自嚐嚐破紀錄的出名生日蛋糕。不過等她到了現場，群眾實在太多，嚇了她一大跳。

她四處閒逛，撞見不少朋友、熟人和親戚，但沒有人有空停下來聊天。街上人群漫無目的亂晃，感覺有冰島國慶日群眾的十倍之多。她本來希望能撞見華勒，但要在混亂的人潮中找到一個人幾乎不可能。不過她逐漸受到周遭氣氛影響，畢竟今天深具歷史意義，能親自體驗也頗有趣。其他市民——以及不少來自鄉下的遊客——臉上綻放喜悅，連帶讓人一同陷入亢奮的情緒。

下午逐漸過去，她覺得就這麼回家太不划算了。陽光燦爛，以冰島標準來說氣溫適中。蛋糕吃起來也不錯，不過她得擠過人群才搶到一塊。蘇娜心目中沒有多少偶像，其中一位就是總統維格迪絲．芬博阿朵蒂，世上第一位民選的女性國家元首。蘇娜很高興能看到她本人，如果能跟她握手就好了，不過當然沒有機會。

最後蘇娜在安納霍爾草丘的斜坡上找到空位，市中心這座綠茵小丘上豎立著冰島第一位定居者英歐維爾．安納爾松的雕像。幸好她穿得夠暖，因為不再走動後身體很快就涼了。她從制高點觀賞慶典節目、演講和娛樂活動，不是每一段都符合她的胃口，交響樂和某齣戲劇的節錄表演完全不是她的菜，但她倒挺喜歡關於雷克雅維克的歌曲，甚至一些較庸俗的橋段也不錯，不過她在朋友面前絕對不會承認。現在想想，或許跟朋友一起慶祝比較好，但為時已晚，事前她太堅持這個節慶只適合小孩和老人了。她懷念華勒的陪伴，如果他在這兒，兄妹倆一起窩著抵禦越發寒冷的微風，評論嘲笑演出的餘興節目，一定有趣多了。要是今天早上聯絡到他約見面就好了。現在他一定也在外頭，跟女友在一起。她鬱悶地想，隨著日子過去，她和哥哥必然會漸行漸遠，尤其他又找到了對象。

市長的演講替活動畫下尾聲，接著放起盛大的煙火。沒有人注意到秋夜的黑暗侵入冰島夏天明亮的夜晚，直到煙火照亮明顯昏暗的夜空。眼前的光景像是結合了六月十七日的國慶和跨年夜。

雖然蘇娜忍著寒風在公車站等了很久，冷得發抖，她仍覺得渾身籠罩奇妙的平靜。今天倒頭來她玩得很開心，一掃早上負面的情緒。

她終於在客滿的公車上搶到位子，車程中暖了身子。從公車站走回家的短短路程也很舒服。住家附近仍有許多人看完煙火正要回家，再次令她想起跨年夜，尤其是小時候她和華勒可以跟父母一起熬夜跨年。對那個年紀的孩子來說，午夜有種神奇的力量。這一刻，她感覺又回到了童年。

她到家會打電話給華勒，今晚這個時間還不會有人就寢。她等不及想聽他的消息，了解蘿拉的案子怎麼回事，與他共享下一份報紙週四出刊的興奮情緒。今天媒體焦點都在市長和總統身上，但蘇娜推測等到週末，她的哥哥華勒會成為頭號明星，尤其如果他真的查出失蹤的女孩怎麼了。

她住在歐克錫丘山腳斜坡上的希達區。當她走近住的地方，她發現樓上卡蜜拉的公寓燈亮著。雖然非常不尋常，不過今晚當然一切都不同了。即使黑夜歸來，世界感覺仍亮了一點，美麗一點。蘇娜放下憤世嫉俗的態度後，其實為全球最北的首都週年慶祝真心感動，也很欣賞居民單純享受的態度。不過現在她滿腦子只想到床，等不及要蜷縮在被窩裡墜入夢鄉，感謝自己出乎意料把平常的壓力放在一旁一天。明天一切會恢復正常：寫論文，政界紛擾的新聞，以及捕鯨和都市規劃常見的爭議。

她在包包裡翻找鑰匙，一時還擔心弄丟了，不過最後仍如常找到了。然而等她打開門，眼前完全超乎想像的景象嚇了她一跳：卡蜜拉非常清醒地坐在樓梯上，似乎在等她。蘇娜吃驚地愣在門口。樓梯是公共空間：屋主卡蜜拉既是蘇娜的鄰居也是房東。這樣的安排挺適合她們，雖然兩人相差二十幾歲，卡蜜拉在家也非常安靜，但她不太介意一樓偶爾開趴。

「卡蜜拉……」蘇娜很努力才沒有問出口：**妳在這裡做什麼？**

由於這是卡蜜拉的房子，她實在沒有立場問這個問題。

「蘇娜，我在等妳。」卡蜜拉的聲音比平常還溫柔。

「什麼？等我？」

「妳上樓來吧——我煮了熱咖啡。」

她的邀約聽起來毫無問題，蘇娜自然點了點頭。然而大清早跟從來沒有訪客、鮮少過了午夜還醒著的鄰居一起喝咖啡一點都不正常。

蘇娜跟著卡蜜拉上樓到她的公寓。房東請她在起居室坐下，自己則鑽進廚房，一會兒後拿著冒煙的馬克杯出來。

「是這樣的，蘇娜，稍早警察來過，想找妳談談。我說好等妳到家就會聯絡他們。」

「什麼？」

蘇娜突然覺得踏入了陷阱，但怎麼想都很荒謬。除了論文進度有點落後，她沒做錯什麼事。

「警察在過來的路上，我們先等他們吧。」

「我得說，我完全不知道怎麼回事。」蘇娜捧著她的馬克杯，甚至沒想到要喝。

「先等他們到吧。」

自從簽完租約，她跟卡蜜拉大概沒講過這麼久的話。卡蜜拉是模範房東，蘇娜挺喜歡她，但兩人就是毫無共通點。

蘇娜突然起身，灑了一身咖啡。她放下馬克杯：「不行——我等不了。可以麻煩告訴我怎麼回事嗎？我是說……我犯了什麼錯嗎？」

她越發焦慮，感到自己開始冒汗。她沒辦法再待著了。

卡蜜拉也站起身，伸手輕撫她的肩膀。「坐下吧。妳沒犯什麼錯，但我希望由警方告訴妳消息。」

「消息？什麼消息？」

現在蘇娜的心跳得飛快，彷彿房內的空氣都榨乾了。

「蘇娜，我真的覺得我們應該等警察來，我不知道該怎麼說。」

這時蘇娜才注意到卡蜜拉跟她一樣焦慮，顯然她也不想面對這個狀況。蘇娜意識到她一個人在樓下等不會比較好，便重新癱坐回椅子上。

「我爸爸還好嗎？我媽媽呢？出了什麼事嗎？」

卡蜜拉遲疑了一下：「嗯，他們……他們都好，但……真的，妳再等一下吧。應該說，我……我覺得警方不會希望我跟妳說。」

「妳不能這樣對我。」蘇娜哭喊，迫切地提高音量。「妳得……妳得告訴我。我受不了……」她快崩潰了，可以感到淚水開始流下臉頰。

然而卡蜜拉沒有回答，兩人之間的沉默從未如此駭人。

華勒？他總該沒事吧？

她沒有他的消息，也聯絡不上他，即使他通常人都不遠。他非常可靠，她需要時他永遠都在。她的大哥當然不會出事。華勒總會照顧她，支持她。就算她十幾歲時黏著他和他的朋友，他似乎也不介意。對他來說，妹妹永遠排第一。她也清楚，知道她比他的朋友重要，搞不好比父母還重要。

也許他的女友會知道他在哪裡？蘇娜立刻放棄這個打算。

她和華勒有時像海上的船，遠離岸邊四處漂蕩，雖然沒有指南針，但總能找到彼此。是華勒建議並鼓勵她去念比較文學，她也驕傲地看他成為成功的記者，現在看來即將揭開過去半個世紀最大的謎題。

他當然沒事。

然而她仍擔憂不已，直到她肯定他出事了。她感覺得到，隨著沉默越拖越久，她更加堅信她想的沒錯。古老的回憶自行浮現腦海，怎麼樣都擺脫不掉。她心臟狂跳，耳朵耳鳴，覺得自己可能要昏倒了。

她無法坐定，又站了起來。

「我要下樓去。我受不了了，非得下去。」

卡蜜拉點點頭。「都聽妳的，蘇娜。我……」

這時門鈴響了。

卡蜜拉悄聲說，「他們到了。」她走到走廊，朝對講機說話，然後打開通往樓梯平台的大門。

蘇娜閉上眼，彷彿就能改變事實，彷彿就能讓自己消失，不用聽到噩耗。

「蘇娜？」

男子的聲音和藹。她重新張開眼睛。眼前站了兩名警察，都過了中年。

她點點頭。

「我們是來跟妳通知妳哥哥華勒的事。」

她說不出話。

「稍早傍晚他出了意外，車禍。」

她茫然看著代表發言的警察。車禍？她聽不懂。今天大部分的人都徒步，華勒也沒有車，甚至沒有駕照。也許他們搞錯人了？她感到一絲希望。

「我很遺憾，蘇娜。妳哥哥——因為車禍過世了。」

就這樣，她的世界崩解了。命運之手殘忍一揮，一切都變調了。她知道這輩子她都不會忘記這一刻。

她膝蓋發顫，震驚地站在原地，動彈不得，連一個字都擠不出來。她感覺束手無策，孤苦無依。

「我聽說妳住在樓下的公寓？」

她悄聲說，「對。」

「妳一個人住嗎？」

「對。」

「妳希望我們載妳去父母家嗎？對妳和他們是否都比較好呢？」

她緊繃著喉嚨回答，「他們……他們住在胡薩維克。」

「原來如此。妳有其他地方可去嗎？例如朋友家？或其他親戚？」

「我媽媽……我是說媽媽的姊姊……住在奧拜區。我……或許我可以……」

「我們帶妳過去吧。」

她振作起來，突然問，「怎麼回事？」

警察似乎一時答不出來，但她的問題應該完全在意料之中。

「車禍……華勒沒有駕照。」

「他沒有開車，只是走路。他要過馬路，結果……」警察停下來，像是不願意繼續說。或許她還沒準備好聽血腥的細節。

她站在原地，盯著他。即使八成不是好主意，她也要知道更多。

沉默許久後，警察說，「公車撞上他。」

蘇娜覺得有人揍了她的肚子一拳。她完全沒料到這個答案，現在她希望能收回問題，抹去這個消息。或者抹除這一整天，像錄影帶倒帶，回到過去，找到華勒，告訴他——看在老天分上——待在家別出門。

她震驚地靜靜站在原地。

警察和藹地問，「蘇娜，我們走吧？」

她默默地點頭。

一九八六年

八月十九日

得知消息後，蘇娜幾乎沒睡。

她的父母正在開車南下，但胡薩維克在國土另一端，大概要花八小時才能抵達雷克雅維克。隨著時間過去，蘇娜逐漸覺得阿姨家的氣氛太過壓抑，她非得出去一會兒。

她沒辦法再躺在客房床上，不斷想起華勒。早上牧師來了一趟，不過蘇娜不想跟他談，因為改變不了什麼。華勒不在了，毫無解釋，但如此難以理解的事該怎麼解釋？命運開了殘酷的玩笑，讓他這個錯的人去到錯的地方。

大半時間她仍拒絕面對現實，深信這只是夢，只是搞錯了；剩餘的時間她則在悲痛與無力的憤怒之間擺盪。最後她迫切需要新鮮空氣，於是瞞著阿姨從後門溜出去。

屋外是正常的夏末日子，跟她的心情毫不協調。雖然她出門時已接近傍晚，氣溫仍相對溫和。她在每個轉角、下一棟房子後方、下一台車後方、安靜的城郊路上都覺得會撞見華勒。她漫無目的晃了一會兒，因為怎麼樣都好過困在室內，思緒遭到四面牆囚禁。

在外頭她可以欺騙自己什麼都沒發生。她可以跑去商店，往公共電話投十克朗硬幣，打電話給哥哥。他會接起電話，跟她一起笑談這愚蠢的誤會。

昨晚在警車上哭過後，她就再也沒哭了。每當淚水威脅要潰堤，她反而會努力忍住，因為眼淚是太確切的證據，會證實苦澀的事實。蘇娜不會任憑自己為了這件事崩潰，絕不可能，但現在她連展望未來一分鐘都不敢。她只確定她不會默默接受，直覺告訴蘇娜她在這起事件中有要扮演的角色。

警察沒有再來。蘇娜幾乎整晚沒睡，很挫折警方給的資訊過少，於是中午她打電話過去，但講完電話並沒有取得新的消息。

她還沒意識到自己在做什麼，就走到最近的公車站，等著搭下一班公車進城。

公車以慢到惱人的速度從東邊的城郊奧拜區開下奧圖貝卡丘，緩緩開向市中心，窗外的世界看來乏味無色。她焦躁不安，急著想快點到警察局。這次她不會接受警方避重就輕的答案：她會堅持要他們解釋清楚。她哥哥過世了，她卻仍不清楚狀況。在她心中瘋狂盤旋的強烈情緒當中，週日晚上的新聞報導特別令她在意；報導宣稱華勒即將解開過去半個世紀最大的謎題。或許因為悲傷或痛苦，蘇娜腦中萌生一個想法。她覺得哥哥的死不是意外；有人想阻止他揭露真相。

她在路途上演練要跟警察說什麼，要怎麼請——不對，要求——他們告訴她事件的所有細節。她不會接受拒絕——她欠華勒的。他總是倔強堅持，專心追尋事證，所以才成為這麼好的記者。雖然她選了較少衝突的人生道路，只要她願意，她知道她也能一樣頑固。

半小時後，公車終於開進歇姆廣場。她跳下車，注意到氣溫降了不少，緩慢的車程中黃昏已陰險地籠罩了整座城市。

她走進警局，一名看來快退休的制服警察前來招呼她。

「我需要找調查華勒．羅伯森之死的警察。」她開口時身體一陣激烈震顫，聲音都發抖了。她補上，「馬上，拜託了。」

男子好整以暇回答，「請問妳跟死者的關係是？」

「華勒是我哥哥——我過世的哥哥——我需要找人談談。」她的聲音又高又細。

「沒問題。」他的口氣立刻溫暖許多，「我來看看。」

他離開現場，幾乎立刻就回來了。

「幫妳去叫人了，請稍坐一下。」他的聲音和善，蘇娜覺得他不只是說客套話。

然而時間還是緩緩過去——她不確定她等了多久——另一名警察才終於出現。他乍看約五十歲，頭髮稀疏。

「蘇娜？抱歉讓妳久等了。我叫別尼，今天由我處理這起事件。可以跟我來嗎？」

她跟著他穿過一扇門，爬樓梯到二樓，走進一間小會議室。

「要喝咖啡嗎？」

她點點頭。

「我們還在努力拼湊事發經過。很抱歉今天沒能過去跟妳和家人說明，但我希望先釐清狀況。」他把咖啡倒滿馬克杯，交給她。「不瞞妳說，我們有點難決定。」

她問道，「什麼意思？」

「我們無法決定要由我們偵辦案件，還是交給刑事調查部門。」

「你在說什麼？」

咖啡不熱，但仍鎮靜了她的神經，稍微提振她的精神。

「嗯，用一般人的話來說，就是我們不完全認為這是意外。」

蘇娜的手猛然一抖，差點把咖啡濺出來。「我們什麼都沒聽說。」突來的震顫消退後，她的聲音聽起來穩多了。「事發地點在哪裡？我們只知道是車禍，還有……」她停下來，深吸一口氣才能繼續。「公車撞上他。他在公車站等車嗎？華勒沒有駕照。」

她不知道為什麼非要強調這一點，二十四小時內她已經說第二次了。話說出口時，某個酷寒春日在海邊的記憶突然襲來。她和哥哥站著遙望地平線，華勒說：**我要去學開船**。她一直記得他的宣言，因為太意外了。他們家代代不諳水性，華勒也從未對大海感興趣。她回問他是否打算當漁夫，他笑著說：**我一點都不懂捕魚**。他只是想學會航海，去看看世界，感受腳下的海潮。所以他才成了記者吧；永遠都在探索，總是在尋找新聞。

「在史庫拉街。」警察打斷她的回憶。「我們認為他在等公車。我想妳也知道，昨天市中心幾乎都禁止一般車輛進入，唯一的移動方式就是大眾交通。可是撞上他的公車不停那一站；車速很快，我們認為——好吧，我們相當肯定——妳哥哥當場死亡。這個情況下算幸運了。」

她不知道該笑還是哭還是尖叫。**這個情況下算幸運了**……她哥哥死了，有沒有搞錯！

但她按耐住衝動，木訥地靜靜聽。

別尼問道，「我聽說昨天妳也進城去了，是嗎？」

她點點頭。

「妳也知道，昨天很多人外出，城內起碼聚集了一大群人。公車站發生嚴重推擠，導致我們無法清楚得知發生什麼事，至少現在還不確定。我們認為目前已經跟大部分的目擊者談過了，可惜似乎沒有人特別關注華勒：大家都在跟朋友聊天，看公車，或在讀報紙之類的。他們發現的時候，他已經倒在行經的公車前了。司機說事情發生得太快，根本沒有時間反應。他當然踩了剎車，但為時已晚。接下來我要講，呃，難以啟齒的部分……」

他頓了一下，看著她。

「我繼續講之前，蘇娜，如果妳覺得受不了，我希望妳喊停。我們盡力在調查妳哥哥發生什麼事，但我們也很清楚需要考量他家人的感受。」

「我需要知道。」蘇娜的聲音終於恢復力量。

「好吧。公車上有一名年輕女子聲稱有人把妳哥哥推到路上。」

蘇娜驚呼一聲。

「她滿肯定的，但她沒看到動手的人。由於公車站人太多，要確認確切的事發順序當然很難——一切都發生得太快了。不過我希望這能解釋為什麼我們沒有馬上聯絡妳和家人。我們想要釐清她的說詞是否可信，因為很難想像路人會推一名年輕人去送死。」

蘇娜脫口而出，「華勒在調查那起事件——」

警察點點頭。「對，我們知道，但感覺不太可能——」

蘇娜忿忿說，「我不覺得不可能。」她終於聽到或許合理、可以解釋的理論了。華勒當然沒有自己衝出去給車撞——這樣想太瘋狂了。雖然警察沒有跟她說，但他們在警局內一定討論過。

「不管怎麼講，我覺得這起案件值得認真調查。」別尼說，「我們聯絡了刑事調查部門。如果假設屬實，這就是謀殺案調查了，但拜託等一下出了這個房間一個字都別提，我們可受不了媒體瘋狂的推測妨礙調查。」

蘇娜問道，「你知道華勒到底要揭露蘿拉事件的什麼重大消息嗎？」

「抱歉，我也不知道。」別尼又靜了一會兒，彷彿在思索該跟她說多少。「我們當然跟他的編輯達拜圖談過，他非常震驚……」

蘇娜打斷他，「你們跟華勒的女友談過嗎？」

警察的訝異之情寫滿臉上。「他有女朋友？」

「她叫瑪格麗特，他們在一起還沒多久。」蘇娜意識到警方如果不知道她的存在，那瑪格麗特一定還沒接到消息，因為蘇娜還沒跟她說，父母也不知道他們在交往。華勒還來不及告訴父母，他大概知道雙親只會抱怨瑪格麗特「該死的保守派」背景，因此一直拖吧。

「好吧，我是第一次聽說。」別尼說，「我們最好馬上去見她。」

「你認為事發當時他們在一起嗎？」

「我覺得不太可能，她要是在場，就會跟我們或救護人員表明身分了。妳知道她的全名和地址嗎？」

「她叫瑪格麗特・索拉倫笙，尤庫奇・索拉倫笙的女兒。」

「前法務部長？」

「沒錯。」

「原來如此。好，呃，我們會聯絡她。可不能讓她看報紙才知道。」

「你覺得華勒的死可能跟蘿拉有關嗎？」

他等了很久才回答。

「我真的不知道，但聽起來不大可能，蘇娜，非常不可能。」

她問道，「他的背包在身上嗎？」

「他的背包？」警察皺起眉頭。

「我爸媽送的——褐色的皮背包。他第一次當上記者的禮物，從來不離身。」

「聽妳這麼說，我覺得沒看到呢。嗯，我不認為他身上有任何包包。不過事發當下史庫拉街非常混亂，有人可能不小心拿錯了，或……」

蘇娜從他的表情看得出來他不相信這番話。當然不會有人不小心拿錯死者的背包，一定是刻意從現場拿走的，更加佐證他的死不是意外。

「妳說是褐色包包？」

「皮製的，有點破舊。我想是記者常用的包包吧。」

「原來如此。」不過警察很明顯不知道記者常用的包包長什麼樣子。

「我家的相本裡可能有包包的照片，可能啦。」

「有就太好了。我們會搜索他的公寓，看會不會找到。」

這時她才想起筆記本。

她怎麼會忘了這件事？

那天她把筆記本跟所有折角的書一起塞進書包，但整個週末實在太忙，她完全忘了這件事。她甚至還沒打開筆記本，更別說依照跟哥哥的承諾翻閱內容尋找新靈感了。好吧，她可以現在補救，雖然已經太晚了。

至少現在她知道今天接下來能做什麼了。她要直接回家，挖出筆記本。不過她不會告訴任何人筆記本在她手上，她要先釐清華勒的調查方向，判斷他是否真的要查出凶手了。即使她不太可能從筆記找到重大資訊，至少她可以追隨哥哥的腳步，努力調查案子，看她能不能得到結論。

這項任務或許能給她明天早上起床的誘因，讓她為了華勒繼續走下去——一步一步來。

沒錯，第一步就是回家，不過回阿姨家前，她要先繞路去自己在希達區的公寓。然而她無法逼自己搭公車去，其實稍早她怎麼從奧拜區搭公車進城仍是個謎。想到可能搭上撞死哥哥的同一輛車，她不禁打了個哆嗦。

「我覺得我沒辦法再談了。」她唐突地說，「我突然好累。」

「我完全理解。」別尼說，「妳需要休息，蘇娜。妳應該跟家人在一起。」

「不知道方便載我回去嗎？」雖然她講得像問句，但投向他的眼神表明她不接受拒絕。

他說，「沒問題，應該的。」

一九八六年

八月二十日

蘇娜去考拉巷的報社辦公室找過哥哥，但總是不太自在。報社有太多她不喜歡的地方——放蕩不羈的文化人生活方式，包括大量抽菸飲酒，行事隨便不準時，但男性至上的環境最糟糕，還有男人自以為是的態度。難怪瑪格麗特會離職。

不過《威庫巴迪報》的同仁都待她很友善，或許因為她哥哥討人喜歡，又是前程似錦的記者。這次當她從一樓大門探頭進去，打字機的敲擊聲戛然而止，辦公室陷入一片寂靜。裡面有三位記者：巴爾杜、史坦格理慕和編輯達拜圖。

「蘇娜。」巴爾杜第一個起身。他經常和華勒密切合作，教了他不少業界的技巧，但蘇娜向來有點防備他。「請節哀順變。」他說，「太震驚了，真是可怕的悲劇。」他過來抱了她一下。

她尷尬地說，「謝謝。」

史坦格理慕和達拜圖也比照巴爾杜，分別給了蘇娜大大的擁抱，努力表達他們的同情。他們的反應令她極度不舒服。

華勒過世兩天了，他的死訊上了今天早上的新聞，簡單說明他在意外中喪生。目前她還沒聽到任何公開理論指稱事發情境可疑，但她自己深信華勒遭到謀殺。過去二十四小時，她都在詳讀他的筆記，尋找任何可能解釋他為何慘死的線索，卻沒有結果。

她跟他們解釋，「我只是來收他的東西。」

「嗯，當然，當然。」巴爾杜說，「有什麼我能幫忙的地方嗎？」

她搖搖頭，直接走向哥哥的桌子。

桌面一如往常亂成一片。華勒雖然聰明絕頂，卻毫無條理。她打開書包，把紙張、潦草寫下的便箋和筆記本塞進去，有些看來跟工作有關，其他明顯只是購物清單或收據。華勒已經用掉好幾本舊筆記本，他通常一次只用一本，把每一頁寫滿半看不懂的字，再換下一本。她動作迅速，急著想趕快離開，因為她不能在其他人面前多想華勒，當著他前同事的面崩潰大哭會非常丟臉。專心讀華勒的筆記給她力量撐過過去一兩天，但她仍經常忍不住啜泣，只得把本子放下。這時她在桌角瞥見他的記者證，便微笑著偷偷放進包包，好紀念她在世上最喜歡的人。

桌上放著他的馬克杯，他開始在報社工作時從家裡帶來的。杯子仍裝著半杯冷咖啡，蘇娜只好拿到廚房洗乾淨。

「蘇娜。」

有人拍拍她的肩膀，嚇得她差點把馬克杯摔到水槽裡。打破杯子會是壓垮她的最後一根稻草。

她轉過頭，看到巴爾杜站在她身後。

「抱歉，我不是故意要嚇妳。」

他站得太近了。

「沒事，沒關係，我差不多要走了。」

「我只是想問，那個信封，不知道妳——？」

「信封？」

「對，華勒收到一封信，就在他死前不久……」他停下來，似乎不好意思脫口說出「死」這個字。「抱歉，我是說……抱歉，有人留下信封……」

「什麼時候？」

「如果我沒記錯是星期六，或……對，絕對是星期六。」

蘇娜往旁邊挪，免得巴爾杜繼續貼在她身後說話。

她問道，「收到信很不尋常嗎？」

「這個嘛，我是有想了一下。妳也知道，他在寫蘿拉的報導，我們的信箱也不會天天收到匿名通報。可惜我們的工作不像老電影拍的呀。」他糾正自己：「不過如果有人來自那個世界，那一定是華勒。他總讓我想到好萊塢電影的明星記者——卡萊．葛倫會扮演的角色，只差一頂帽子。他天生就要吃這一行飯。」

蘇娜無法判斷巴爾杜這番稱讚是發自內心，或只是想示好。無論如何，他的話都奏效了，她稍微感到暖心一點。

她問道，「你知道信封裝了什麼嗎？」

巴爾杜搖搖頭。「可惜我不知道。我有問，但華勒口風很緊。我在他桌上沒看到，所以我想他一定帶走了。信封上寫著他的名字，字跡優雅，我猜寄件人是個老先生或老太太。現在很少人那樣寫字了。」

蘇娜在他桌上也沒看到類似的東西，不過稍後她會更有條理地檢查華勒桌上的紙張。他比較可能把信封放進愛用的老背包；這樣推論很合理，因為重要的東西他都會放進包包。現在背包不見了。

瑪格麗特的父母家是華美的獨棟別墅，位在高檔城郊加爾扎拜爾。她來應門時雙眼哭得紅腫。

「謝謝妳過來。」她對蘇娜說，「請進。我爸媽不在，我受不了他們一直顧著我，就逼他們去上班。」瑪格麗特擠出泫然欲泣的微笑。「妳要喝點什麼嗎？」

「不用了，謝謝。」

屋內跟蘇娜在胡薩維克的老家相差甚遠。所有家具和牆上的畫作都告訴訪客屋主生活優渥。瑪格麗特的父母都是律師，目前一起經營事務所，不過她父親最知名的經歷仍是前司法部長。

她們坐下後，瑪格麗特問道，「妳還好嗎？」

蘇娜聳聳肩。她能說什麼？如果瑪格麗特想知道答案，只要把她感到的痛苦乘以十倍、或一百倍就行了。

為了找話說，她最後回答，「我實在不敢相信他走了。」她不常跟瑪格麗特見面；其實她一直不太懂華勒看上她哪一點。或許他們都在反叛各自的出身吧，瑪格麗特勾搭上週報的窮記者，華勒結交的女孩什麼都不缺，跟她爸媽一樣只會投給保守黨。不過蘇娜懂什麼？或許異性相吸才是通往幸福的秘訣。其實答案大概沒那麼複雜，瑪格麗特長得就是華勒的菜：深色頭髮，目光神秘；巴爾杜提到的經典報社電影中，卡萊．葛倫就會跟這種女生在一起。

蘇娜問道，「警察也來見過妳了嗎？」

「只有來告訴我消息，後來就沒再來了。妳為什麼問？」

蘇娜直搗黃龍。「其實啊，」她打破對查案警察別尼的承諾，「我們認為有人推華勒去撞公車。」

她很少看人露出如此措手不及的表情。

「什麼？」瑪格麗特驚恐地問，「妳在說什麼？」

蘇娜刻意裝成隨口問問，「妳那時候沒有跟他在一起吧？」

「跟他**在**一**起**？」

「出事的時候。」

「沒有，當然沒有。他一個人，我想就是在赴約的路上，或者他要先回家一趟。我們約好八點在湖邊見，公車都繞著那塊區域開，所以他一定是決定……」瑪格麗特停下來。

「原來如此。」

「妳真的說有人推他嗎？」

蘇娜問她人在哪兒似乎沒有冒犯到瑪格麗特，她好像也不覺得蘇娜在間接質疑她有所隱瞞——或沒有說出全部的事實。

「對，警方說的。」

「太不可思議了。」

蘇娜保持沉默。

「太不可思議了。」瑪格麗特重複一次，「誰會做這種事？為什麼？」

「我們不知道，但可想而知一定跟蘿拉有關。」

「蘿拉？妳是說他在報導的那個女生？」

「他的背包也不見了。」蘇娜再次提醒自己不要提到筆記本。「我認為他一定快查到某個危險的祕密，惹到人了。」

瑪格麗特不可置信地搖頭。「我不太清楚蘿拉的事件，我年紀太小，不記得案子了。當然我讀了一些華勒的文章，但我們沒怎麼討論。其實我們不太聊他在報社的工作——妳也懂，我在那邊工作的經驗不怎麼樣，不太想聽辦公室發生的事。」

「我就直說了。」蘇娜說，「我在想或許妳能幫我。」

「我？怎麼幫？」

「調查蘿拉的案子。」

「可是我完全不知道——」

「瑪格麗特，我要查出怎麼回事。有人推我哥哥去撞公車——」

「我們又不確定……」

「妳願意幫我嗎？」

瑪格麗特遲疑地說，「嗯，應該可以吧。」她的聲音有點尖細緊繃，彷彿快哭了。或許蘇娜對她太嚴苛了。她提醒自己其他人也在哀悼華勒，而他們習慣處理失落的方式也許跟她不同。

「我在翻他的筆記……他的筆記。」蘇娜差點說溜嘴筆記本在她手上。「我去辦公室收他的東西。我也重讀了他寫蘿拉的所有報導，但他一定還拿到一些新證據，能讓案子天翻地覆。」

「所以妳打算怎麼做？」

「當然是調查好這起事件囉。繼續他的志業，因為他沒辦法完成了。」

瑪格麗特的表情顯然覺得她瘋了。或許她沒錯，但蘇娜不能閒下來，現在想到接手華勒的工作最能撫慰她。她覺得她彷彿困在暴風中央，掙扎著要穿越風雪，她只能奮力向前，直到狂風停歇或她找到避風港。但她同時承受了無比的傷痛，連適合描述的文字都沒有，眼淚也流乾了，不像瑪格麗特還能哭泣。她無法描述她多以哥哥為傲，多欽佩他在短短職涯中達到的成就。所以她下定決心要維護他的名聲，而最好的做法不就是解開蘿拉失蹤之謎嗎？她可以用兩人的名義在《威庫巴迪報》發表最後一篇文章。華勒和蘇娜，跨越生死的合作，讓他們共事這麼一次……

「好吧。」瑪格麗特打斷蘇娜的沉思。「我想沒什麼不行……」

「妳知道基本的案情吧？」

「當然。一九五六年，蘿拉在維澤島上失蹤。難道她不可能跳海自殺嗎？」

蘇娜懶得回答。「她在島上幫傭，雇主是名叫奧塔·歐卡森和歐樂芙·伯倫戴的中年夫婦。他們還在世，他跟妳爸媽一樣是律師。」

「奧塔和歐樂芙。嗯，我認識他們，是爸爸的朋友。有時候我覺得每個律師都是朋友。我們經常邀他們來吃晚餐。」

「世界真小。」

瑪格麗特笑了。

「聽我說，」蘇娜繼續說，「我非常需要跟他們談。我在想妳能不能替我聯絡他們，甚至跟我一起去見他們。」

「為什麼？因為蘿拉嗎？」

「對。」

瑪格麗特遲疑了。「蘇娜，這樣不會有點奇怪嗎？妳不會覺得他們想談這件事吧——都隔這麼久了？他們為人正派，雖然我不會形容他們和藹可親，但我相信他們連蒼蠅都不會打。」

蘇娜不耐地回答，「我知道請妳安排很尷尬，但我們必須為了華勒試一試。」她不能讓自己被瑪格麗特惹怒——這個女孩含著銀湯匙出生，這輩子從來不需要做尷尬的事。

「呃，只是我跟他們不熟，雖然奧塔是我父母的老同學……」

「我只是提個建議啦。」蘇娜稍微退讓一些，「都是為了華勒。」她重申一次。

「嗯，好吧。我會幫忙，沒問題。」不過瑪格麗特擺明不太喜歡這個主意。她們聊得越久，蘇娜就越難理解華勒和這個女孩怎麼會在一起——很難想像有哪對情侶比他們更不搭調。

不過她還是露出微笑。「謝謝，瑪格麗特。如果能邀他們喝咖啡就太好了，這樣我就能跟他們好好聊。」

「沒問題。」

「對了。」蘇娜轉變話題。「妳和華勒本來約好要見面？禮拜一？」

「對，我們約晚上，本來要一起欣賞露天演奏會，可是他一直沒出現。我只想說我們大概錯過了，畢竟也不無可能。可是我回家打電話也找不到他，隔天也是……然後……」

蘇娜突然無法再聽華勒的事了。一股無比悽慘的悲傷襲來，逼她結束對話。

「我想我得走了。」她努力別讓聲音露餡。「謝謝妳願意見我，也謝謝妳幫忙。等喪禮結束，妳覺得我們能盡快跟奧塔和歐樂芙約喝咖啡嗎？」

「呃，我想可以吧。」

蘇娜擠出笑容，跟她道別。

一九八六年

八月二十五日

蘇娜跟朋友借了一輛 Skoda 老轎車，開車北上胡薩維克。小鎮跟雷克雅維克位在國家兩端，搭飛機太貴，況且她需要時間獨自思考。葬禮安排在週二下午一點，於是她週一開車出發。夏末的天氣美好，覆蓋地面的草皮依然碧綠，樺樹枝枒長滿葉子，不過原先亮麗的顏色已成熟褪色。

她開出城外，往北前往沉睡般綿長的埃夏山，穿過務農的慕斯費特區，當地已迅速發展出市中心了。她擦過山腳，繞過加拿列斯半島，開上環繞鯨魚峽灣的悠長道路。她慢慢開，好欣賞峽灣的美，不過主要是因為她的心思都在想發生的事。

什麼原因會讓人推華勒去送死？一定是牽扯到蘿拉的案件。華勒沒有敵人，私下也沒跟任何人交惡。不，他的死必然跟工作有關。他一定挖到不能公開的祕密，怎麼想都只可能是蘿拉吧？而且重大到電視新聞宣布報社即將揭露大消息，甚至說他可能解開了陳年謎團。

斯科達轎車緩緩駛過每一哩路。接近中午時，蘇娜開到風景如畫的西岸小鎮博爾加內斯，停下來在史達塔斯考利休息站吃中餐。她吃了漢堡和薯條，搭配雞尾酒醬——冰島人宣稱自己發明的醬汁，其實就是番茄醬加美乃滋。吃了真正的舒心食物，稍微提振了她的心情。

車行好幾個小時，橫越彷彿永無止盡的荒野和高山後，蘇娜終於開到奧達德魯谷，距離家只剩最後一段路。傍晚的夕陽用魔幻的光芒照亮寬闊的斯喬爾萬迪灣，將蓋雪的高山染成粉色。這時一股觸手可及的悲痛和失落湧上，令她招架不住。她和華勒在這兒的鄉間長大，一起玩耍、上學、胡搞瞎搞、分享祕密、湊錢到合作社買爸媽的聖誕禮物、採藍莓、尋求冒險，討論未來的夢想。她人生的那個章節現在已經結束，不會再啟：華勒永遠離開了。

跟灰撲撲的雷克雅維克相比，胡薩維克小鎮看來可愛極了。港口七彩的漁船、碼頭邊的木造房子、瑞士山間小屋造型的獨特教堂、亮橘色和綠色的山丘斜坡，全都籠罩在西沉的日光下。

她好怕要見到父母，於是開到家門外還在車上坐了一會兒，拖延無法避免的事實。不過到頭來，她仍控制好表情，下車拿了她的小運動包，踏上打掃整齊的小徑，走向不起眼的一九五〇年代白色小屋。屋子現在有些破舊，但對她來說仍無比熟悉可愛。已經過了晚上九點，不過她開門時仍清楚聞到咖啡和烘焙的香氣。

蘇娜叫道，「嘿。」

「哈囉，蘇娜，寶貝。」父親前來迎接她。他身穿襯衫和無袖套頭毛衣，看來不像平常吃飽喝足的樣子，反而感覺縮小了，一臉悶悶不樂。他抱住她。母親跟在後頭，矮小的她總是忙進忙出，把家庭和房子打理得井井有條。她也緊緊給了蘇娜愛的擁抱，悲傷深深刻進她臉上每一條細紋。

她的父母只在雷克雅維克待了兩晚，就趕回北方準備葬禮。現在再次見到他們，蘇娜更加強烈感到沒有人應該白髮人送黑髮人。

他們度過平靜的夜晚。母親準備了咖啡和經典小點：麗滋牌餅乾、鮮蝦沙拉和葡萄乾海綿蛋糕。蘇娜盡量吃，然後上樓到她的老房間。房內擺著整齊鋪好的床、她的書桌，以及她行堅信禮那年母親應她要求做的白蕾絲窗簾。蘇娜深深嘆了一口氣。她十六歲就離家到最近的大城市亞庫來利念書——只比蘿拉去維澤島工作時大一歲。

蘿拉的房間大概看起來也像這樣吧。

一九八六年

八月二十六日

蘇娜意外在兒時的床上睡得很熟，直到陽光無情地照穿薄窗簾，把她叫醒。她想起母親當時就說這樣設計很蠢，不禁笑了。蘇娜是個浪漫少女，總想像白蕾絲在涼風中飄動，而她坐在窗邊，陶醉地遙望大海……

雷克雅維克治好了她的浪漫性格。

剛過正午，她和父母抵達教堂。這棟特別美侖美奐的建築是小鎮的驕傲，建於二十世紀初，木材從挪威進口，白牆飾有紅邊，與綠屋頂和尖塔相襯。蘇娜行堅信禮前都在這兒參加禮拜，學習基督教的價值與習俗。當年她是信徒，每天晚上都認真禱告，擔心親友會遭逢不測。然而不管她怎麼禱告，最糟的結果現在還是成真了。

他們坐在前排。蘇娜知道瑪格麗特打算參加，便決定邀她一起坐。她十二點半抵達，也接受了蘇娜的邀請，不過她明顯覺得在這種情況下第一次見到華勒的父母非常尷尬，畢竟他們本來可能成為她的公婆。

等到十二點四十分，教堂已經坐滿了。蘇娜掃視會眾的臉龐，看到兩位華勒的報社同事達拜圖和巴爾杜。他在胡薩維克的同學也來了，包括在雷克雅維克攻讀神學的古納，看來他是專程北上來參加。蘇娜十歲時曾暗戀他。他朝她暖暖地笑，她嚇了一跳，這才意識到她直盯著他看。

葬禮儀式優雅莊重，不過以態度和善著稱的中年牧師引用傳道書的內容「凡事都有定時」作為佈道主題時，蘇娜感到火氣都上來了。她握緊拳頭。華勒的時間還沒到：有人出手干預，謀殺了她的哥哥。她不打算讓此事像蘿拉的失蹤案不了了之。

牧師講述華勒一生的重大成就，接著又回到傳道書。「他的時間來得太早，但現在我們應該信任上帝，把我們的哀戚交付到祂手中。」蘇娜還沒反應過來，儀式就結束了。古納領頭帶著華勒的同學走向棺木，準備抬棺離開。教堂內擁擠悶熱，抬棺的眾人都脹紅了臉，淚眼汪汪緩緩走過前排座位。教堂中殿迴盪著蕭邦的〈送葬進行曲〉，蘇娜感到潸然淚下。

棺木抬上靈車後，蘇娜和父母開車到墓園參加下葬儀式，其他送葬親友則步行到舉辦餐敘的飯店。等家屬也到場時，大家已開始喝咖啡，吃鬆餅和名叫三明治塔的小點，這種多層三明治塗上厚厚的美乃滋，裝飾切成薄片的圓片小黃瓜。蘇娜掃視來送葬的親友。雖然她應該待在父母身旁，她仍迫切想利用機會跟大家聊聊，看有沒有消息能協助她判斷誰謀殺了哥哥。想到這兒，她的胃一陣絞痛。她把裝三明治塔的盤子推開，朝父母笑笑，站了起來。

首先她一個箭步朝古納走去，他跟一群華勒在胡薩維克的朋友坐在一起。

她有些尷尬地說，「哈囉，很高興見到你。」

「我也是，蘇娜。」古納向來沒有社交障礙，立刻起身深情擁抱她。「事情發生得好突然，太震驚了。」他說，「真是詭異的意外。妳知道嗎？我幾天前撞見華勒，呃，一定是上個週六吧。我們稍微聊了一下蘿拉的報導，我總覺得他知道更多，但我想我們永遠無法得知他發現什麼了。」

「才不是意外。」蘇娜來不及阻止自己脫口而出。

古納聽起來很訝異。「什麼意思？不是公車撞到華勒嗎？」

「對，但有人推他……有人不希望他公開蘿拉事件的發現。」蘇娜說著才意識到她聽起來像瘋子。

古納若有所思看著她，但沒有反駁，只是緩緩點頭，用平穩的口氣說：「妳有把妳的懷疑告訴警方嗎？」

她遲疑地說，「我們有討論過。」

「那妳放心，他們一定會調查。」古納擔心地揪起眉頭，「我們應該要對警方和司法系統有信心。」

蘇娜漠然地說，「哼，你看蘿拉不是也落得這種下場。」

古納嚴肅地打量她，但她覺得他有聽進去。她朝他一笑。「那天他有跟你說什麼嗎？」

古納想了想，又皺起眉頭。「我記得他說蘿拉可能根本沒有離開維澤島。我說她可能跳海自殺，但他明顯覺得其中牽涉犯罪行為，從他的話判斷，我想他認為事件發生在島上。」

蘇娜點點頭。這時她瞥見達拜圖和巴爾杜從房間另一端的桌旁起身，她趕忙跟古納道別，跑去攔截他們。

「哈囉。」她朝達拜圖伸出手。

「哈囉，蘇娜。我真的很遺憾。」達拜圖為了喪禮刻意擠進他最好的西裝，看似好幾年前買的，現在太緊了。他甚至繫了綠色條紋領帶，平常他脖子上不會穿戴任何飾品。

蘇娜急著說：「我真的擔心華勒可能是因為蘿拉的報導遭到謀殺，有人不希望新消息走漏，因此把他推到路上。有目擊證人認為他被推……」

達拜圖露出痛苦的表情看著她。「希望妳和父母都節哀順變。」顯然他不相信她的話。

蘇娜吞了吞口水，感到壓力漸增，並意識到她迫切需要說服大家她是對的。「要是蘿拉也遭到謀殺呢？」她口氣激動，硬是說下去。「然後華勒查出了真相？有人可能讀了報導，發現必須阻止他寫出最後一篇文章。」

達拜圖擔心地皺起眉頭。「蘇娜，我不知道該怎麼說……是我偷偷告訴電視台新聞編輯室我們要公開蘿拉事件的重大資訊。《威庫巴迪報》老是瀕臨破產，我只是想拼命賣更多報紙。說實在話，華勒寫的蘿拉系列報導是我們唯一的救命符。但是，天哪，如果導致這個結果……我不敢想像。」

蘇娜感覺像遭到突襲。雖然她可以理解編輯這麼做的動機，但想到或許可以避免這起悲劇，她仍感到滿腔怒火。

不過達拜圖還沒說完。「我不知道他確切打算寫什麼——我想報社沒有人知道。他有跟妳透露嗎？」

蘇娜搖搖頭，嘆了一口氣。「沒有，我也沒聽他提過，我……」

「我真的很遺憾，希望接下來情況能越來越明朗。」達拜圖和藹地回答，跟她道別。她看他停下來向她的父母致意，才跟巴爾杜一起離開飯店。

葬禮結束當晚，蘇娜又待在兒時的臥房。父母都同意葬禮很莊重，餐敘也辦得很好。他們特別問起古納，蘇娜感覺父母希望她對他有意思。她想回到雷克雅維克後，或許應該邀他喝咖啡。

隔天一早她便啟程返回首都。父母跟她又摟又抱，才送她上車。他們目送她離開，她從後照鏡看到兩人越來越小，不禁感到難以承受的悲傷。

回到雷克雅維克的路程很順利，不過在冰島粗糙的碎石路上開車總是有爆胎的風險，尤其夏末路面磨薄，車子開過往往凹凸不平的地面都會劇烈震動。蘇娜開到斯卡加峽灣時，太陽甚至露臉，在峽灣湛藍的水面上閃耀。

遙遠的車程上，她的心思一直繞著蘿拉的失蹤案和華勒的「意外」打轉。現在她更加堅決，一回到鎮上就要投身調查，她會把華勒的筆記本從頭讀到尾。

就算要賭上生命，她也要找出真相。

一九八六年

八月二十九日

事後蘇娜發現她只記得葬禮的片段，而且總帶著惡夢般的氛圍；不太真實，卻又無法否認是確實發生的恐怖經驗。

她本來希望在離別時分，她已能接納發生的種種，向華勒道別。然而她做不到，差得遠了。不如說現在她感覺華勒比以往更親近，彷彿他們說好要一起找到蘿拉，參透她到底發生什麼事。

於是她坐在小公寓的書桌前，翻閱他的筆記本，隨手寫下事證和想法。她重讀華勒寫的報導，有些句子現在都能倒背了——她哥哥向來很懂得遣詞用字。她也花了好幾個小時在柯維斯街的國家圖書館，把借閱的舊報紙拿到華美的老閱覽室，坐在覆蓋綠皮革的沉重木桌椅上翻閱。她在這個環境很自在，並想起她和華勒曾多次並肩坐在這兒，分別做各自的研究。華勒經常提到閱覽室和整棟圖書館是他最喜歡的地方，所以她坐在桌前翻看三十年前的報紙時強烈感到他的存在似乎也不令人意外。

現在她大致掌握案件的背景了。筆記本寫滿各種有用的資訊，甚至可能包含一些線索。她的學業只能暫時停擺了；埃里亞斯．馬爾的研究論文可以等。大體來看，蘇娜這個學期還是明年春天畢業並沒有差，世界不會因此毀滅——她的世界已經毀了，不會再來一次。

筆記本裡有一個名字她不太明白：葛蕾塔．葛林朵蒂。黃頁電話本裡有一名女子叫這個名字，但目前蘇娜還聯絡不上她。

蘇娜注意到華勒在其中一頁的邊角草草寫下另一個似乎跟蘿拉沒有直接關連的名字：**芬努．史蒂文森**。這個名字聽起來有點熟悉。她問了母親，得知有一間知名的批發公司叫芬努史蒂文森有限公司，這才理解為什麼她對這個名字有印象。這家批發商的規模在全國名列前矛，表示老闆一定非常有錢。蘇娜從電話簿抄下兩個號碼，一個是公司的電話，另一個是「芬努．史蒂文森，批發商」的個人電話。他的住址在盧嘉羅斯路，蘇娜覺得毫不意外，那條路上的獨棟房子都住有錢人。

她走到走廊，在電話旁的藤椅坐下，撥了批發商的家裡電話。她告訴自己，「不入虎穴，焉得虎子。」

電話響了又響，正當她覺得會一直響下去，有人接起電話。不是芬努本人，而是女性的聲音，聽起來有點年紀。

「喂，你好？喂？請問哪裡找？」通話品質很差，話筒另一端的聲音幾乎像從另一個時空迴盪而來。

「妳好。」蘇娜遲疑地說，「我叫蘇娜・羅伯朵蒂。我想找芬努・史蒂文森，希望我沒有打錯電話。」

「沒有，孩子，這支電話沒錯。」女子停了好久，害蘇娜差點以為電話斷線了。她繼續說：「但芬努過世了。」

蘇娜非常震驚，雖然她一時想不出來為什麼。感覺她才剛開始調查就撞上一道牆。不過她腦中馬上浮現另一個念頭：如果不是巧合呢？假如有人推華勒去撞公車，他們也可能謀殺芬努吧？就為了湮滅證據？她知道她的臆測很瘋狂，但就是放不下這個想法。

「喔，我很遺憾。」蘇娜說，「不好意思打擾妳，還請……節哀順變。」她最後補上，雖然她不確定對方是不是批發商的遺孀。

「妳不用道歉，謝謝。」

「方便請問他什麼時候過世嗎？」

「不久前——這個月初。」

蘇娜再次心生懷疑：這些事件都有關連嗎？

女子突然問，「妳認識芬努嗎？」

「什麼？喔，沒有，我沒見過他。我只是希望能跟他簡單聊聊。」

「聊什麼？」

蘇娜遲疑了一下，心想她這麼做對嗎？最後她決定說實話。「跟我哥哥在寫的報導有關。他突然過世，我想試著跟他一起寫完……我是說**替他**寫完。」

「我很遺憾，真是不幸。請節哀，蘇娜。他叫什麼名字？」

「華勒。」

「華勒，喔。很遺憾妳驟失親人。他在報導什麼？」

「失蹤的少女蘿拉。妳可能記得那起事件？」

「孩子，我們都記得——至少我們這一輩都忘不了。妳說妳希望跟我過世的先生談這件事？」

「這個嘛，我哥哥的筆記中寫了他的名字——但我不知道為什麼。」

「哎呀，真奇怪。」

「我可以——如果不方便請直說——我可以找時間跟妳喝咖啡嗎？」

「當然可以，蘇娜。我的生活最近挺平淡的；時間似乎過得很慢，有人陪伴我會很感激。我想妳的感覺應該差不多？」

蘇娜回答，「可以這麼說。」

「我們先約妳下週過來吧——週一下午如何，平常喝咖啡的時間？既然妳找到我的電話，我想妳也知道地址了？」

蘇娜回答，「對。」

「很好。對了，我叫索荻絲。很期待見到妳。」

當天稍晚，蘇娜去了華勒的報社辦公室一趟。對她來說，《威庫巴迪報》永遠都是**他的**報社。她確實有事要到報社處理，但說實在話，她其實是想念華勒了。她在考拉巷的辦公室仍幾乎能感到他的存在。

她並不像華勒對新聞界充滿興趣，但她開始漸漸理解這裡吸引他的地方了：熱鬧的氣氛，工作的壓力，令人陶醉的興奮氣息。

她走進辦公室，迎面而來的腎上腺素幾乎將她擊倒。空氣中瀰漫濃濃菸味，有電話在響，打字機啪噠作響。達拜圖對巴爾杜大吼，巴爾杜又吼回去：「就是趕不及！」

「那該死的報紙就出不了刊，我們不能印一堆空白頁！」

她走進門，兩人都轉過頭來。

「蘇娜。」達拜圖先開口，口氣馬上從對巴爾杜的怒吼轉為和藹的關切。「葬禮辦得非常莊重。」

巴爾杜附和，「非常莊重。」

「大吼大叫讓妳見笑了。」達拜圖繼續說，「老樣子，就是壓力太大。有什麼需要幫忙嗎？」

「方便跟你快快談一下嗎？」

達拜圖帶她進到他擁擠的辦公室，裡頭簡直像電影的場景：亂七八糟的文件、馬克杯、菸灰缸，鉤子上甚至掛了一頂老舊的記者帽——或許只是道具，除非達拜圖會戴來遮光頭。

「蘇娜，妳還好嗎？適應得如何？」

「我不確定，我想勉強還行吧。」

「我們也是，不過妳當然難受多了——理所當然。」

「達拜圖，我……」她字斟句酌：「我想完成華勒的報導。」

「完成他的報導？」

「我是說寫完系列報導的最後一篇，有個完結。最後一篇文章，我們一起署名。」

編輯往後靠著椅背，想了一下。「嗯嗯，也行？對啊，也行？蘇娜，華勒向來對妳評價很高，說妳比他聰明多了。或許妳應該考慮做這一行……」

「喔不，我不是這個意思……」

「妳在念冰島文的學位吧？如果要當記者，這是很好的基礎……」

「我念比較文學。」

「差不多吧。」

「我真的只是想替他完成這一件事……」

「當然沒問題。不急——妳需要多少時間都可以，我們永遠都有版面再刊一篇華勒的文章。蘇娜……如果妳在找工作，我很樂意讓妳在報社實習。」一會兒後，他又補上：

「華勒也會希望我這麼做。」

一九八六年

九月一日

蘇娜坐在希達區自家公寓的餐桌旁喝水果茶。藏在勞加大街後巷的小屋最近開了一家茶店，她的茶是在那裡買的。冰島以咖啡文化為主流，能找到地方享用茶和吐司，著實新奇。蘇娜覺得在店內的時光都很珍貴，香甜的氣味能讓她短暫分心，不再沉溺於她的失落。於是她定期去買一包包異國茶，試圖在家重塑同樣的體驗。不過今天她有工作要做。她再喝一口茶，帶著使命感翻開筆記本。

她一邊翻，一邊心想華勒的思考方式總是亂七八糟。姓名和日期比較明顯，其他推論和古怪的句子則散落各處。她注意到最初調查案件的警探名字克里斯欽・克里斯欽森，以及他在格拉瓦佛區的地址——已經有人住在那兒了？

華勒在他的名字旁邊寫下：**為何警方沒有更徹底調查維澤島？**

裡頭當然也有奧塔和歐樂芙的名字，以及很多隨手記下的散亂筆記，蘇娜幾乎都看不懂。她至少解出他說很難找到奧塔，或許應該專心聯絡歐樂芙。這頁的邊緣就寫了批發商芬努．史蒂文森的名字，用橫線劃掉。旁邊蘇娜覺得她認出一個字：**同學**，或類似的詞。

當天下午，芬努的遺孀索荻絲邀她去喝咖啡。不過蘇娜喝完茶後，先去了柯維斯街的國家圖書館。雖然公車仍帶給她不祥的聯想，但出於必要，她又開始搭公車了。

她在詢問台碰到一位古板的圖書館員，戴著一副玳瑁眼鏡，留白鬍子。如果還書晚了，這種人都會罰你最高的罰金。

「我想找芬努．史蒂文森的新聞報導。」蘇娜說，「他八月初過世。」

男子用疲憊的驚訝表情打量她。「那麻煩去查訃聞版喔，死人都記錄在裡面。」

「啊，對，沒錯……」

他有些不甘願地補上：「如果我沒記錯，還有一篇葬禮的報導，在《晨報》。妳要自己找就是了，填個表單就好。不過一次不要申請查閱太多份報紙──我不可能扛來一整年份的報紙給妳。」

蘇娜尷尬地笑笑。「謝謝。沒問題，我會填表單。」

每篇訃聞都暢談芬努的人生，但似乎沒有與蘿拉事件相關的新資訊。奧塔也寫了一篇，回憶他們從學生時期以來的長年情誼。看來華勒在筆記本上寫的「同學」，是指芬努和奧塔是同學。蘇娜讀著訃聞，這才發現下午跟她有約的索荻絲居然是女演員索荻絲．亞歷山大朵蒂。蘇娜在許多影集和喜劇片都看過她。

接著她在《晨報》的第四頁找到葬禮的報導。

芬努．史蒂文森與世長辭

報導附的照片可以看到前面兩名抬棺者，圖標寫了他們的名字：

市議員保羅．尤韓尼森和地產開發商赫尼．艾佛德。

或許她也應該試著找他們談，反正無傷大雅。

她回頭看刊登訃聞的報紙。果然保羅．尤韓尼森也寫了一篇，稱讚芬努多麼誠實正直，還引述了一首詩。不過赫尼沒有寫訃聞。

蘇娜交還報紙，朝圖書館員露出燦爛的笑容。她發誓他的嘴角不甘願地抽了一下。

她的下一個目的地是索荻絲家，然而她在公車站等車時，卻開始反悔了。這名女子最近才失去丈夫。蘇娜光處理自己的傷痛就很吃力了，她可能無法傾聽對方訴苦，表露同情。他們家的人從來不談情緒，所以她疏於練習。

出於衝動，她走到附近的電話亭。她想到在華勒葬禮上碰到的古納是神學院學生，或許他會知道該對索荻絲說什麼。蘇娜從黃頁電話本找到他的名字——他住在西區的雷尼穆勒路——撥了電話號碼，聽撥話音響起。

「喂，我是古納．古納森。」他的聲音一如往常溫和，以後很適合當牧師。

「嗨，古納。我是蘇娜。」她現在才覺得這個點子好蠢，但來不及了。

「喔，嗨。」古納聽起來很和善。

「我，呃，好吧，其實我有件事需要幫忙。」

「沒問題，我很樂意。」古納說，「我也該休息一下，別再寫論文了。」

蘇娜跟他約在莫卡咖啡廳見面。他半小時後到，身穿及腰的藍色夾克和牛仔褲，蘇娜覺得以牧師來說有點太流行了。不過比起這位渾身散發暖意和正派氛圍的好青年，她知道很難有人更適合跟悲傷的寡婦說話了。

然而等她解釋完她希望他幫的忙，古納一點都不開心。

「蘇娜，這是警察的工作。妳拿那本筆記本做什麼？裡面可能有調查需要的重大證據。」

「警察什麼都不會做。」蘇娜輕蔑地反駁，然後用懇求的眼神盯著他。「裡面沒什麼驚天動地的資訊，只是一堆名字和模糊的推測。我只是想看芬努的遺孀能不能解釋為什麼他的名字出現在筆記本裡。」不過她想她已經知道答案了：芬努和奧塔是朋友，就這樣而已。

最後古納屈服於她的哀求，開車載她到盧嘉羅斯路。時間已過下午三點，夠接近喝咖啡的時間了。

蘇娜抬起雄偉的門環，同時瞥向車道兩側底座上壯觀的獅子。古納在她身後不安地扭動，喃喃說索荻絲大概不在家，這樣也好，不然他們的計畫太瘋狂了。蘇娜無視他的警告。大門打開了。

索荻絲．亞歷山大朵蒂身穿時髦套裝，從頭到腳一身黑。她看到蘇娜，臉上露出和藹的笑容。

「妳一定就是蘇娜了。那你是……？」

「古納．古納森，我是蘇娜的朋友。」蘇娜覺得他的回答有點慌張，不太像他。他很快就鎮定下來。「很遺憾聽聞您的丈夫過世。」他說，「我知道您和蘇娜約好今天見面，希望您不介意我跟著來。」

索荻絲打量他們一會兒。蘇娜飛快瞥了古納一眼，看他擺出最客氣的表情。

索荻絲與蘇娜短暫對上眼，然後說：「請進吧。」

屋內裝潢華貴但有品味——除了門外的灰泥獅子。屋主明顯行遍各地，將各種異國物品帶回來當紀念品。牆上掛著冰島藝術名家的畫作，但也有一些蘇娜幾乎認不出來的年輕潛力新星作品。書架上的收藏同樣不拘一格，不過稍微保守一些，大多是社會名流認為應該要有的藏書，並不是他們真正會讀的書。

「聽說妳哥哥的死訊，我真的很遺憾。」索荻絲開口說，「非常非常遺憾。」

蘇娜小聲回答，「謝謝。」

「妳說他在報導中寫到我們，還提起芬努的名字？還是我們倆都提到了？」

「只有芬努。妳認識他嗎？我是說華勒？」

索荻絲搖搖頭，蘇娜覺得她的動作有點誇張。

「沒有，可惜我不認識妳哥哥，蘇娜。」

蘇娜腦中閃過索荻絲可能是尤莉亞，那個打電話給華勒的女子。

「妳先生可能認識蘿拉嗎？」

「沒有耶。」

「妳呢？」

「沒有……」

「不過妳認識蘿拉在維澤島的雇主夫婦，奧塔和歐樂芙？」

「奧塔和芬努是朋友，他們幾乎認識一輩子了。」

這時古納插嘴，令蘇娜有些不悅：「我們知道您現在一定很不好過，我們——」

「你不用替我擔心。」索荻絲打斷他。「我記得蘿拉的案子，冰島人都記得。我說過了，我先生和我都不認識她。妳跟奧塔談過了嗎？」

「還沒。」蘇娜頓了一下，決定直搗黃龍：「我認為華勒遭到謀殺——就是因為蘿拉。」

索荻絲看來很震驚。「這……不，我不相信，不……」

蘇娜堅持，「有人推他去撞公車。」

索荻絲嚇得全身僵直。「我的天哪，為什麼新聞沒有報導？」

下一刻她就站起身來。

「抱歉，但我幫不了妳。妳哥哥的事我真的很遺憾。」她重複一次，面色慌亂地盯著蘇娜，像是臉上的面具出現裂痕。

蘇娜和古納有點給她的反應嚇到，兩人都站起來，跟著她到走廊。

離別時，古納握住索荻絲的手。「謝謝您撥空跟我們談。如果您之後有想起什麼，都能在電話本找到我們的號碼：神學院學生古納．古納森，還有蘇娜．羅伯朵蒂。」

索荻絲朝他微笑，然後握住蘇娜的手。「孩子，祝妳好運。」她用微微顫抖的聲音說完，在他們身後關上門。

他們站在屋外，一時不知所措。雖然陽光燦爛，街上卻吹來一陣寒風。

蘇娜堅定地說，「她不只知道這些。」

「我不認為。算了吧。」

蘇娜嘆了一口氣。她喜歡古納，但她決定跟奧塔和歐樂芙面談時不要帶他比較好。或許也值得去找那兩位抬棺者保羅和赫尼。

「也是，我想暫時就算了，專心寫論文吧。」蘇娜露出假惺惺的笑，心底仍堅持要揭發真相。

一九八六年

九月三日

「妳就是蘇娜吧。」

瑪格麗特的父親尤庫奇來開門。多年來她都是在媒體上看到前法務部長，現在簡直像踏進電視上的晚間新聞，只差沒有新聞主播了。

從尤庫奇粗魯的口氣和不苟言笑的表情來看，蘇娜判定自己並不受歡迎。因此更該稱讚瑪格麗特，雖然她花了一點時間，但明明父母不同意，不知為何她仍成功說服他們安排跟奧塔和歐樂芙會面。蘇娜從華勒的筆記得知他一直無法接觸到這對夫妻。她覺得有些得意，竟想到利用瑪格麗特成功約到訪談，達成哥哥未竟的目標。

「對，我是蘇娜。」她依照冰島習俗脫下鞋子，探頭往起居室一瞥，發現賓客果然都到了。

「我們等一下約了吃晚餐，沒有多少時間。」尤庫奇壓低聲音說，「我不確定妳們想做什麼，但瑪格麗特求我給妳機會跟奧塔和歐樂芙談談。不過我要先說清楚，他們是我的朋友，我不會容忍妳們亂來。」

聽到備受尊敬的議會部長——應該說前部長——說出「亂來」這樣的詞，蘇娜暗自覺得好笑。

她忍住笑，同意他的要求，「我們不會亂來。」

「奧塔，歐樂芙。」尤庫奇接著抬高聲量說，「這位是蘇娜，她很期待跟你們見面。我說過她是日前過世的記者華勒．羅伯森的妹妹。我已經跟她說我們等一下要去參加晚宴，沒有太多時間。她只是想跟你們快快聊一下華勒替那家……呃，那家週報寫的報導。」他的口氣充滿鄙視，跟說「那家沒品的低俗小報」沒有兩樣。

奧塔站起身，伸出手。

「請節哀。」

「謝謝。」

蘇娜先前在冰島律師協會列出的登錄律師名單上找到奧塔的舊照片，但他已老了許多；兩側太陽穴鐵灰色的髮線退後，眼神也很疲憊。然而從他身上的灰色雙排扣西裝、領結和胸前口袋的絲質手帕判斷，他的穿著品味從一九五〇年代以來就沒變。

相較之下，他身旁的女子——應該是歐樂芙——就極度平庸，留著稀疏的直髮，身穿相搭的米白色西裝外套和裙子。即便如此，她仍渾身散發不悅的氛圍。夫妻倆並肩坐在淺色沙發上，面前桌上放著飲料：他的看來是琴湯尼調酒佐檸檬片；她的葡萄酒杯裝著粉色飲品——可能是皇家基爾雞尾酒。尤庫奇和太太娜娜也拿著酒杯，但兩人都沒有要請蘇娜喝酒的意思。瑪格麗特坐在角落有刺繡中央背板的骨董椅上，離風險區躲得老遠。她身旁的老爺鐘沉重地滴答響。雖然菸灰缸是空的，空氣中仍殘留著菸味。地板鋪著淺色長絨地毯，窗簾是酒紅色的天鵝絨布。

奧塔再次開口：「可想而知，多年來我們談過蘿拉的失蹤案無數次，很久以前就決定不再針對這起慘案發表公開評論了。她在我們的屋簷下失蹤，但我們一直不知道她出了什麼事，也就無法從事件中真正走出來——總是差了一點。正值青春年華的少女這樣消失實在是悲劇，但事件到了一定程度後，大家總是得放下，而我剛才說過，我們很久以前就放下了。我們無法解釋發生什麼事，而……好吧，我就直說了，我很懷疑妳哥哥真的找到確切證據。說實在話，我不相信這個謎團解得開，尤其現在離事件那麼久了。」

「我完全相信哥哥——」

這次奧塔不客氣地打斷她：「蘇娜，我可以理解妳相信哥哥，也可以理解妳迫切**想要**相信他找到蘿拉。可是聽我的吧，這麼想太蠢了。我跟著這個案子活太久了。我比妳年長，更有經驗，當律師執業將近四十年，我知道什麼時候對方在唬人，什麼時候在說實話。相信我，電視新聞的報導幾乎肯定是在唬人。我知道達拜圖那個老傢伙的把戲，為了賣報紙他什麼都做得出來，他就是這種人。好啦，說了這麼多，我們能幫妳什麼忙？」

他再次坐下，對她露出算是和善的笑容，但蘇娜並不傻：她可以感到笑容背後的寒意。奧塔可以成為很優秀的政治家，像瑪格麗特的父親。有那麼一瞬間，蘇娜甚至相信——差一點相信——他真心想幫助她。

她支支吾吾了一下，接著拿出華勒的筆記本，她在裡頭寫了一些問題要問這對夫妻。

「首先，我想請問你們是否認識芬努．史蒂文森，他最近剛過世，是一家批發……」

奧塔開口回答，他的妻子則垂下眼，一臉擔憂，似乎無法對上蘇娜的視線。

「啊，芬努，他死得很突然呢。他罹癌，可憐的傢伙，大概才幾週吧——頂多一兩個月。他跟我同齡，我們其實是同輩呢。不用說也知道，冰島很小，每個人都彼此認識。」

「呃，可能沒那麼誇張。」蘇娜說，「不過你是說你確實認識他？你和太太都是？」

她再次試圖對上歐樂芙的視線，但又失敗了。

「妳想知道的話，我們是同校同學。不過我跟很多人都是同學，不能說跟每個人都很熟。我不太確定妳想問什麼。」奧塔嗅嗅空氣。

「歐樂芙，妳呢？妳認識芬努嗎？」

女子繼續垂著眼，沒有回答。蘇娜不懂她的沉默，便持續盯著她，但看來沒有效果。

「你們最後一次見面是什麼時候？」蘇娜只好放棄，回頭詢問奧塔。

「我不記得了，但我猜是兩、三年前的同班同學會吧。」

「所以你們是同班同學？」

「對，我剛才不是說了？」奧塔的口氣稍微變了，少了一點自信。

「你剛才說你們是同校同學。你有參加他的葬禮嗎？」

奧塔遲疑了一下才回答：「當然有，妳不會參加同班同學的葬禮嗎？」

「未必每個人的都會去吧。」蘇娜說完問了下一個問題：「他有去過維澤島嗎？」

「誰？」

蘇娜笑了。奧塔擺明想替自己爭取時間。

「芬努。」

「喔，芬努。這種事我怎麼會知道？」

「我是說去拜訪你和太太。」

「我們住在島上的時候沒有多少訪客，太偏僻了。」

「他認識蘿拉嗎？」

「這是什麼鬼話？」奧塔看了招待他的主人一眼。

尤庫奇適時插手。「蘇娜，我們出於禮貌邀妳過來，讓妳有機會跟奧塔和歐樂芙聊聊。我沒想到妳會在我家質問客人，妳表現得像代替警方在調查事件。」

瑪格麗特的母親娜娜身穿粉彩色直條紋洋裝，這時她咳了一聲。「蘇娜，我們理解妳因為哥哥過世心煩意亂，但我想不透妳問這些問題想做什麼。」她先冷冷瞪了蘇娜一眼，又瞪了低調躲在角落的女兒。

蘇娜鼓起勇氣說：「華勒在調查蘿拉的失蹤案，她替奧塔和歐樂芙工作時失蹤。我有證據……事證……顯示芬努．史蒂文森和蘿拉有關聯。剛才我們已經確認，你和太太同時認識蘿拉和芬努。」

「什麼證據？」奧塔用憤怒的口氣質問，完全進入律師模式。

「很抱歉我不能說。」蘇娜努力裝得像她握有所有的王牌。「華勒遭到謀殺時正在寫相關的報導。」

歐樂芙忍不住低聲哭喊：「謀殺？」

蘇娜看著她，發現她嚇壞了。

奧塔怒目瞪著蘇娜，開口時咬字清晰，簡直像在演出廣播劇：「有任何實際證據證明妳哥哥遭到謀殺嗎？」

蘇娜絲毫沒有動搖。「有人推他去撞公車。」

奧塔聽了什麼都沒說。

「就你所知，芬努．史蒂文森有見過蘿拉嗎？他有到維澤島拜訪你們嗎？」

「可能有。」奧塔說，「時隔這麼久，我不可能記得每個來找過我們的人——」

蘇娜打斷他。「可是剛剛你才說小島太偏僻，沒有多少訪客。」

奧塔遲疑了一下才說：「我不記得芬努來過，但芬努．史蒂文森絕不會涉入犯罪行為，他為人非常正直正派。」

「你認識市議會的保羅．尤韓尼森嗎？」蘇娜再次詢問奧塔。

這時尤庫奇站起身，看來極為不滿：「夠了，到此為止。這裡是我家。」他指向起居室的大門。他的妻子娜娜也站起來。

「謝謝兩位撥空。」蘇娜不屈不撓地說，「希望你們晚上玩得愉快。」

瑪格麗特鬼鬼祟祟從角落走出來，陪蘇娜走出起居室。

她小聲說，「他們不太高興呢。」

「可不是嗎。」蘇娜附和道，「這代表什麼？奧塔知道內幕，芬努一定去維澤島找過他們。」

「大概吧。」瑪格麗特不安地說，「爸爸挺生氣的……」

蘇娜說，「謝謝，瑪格麗特。」她感覺瑪格麗特是真心想幫忙，對她來說意義重大。

「我們再聯絡。」

瑪格麗特點點頭，心不在焉地笑笑。

蘇娜離開宅邸時回頭看了一眼，發現尤庫奇站在門口目送她離開。不過她不介意，她還要去趕公車呢。

黃昏降臨，街燈逐漸亮起。司機調高音量，讓第二電台的音樂迴盪在幾乎全空的公車上。

蘇娜閉上雙眼，感到緊繃的肌肉慢慢放鬆。

她搜集到很棒的素材，能用來寫她的報導——**他們**的報導。如果運氣好，她的下一個目標就是拜訪市議員保羅．尤韓尼森。

一九八六年

九月四日

「這部電影太讚了，」瑪格麗特驚呼，「湯姆．克魯斯也是。」

她們在大學電影院趁中場休息排隊買零嘴。稍早瑪格麗特突然打電話來，邀蘇娜去看目前國內最熱門的電影《捍衛戰士》。她是說希望兩人保持聯絡，聽起來也真有此意，但蘇娜猜她主動示好或許也是想彌補父母粗魯的態度。除此之外，蘇娜今天沒做什麼大事，只約到時間跟市議員保羅見面，不過他的行程要到將近月底才有空了。

蘇娜附和，「嗯，很有趣。」她不像華勒會定期看電影，比起影片她更喜歡書。這部電影其實也不是她喜歡的類型，她比較愛看動作戲少一點的作品，例如厄斯圖拜電影院在播映的《紫色姐妹花》。

雖然蘇娜不想顯得冷淡，她仍忍不住下意識跟瑪格麗特稍微保持距離。她心想，她們不能當朋友；總之行不通。她們的背景完全不同：她是鄉下女孩，瑪格麗特則是加爾扎拜爾的保守派政治家千金。

瑪格麗特問道，「妳這個週末要做什麼？」她們還在排隊，蘇娜越發不耐煩要花這麼多時間跟瑪格麗特閒聊。坐在影廳裡是一回事，因為她們不能說話，但如果她沒猜錯這個問題的意圖，她可絕對不要週六晚上跟瑪格麗特出去玩。

「我沒什麼規劃耶。」她講完才意識到這個答案太空泛了。「我是說，我安排這個週末要寫論文。我應該提過我打算這個學期畢業？不過不是很順利。」

「別把自己逼那麼緊。」

瑪格麗特人不錯；換個情境，她們甚至可能成為朋友。如果華勒沒有過世……最近蘇娜的思緒都這樣開始與結束。她一成不變的生活疲憊地繼續，即使遠觀或許不太相同，但每天其實都在重複前一天。

蘇娜僵硬地問，「妳呢？」

「我大概會跟平常一樣去好萊塢吧。」好萊塢是鎮上數一數二大的迪斯可舞廳。

蘇娜酸酸地想，她不用多久就會忘記華勒了。不過這樣想當然不公平。她出聲說，「喔。」

「不一定是去喝酒或跳舞什麼的，但我的朋友都會在，就當作區隔平日和週末吧。成天一個人在家懷念華勒很難熬，是吧？」

蘇娜客氣地回答，「嗯。」

「妳們要什麼？」

她們沒發現已經排到隊伍最前面了。

蘇娜說，「爆米花和可樂就好，謝謝。」

瑪格麗特突然說，「對了，趁我還記得，上個週末在好萊塢舞廳有個女生……」她顯然沒注意到櫃台後的少年在等她點餐。

蘇娜提醒她，「瑪格麗特，妳要點什麼？」

「什麼？喔，爆米花就好。還有減肥可樂，你們有嗎？」

男孩點點頭。

瑪格麗特又轉向蘇娜：「對，有個女生——我完全忘了跟妳說。她問到華勒。」

「華勒？」有看新聞的人必然都知道華勒出車禍過世了。這位年輕記者因為撰寫蘿拉的報導「引起大眾注意」，現在突然被奉上神壇，照片刊在各大報紙上——憾事發生前，根本沒有人聽過她哥哥。「她想問他的什麼事？」

「喔，她不是想知道他的事。她叫凱特琳，是我的朋友，華勒跟我一起見過她一次。據說最近他打電話給她，因為她在戶政機關工作。」

「什麼？最近？什麼時候？」蘇娜已經拿到爆米花和可樂，但仍靠著櫃台不走。

「她說在他過世前。」

蘇娜懊惱地嘆了一口氣。「到底是什麼時候？」

「我的意思是就在他過世前。」

「他找她做什麼？」

有人拍拍蘇娜的肩膀。她驚得跳起來，撒了一地的爆米花。

「抱歉，電影要繼續播了，妳們可以讓開嗎？」

蘇娜踉蹌離開隊伍，跟著瑪格麗特回到影廳。

她們坐下後，她問，「華勒為什麼打電話給她？」

「跟一個女人有關。他請她查一個名字，女人的名字。」

「什麼名字？」

「我想不起來，或者她沒跟我說。舞廳音樂太吵了。」

「她有嗎？」

「什麼？」

「她有去查這個女人嗎？」

「嗯，我想有，但他一直沒有回電。如果妳想要，可以聯絡她。戶政機構的凱特琳‧古瓊朵蒂。上班時間直接去找她大概最容易，除非這個週末妳想跟我一起出去——她一定在好萊塢舞廳。」

「不用了，謝謝。我去辦公室找她。」

尖銳的巨響打斷她們。電影一如往常在場景中段笨拙地暫停後，過完中場休息又繼續播放。觀眾安靜下來，只剩嚼爆米花無法避免的聲音。

一九八六年

九月五日

雖然跑這一趟八成是浪費時間，但至少讓蘇娜出了門，總該算是正面的一步。要不是瑪格麗特告訴她戶政機構那個女生的事，蘇娜週五整天都會坐在公寓，假裝在寫論文。

她意外很早就醒了，才剛過七點。她吃了一碗穀片當早餐，並自動轉開「波浪電台」。新廣播電台上線以來，這週蘇娜完全沒有聽其他的節目，第二電台徹底失去了原本的地位。新電台莫名令人興奮，有許多新的聲音讓聽眾認識。不用多久，電視上也會出現新的臉孔。如果華勒沒有過世……同樣的念頭不斷在她腦中打轉……他可能會去波浪電台工作，或成為新的第二電視台明星。

戶政機構位在柯維斯街一棟實用主義風格建築的二樓。蘇娜剛過九點抵達，表明想見瑪格麗特提到的友人。

雖然她唐突來訪，凱特琳仍和善地接待她。蘇娜簡短自我介紹後，凱特琳邀她到一間小辦公室，能看到外頭入秋的街景。

「我只見過華勒一、兩次，但聽到消息還是很震驚。我不知道該說什麼。」她的口氣很溫暖。

「妳不需要說什麼。」

「抱歉這麼亂，我剛搬進這間豪華辦公室，還在適應。我以前跟兩個人共用辦公室，不過我慢慢在晉升了。」她咧嘴一笑。

「原來如此。」蘇娜客氣地微笑。「我只是想問妳跟華勒談的……」

「嗯，沒問題。他打電話給我。我努力想了一下是什麼時候，是兩百週年紀念日的早上。」

他過世那天。

凱特琳繼續說：「他希望我查一個女人的名字，奧菲德．雷弗朵蒂。我通常不會賣別人這種人情，但妳也知道，他是我朋友的男友，我也不排斥幫忙。我一直在等他回電，但後來就聽說……」

她們陷入痛苦的沉默。

「奧菲德是誰？還是有超過一個人？」

「有三個人：兩位還在世，一位在一九四〇年過世了。我都替他寫下來了——其實也沒有多少資訊。我完全不知道這些女人是誰，但我相信妳做點調查就能查到更多。」

她把紙條交給蘇娜。「妳知道華勒為什麼要問我這個女人嗎？」

蘇娜搖搖頭。「我完全沒概念，不過很感謝妳跟瑪格麗特提到這件事。」

「希望到頭來有幫助。」

蘇娜回答，「一定會的。」但她心底其實覺得又回到了原點。她不知道什麼促使哥哥去問起這名女子。或許他在追一條事件全新的線索，而她完全不知情。

一九八六年

九月十二日

早晨刺耳的電話鈴響把蘇娜從平靜的夢鄉吵醒。她沒有打算晚起，但近來實在沒什麼緊要的待辦事項，她得以享受一番。

她揉揉睡眼惺忪的雙眼，趕忙走到走廊。漏接電話總令她不安：她整天都會想是誰要找她，她是否錯過了有趣的機會。

這週過得很平靜。蘇娜去了提納街兩次，試圖攔截赫尼．艾佛德，但都失敗了。她也塞了一封信到蘿拉的父母門下，希望他們能同意跟她談談。她又試打了一次葛蕾塔．葛林朵蒂的號碼，但她還是沒有接電話。

或許現在是葛蕾塔打來，或蘿拉的父母。然後她想到可能是文學期刊終於來聯絡她了。暑假期間，她把一篇短篇故事寄給期刊編輯，希望有一天或許能跟其他較知名的作家一起發表。當然她完全是一廂情願：文學院學生寄去的短篇故事和詩作應該都要淹沒期刊辦公室了；這些投稿可能都直接進了編輯桌上的自由投稿堆，或根本沒讀就丟進垃圾桶。

小時候她寄過故事和詩作到《青年》雜誌，他們幾乎什麼都會刊。大人的世界可沒那麼容易。

不過這個陽光燦爛的早晨，她允許自己懷抱希望。期刊編輯可能在線上，準備告訴她天大的好消息，她的故事會在下一期出版。

「蘇娜嗎？」是男子的聲音。

「對。請問哪裡找？」

「蘇娜，我是律師尤庫奇．索拉倫笙。」

她完全沒料到會是他打電話來。他竟然這麼正式自我介紹，而不是直接說他是瑪格麗特的父親，真是有趣。不過或許她該慶幸他沒有加上他還是前法務部長。

「喔，你好。」她小心翼翼回答，猜想他到底要做什麼。

「我打電話來主要是想為上週妳來訪時我的，呃，遣詞用字道歉。確實那天大家心情都不太好，但我應該表現得更有禮貌。我平常不是這樣，希望妳沒有太往心裡去。我們當然都知道妳痛失至親，跟我們女兒一樣不好受。」

「大家都不好受，不過謝謝你打來關心。」

「應該的。對了，妳目前……」他頓了一下，彷彿在找適當的說法：「……呃，調查的進度如何？」

「挺慢的，但有些進展。」

「妳打算查到底嗎？整個事件非常不可思議沒錯——她就這樣消失了。我個人是懷疑她跳海自殺，就這樣而已。」

帶著她所有的行囊嗎？蘇娜想要反駁。

「說實在話，我沒有真的預期要找到蘿拉。」她回答，「但這個案子對華勒很重要——所以我才在調查，沒有別的原因。」

「原來如此。好吧，祝妳好運，蘇娜。也祝妳學業順利，我聽瑪格麗特說妳在攻讀冰島文還是文學相關的學位？」

她說，「對。」她懶得糾正他冰島文和比較文學學位的差別了。

隨著時間過去，太陽隱身，開始下雨。秋天偷偷降臨雷克雅維克，轉黃了第一片樹葉，把天空變得陰鬱。

她的公寓亂七八糟；髒衣服從浴室的洗衣籃滿出來，因為蘇娜還沒時間扛去地下室塞進洗衣機。她的論文仍只是一疊疊散落在茶几上的紙，破舊的沙發上堆滿了書。廚房的麵包要發霉了，最近因為哀悼哥哥又專心研究蘿拉的案子，她沒什麼食慾。

她翻遍整間公寓，終於找到一條乾淨的內褲，同時暗自發誓晚上要洗衣服。她檢視衣櫥裡有限的選擇，感到有些氣餒。最後她穿上比較適合盛夏花園派對的橘色洋裝，搭配酒紅色開襟毛衣，免得太誇張。她畫上相襯的酒紅色口紅和一點睫毛膏，宣告大功告成。她朝鏡子裡的倒影咧嘴一笑露出牙齒。她要重新出擊，再次試圖攔截赫尼．艾佛德。

蘇娜在狹窄的走廊停下來。現在雨下得很大，最理智的選擇是穿防水外套和雨鞋，但她想見的男子以喜好女色聞名：如果她穿高跟鞋和薄外套，他一定比較樂意接待她。猶豫一會兒後，她決定穿上別無選擇時才穿的高跟鞋，畢竟她平常都穿運動鞋，從沒學好穿高跟鞋走路的藝術。接著她把手臂塞進薄外套，穿在厚開襟毛衣外面有點緊。她得花錢叫計程車，否則抵達時如果看起來像落水狗，她再怎麼打扮都沒意義了。

等計程車開到提納街，司機已經分析完當天主要的政治議題。顯然他知道她指定的下車地點是誰家。

「妳要去見赫尼．艾佛德嗎？」他問道，「小姐，妳是從事土地開發嗎？還是打算蓋房子？」

「不是，我不是做這一行的。」她輕快回答，忽視他開玩笑的口氣。「不過你沒說錯，我要去見赫尼．艾佛德。」

「他很有型呢。」司機說，「看來他找了更年輕的模特兒呀。」他朝蘇娜眨眨眼。她只是笑笑，交給他一張鈔票。

外頭還在下雨。蘇娜豎起衣領，跑上優雅木屋的階梯。這棟房子跟赫尼．艾佛德逼雷克雅維克市民接受的水泥方塊相差甚遠。大門旁的黃銅銘牌上刻著**艾佛德開發股份有限公司**。屋內桌前坐著一名嚴肅的中年女子，她戴眼鏡，梳著髮髻，一臉疑惑地挑起眉毛。她穿的象牙色兩件式毛衣和胸前的金色十字架讓人覺得她更適合在教會辦公室工作，不是地產開發公司。

她僵硬地問，「妳又回來了？妳是來見赫尼嗎？」

蘇娜想起計程車司機的誤會，判定她或許能利用這一點。她朝櫃台小姐害羞地笑笑，悄聲說：「赫尼在辦公室嗎？我有……呃……私事要找他。」

女子用銳利的眼神仔細打量她，然後請她稍坐。她匆匆上樓，不久後回來請蘇娜上去。

赫尼．艾佛德坐在大辦公室的書桌前，窗外可以看到湖景。他渾身充滿活力：身形俐落，皮膚曬得黝黑，擺明染黑的頭髮梳成鬍後水廣告中男模喜歡的飄逸風格。蘇娜進門時迎面撲來的濃濃古龍水味強到她差點窒息。

「哈囉，請問妳是誰？我能幫妳什麼忙？」赫尼態度友善，聲音渾厚宏亮，像歌劇的首席男高音。他把襯衫袖子捲起來，看似同時忙著處理很多專案，無疑是刻意塑造的形象。他的椅背上掛著一件有金鈕扣的西裝外套。

「哈囉，很高興終於見到您……」蘇娜想了一下，決定再諂媚一點。「我當然知道您這麼知名的人一定忙得不可開交。」她露出挑逗的笑容，希望能讓赫尼稍微卸下心防。「我叫蘇娜。我只是想請教您幾個問題，好了解您跟一九五六年失蹤的蘿拉・馬汀朵蒂有什麼關係。」

「唉呀，唉呀。」赫尼往後靠著椅背，臉上緩緩綻放笑容。「妳也是記者嗎？」

「也是？」

「另一名記者也問過同樣的問題——華勒吧，如果我沒記錯他的名字。」

所以哥哥在她之前來過了。

蘇娜遲疑了一下。「我和《威庫巴迪報》有點關係，他們最近在報導蘿拉的事件。」

「啊，妳是達拜圖手下的女生吧？」他上下打量蘇娜。「不是他派妳來的吧？」

蘇娜知道她得非常小心。「我根據《威庫巴迪報》的報導在獨立調查。」

赫尼皺起眉頭，擺出他顯然自認非常迷人的表情。「小姐，妳表現得很神祕喔，我想妳最好解釋清楚一點。」

講實話有什麼差呢？「華勒是我哥哥。」蘇娜說，「他八月遭到謀殺，因為——」

「謀殺？不會吧？」

「我知道你認識奧塔，蘿拉在維澤島上的雇主。」

「我很肯定妳哥哥不是遭到謀殺，冰島不會發生那種事。不過沒錯，我確實認識奧塔。」赫尼合起雙手，和善地朝蘇娜微笑。「我們是同學，後來工作上也經常有交集。不過我們的情誼跟蘿拉失蹤沒有關係。」

「所以你跟芬努也是同學囉？」

「抱歉？」

「芬努・史蒂文森？」

「對，沒錯，不過這跟案件無關吧。」他顯得有些惱怒。

「奧塔和他太太歐樂芙住在維澤島時，你有去拜訪他嗎？」

赫尼似乎在思考。「嗯，我想那段期間我一定有去過吧，看看他們過得如何，雖然我想不透怎麼有人會選擇住在那麼原始的環境。」

「你有碰到蘿拉嗎？」

「印象中沒有，而且我這個人看過女生通常不會忘的。」他朝蘇娜眨眨眼，彷彿他們在以搭訕聞名的百老匯舞廳酒吧。赫尼跟那邊流連的老古董一定處得很好吧。

蘇娜本來就預期這樣的反應，但面對這隻男性沙豬仍忍不住怒火中燒。

「她是一九五六年的夏天在維澤島工作。」她繼續追問，拿出她從報紙上影印的蘿拉照片。

「沒有，我不記得見過蘿拉。」他又說了一次，「小姐，我也不太清楚妳問這些想做什麼。」

蘇娜盯著赫尼，心想那些女人看上他的什麼地方。他對上她的視線，臉上毫無自我懷疑的神情。

她問道，「你怎麼認識奧菲德？」

赫尼現在全神貫注看著她。「奧菲德是誰呀？」

「奧菲德．雷弗朵蒂。」她希望沒有記錯名字。

「蘇娜，我覺得妳根本找錯人了，不過還是很高興認識妳。」

她不甘願地起身，跟他道別的口氣明顯比打招呼時冷淡許多。

赫尼只是笑笑，揮手送她離開。

蘇娜下樓，經過戴黃金十字架、坐姿硬挺的女子，回到室外寒冷的雨中。

或許她真的找錯人了。

如果下週去見市議員也是一條死路，還需要浪費時間嗎？

哥哥到底為什麼在問這名叫奧菲德．雷弗朵蒂的女子？

蘇娜太全神貫注，完全沒注意到週遭，直到有人直接朝她的耳朵大叫，她才嚇得回到現實。

「蘇娜！」古納喘著氣出現在她旁邊。「老天，我追著妳跑了半條提納街，一直喊妳的名字。妳整個心不在焉耶。」

蘇娜笑了。古納的紅髮濕透塌在頭上，他回以微笑，抱了她一下。「妳好嗎？適應得還行嗎？那天我們跑那一趟夠嗆了！」

蘇娜說，「你是說去見索荻絲嗎？還用你說。後來我還去拜訪了其他人。」雖然她本來沒有打算跟任何人說這件事。

「妳又在扮偵探了嗎？」古納看來有些擔心。他們快走到市中心了。「走，我們去新蛋糕店坐坐吧？」

她聽從古納的意見，兩人走進咖啡廳躲雨，點了咖啡。

「我跟蘿拉在維澤島上的雇主奧塔和歐樂芙談過。還有地產開發商赫尼・艾佛德。」

「赫尼・艾佛德？為什麼？」

「他是芬努・史蒂文森葬禮上的抬棺人，華勒的筆記裡寫了芬努的名字。原來華勒跟赫尼也談過。他們都是同學：赫尼、芬努和奧塔。」

「喔，不過冰島本來大家就互相認識。這個國家很小，蘇娜。」

蘇娜忽視他，繼續說：「我還想找一名叫葛蕾塔的女生——雖然我不知道怎麼會牽扯到她……還有……」她暫停好喘口氣。「還有保羅・尤韓尼森，我想他是市議員……或者，我不知道……他也是芬努的抬棺人……」

她等古納將她拉回現實，指責她幾乎沒有確切證據。

然而他卻問：「蘇娜，我可以幫忙嗎？除了寫論文，我沒有別的事好做。而且我的論文毫無進展，我從來沒想到《馬太福音》原來這麼複雜。」

蘇娜舉起雙手。「喔，天哪，別提論文了——我研究埃里亞斯．馬爾的文章現在都丟在沙發上，亂成一團，我覺得我永遠寫不完。但我必須繼續調查……你也知道，為了華勒……」

「告訴我能做什麼就好，蘇娜。」

「謝謝。」她看進他的雙眼，比一般對望的長度來得長了一些。

一九八六年

九月二十五日

過去幾天發生了幾件意外的發展。

市議員——或應該說他的秘書——把他跟蘇娜的會面延了一週。雖然她用本名預約，但她不覺得對方改期的原因有什麼可疑。保羅．尤韓尼森大概只是忙到不可開交，沒多少時間跟選民——或潛在選民——見面。

然後古納邀她去約會。

他真的這麼說，**約會**——聽起來像美國電影的台詞。她回想起來不禁笑了。他提議去看《捍衛戰士》，她不忍心跟他說她已經看過了。說來奇怪，那天他們一起喝咖啡似乎點燃了過往或嶄新的火花，於是她同意了——即使她會錯過戴利許警探的新電視影集首播。

約會很順利。她跟古納在一起很放鬆，當天晚上兩人離別前，他甚至吻了她。近來她常想到他，讓她能分心不去煩憂蘿拉和華勒。她甚至有精力寫了一點論文，還去了《威庫巴迪報》的辦公室探聽達拜圖的工作邀約。他和藹地歡迎她，說他為了華勒的妹妹什麼都願意做，離別前還抱了她一下。如果她有意願，隨時都能來實習，她也越來越想接受了。

不過九月二十五日星期四的早晨終於到來，今天她要去見保羅．尤韓尼森。蘿拉又回到她行程上的第一條。

室外陽光燦爛，但空氣中幾乎能碰觸到秋天的寒意，蘇娜家院子的樹葉也開始轉紅轉黃。

她喜愛每年的這個時節；對她來說，秋天代表新的開始：新學年，新大衣，新鞋，新面孔。她覺得有古納幫忙，她真的可以在沒有華勒的世界活下去，展開雙臂擁抱未來。

她搭公車到伯嘉圖街，趕赴與保羅的會面。根據她的調查，他掌管市政府的都市規劃部門，目前似乎忙翻了。首都圈內到處都有新的城郊冒出來，不少建案都在磋商階段，包括頗具爭議的新市政府大樓。然而保羅的知名度不高；蘇娜認為大部分雷克雅維克的居民甚至不知道有這個人。

除此之外，她對他幾乎一無所知。她用電話本查過他，發現他住在西邊格林穆爾區的獨棟宅邸。於是有天傍晚，她往那個方向散步，偷偷摸摸靠近他家，假裝要往信箱投遞東西。大門上的銅製門牌以裝飾字體寫著保羅．尤韓尼森和太太葛恩珞．哈拉朵蒂的名字。

蘇娜在十一點前抵達伯嘉圖街的辦公大樓，到一樓櫃台報到，有人帶她上樓等待會面。等候室的其他人幾乎都是男性，大概都是建商，或跟其他建案有關係。他們逐一進去與市議員會面，每個人都分到幾分鐘的時間，出來時大多臉帶笑容。

終於輪到蘇娜時，已經過了快一個小時。金髮綁成高馬尾的年輕女子出來叫道：「來見保羅的蘇娜．羅伯朵蒂——請進。」

保羅的辦公室牆面擺滿深色書櫃，上頭都是書背文字鍍金的大部頭書籍。市議員坐在深色木製辦公桌後，桌面上整齊放著幾疊紙張，看似擺來作秀的。窗邊的圓桌上攤放著規劃圖的草稿。

年輕女子在辦公室角落的椅子坐下，拿著筆記本和筆，好奇打量蘇娜。

「請坐。」保羅對蘇娜說，指向面對他的椅子。蘇娜坐下，露出微笑。她想好了對話的開頭，卻無法猜測後續的發展。

「你好，我想請教你跟一九五六年在維澤島失蹤的少女有什麼關係。」

她非常滿意這番話立刻奏效。保羅的雙眼驚恐地睜大，綁馬尾的年輕女子看來頗感興趣。

「抱歉，我不太明白。」保羅清清喉嚨說，「妳不是來討論都市規劃問題……」他又瞥向面前的紙：「蘇娜？」

蘇娜連眼睛眨都沒眨便繼續提問：「我也想請教你跟已故的芬努．史蒂文森是什麼關係。喔，對了，失蹤的女孩名叫蘿拉．馬汀朵蒂。」

保羅看了一眼角落的年輕女子：「伊莉莎白，趁我在處理這件事，可以幫我倒一杯咖啡嗎？」

年輕女子明顯不太開心，只能不甘願地起身離開房間。保羅馬上回頭瞪著蘇娜，雙眼燃起怒火。

「妳好大的膽子，在我公開會面的時間硬擠進來問這種問題？妳是記者嗎？」

但蘇娜不打算讓他嚇阻她。「我是記者華勒．羅伯森的妹妹，他過世前在報導蘿拉的失蹤案件。我在調查……」她短暫停頓後進一步說明：「我跟華勒的舊東家《威庫巴迪報》一起在調查這起事件。」

保羅只是瞪著她，不發一語。

「我知道你認識芬努。」她補上，「我也知道你們都見過蘿拉。」

聽到這兒，保羅跳起來，卻又馬上坐下：「我當然認識芬努．史蒂文森，但我不懂為什麼妳認為我們見過那個女孩。妳這樣指控很過分。」

「你和維澤島有什麼關係嗎？」蘇娜接著問，目光直盯著他。

他憤怒地說，「我和維澤島有什麼關係？沒有關係。」現在他臉上沾滿閃亮的汗水。

「你和芬努怎麼認識的？」

「我們……我們是老同學了。芬努這個人非常正派誠實。」

他又靜下來。蘇娜緊盯著他，看他在椅子上坐立難安，不斷擺弄灰西裝外套袖子露出來的襯衫袖口，顯然心神不寧。

蘇娜判斷時候到了，便站起身，近乎吐出最後一個問題：「奧菲德・雷弗朵蒂是誰？她跟蘿拉的失蹤有關嗎？」

保羅的臉瞬間刷白。

「我跟妳沒話說了。」

蘇娜沒等他再下逐客令。市議員警戒的反應錯不了，她一定講中了什麼。

綁活潑馬尾的女孩等在門外，手拿咖啡，擺明好奇到不行。

蘇娜四處看看，趁保羅還來不及關門，用穿透力十足的聲音大聲說：「我會再來的。」

一九八六年

十月一日

蘇娜清晨醒來，在床上再也躺不住，等不及想開始這一天。

前一天晚上，蘿拉的父親馬汀聯絡她，同意跟太太一起見她，並建議了地點。她一度考慮帶古納同行，但最終判定第一次見面帶任何人都不妥當。她會獨自與夫妻倆碰面。

不過首先她要吃點吐司配起司和牛奶。新廣播電台在背景播放，報紙攤開放在餐桌上。電台在播瑪丹娜最新的作品，音樂插曲短暫打斷雷根總統和戈巴契夫總書記即將到來——而且完全出乎意料——的高峰會持續更新報導。

昨天新聞報導，美蘇兩大世界強權的領導人宣布不到兩週後將在冰島會面，讓全國陷入一片騷動。過去十二小時內，市內所有飯店都預訂一空，現在政府忙著尋找適合會面的場所，基瓦爾美術館和薩加飯店是最可能的選項。

聽聞兩位領導人即將來訪，蘇娜沒有熱切期待，甚至不覺得興奮，只是很難過華勒沒能共襄盛舉。他會樂於參與席捲而來的所有活動，一定會當面見到雷根和戈巴契夫，或許在記者會上還有機會提問。

她再次認真考慮接受達拜圖的報社職缺，只為了親身體驗極具歷史意義的高峰會。不過這件事可以等，今天她要專注在蘿拉身上。見到女孩的父母或許能帶來其餘她需要的素材，讓她寫出夠格的文章，即使她的進展其實沒有比華勒多多少。

由於兩大世界強權領導人佔據新聞版面，現在提交文章也沒有意義。蘇娜不是真的在意多少人讀她的文章，她的寫作動機發自渴望揭開真相，並非成為注目的焦點。雖這麼說，等她寫完蘿拉的報導，她想像文章會刊在《威庫巴迪報》的頭版——就算沒有別的理由，至少也為了紀念華勒。不過目前看來起碼接下來兩期都會是高峰會的新聞。

「妳應該知道，我們不再接受採訪了。」馬汀的態度溫和，口氣不顯煩躁，非常坦白。「我們不跟陌生人談論蘿拉，因為沒有意義，但我們為妳破了例。」

「謝謝。」蘇娜說，「我很感激。」

「妳哥哥過世讓情況變得比較特殊，我們聽到消息真的非常遺憾。不過我聽說妳不是記者，妳沒有打算寫我們的報導吧？」

她暗自嘆了一口氣，有些失望。不過她還是說：「不是寫你們。我還是想完成華勒的文章，但如果你們不希望文中提到兩位，我保證一個字都不會寫。我只是覺得見過你們很重要，即使只是簡單聊聊。」

「很抱歉沒能邀妳來我們家，但這也是我們很久以前做的決定。大家都想看她的房間，我們不能通融。我們總得設下底線，劃清界線。」

蘇娜點點頭。

夫妻倆面對她坐在桌子對面。他們約在雷克雅維克經典的普基德咖啡館，蘇娜通常不會來這種地方，但馬汀和艾瑪跟她保證咖啡很好喝。蘇娜買了三杯，現在他們坐在窗邊，看市中心逐漸甦醒，迎接新的一天。

「我們最喜歡這家咖啡館，已經是好多年的常客了。」艾瑪說，「我們住在附近的古塔拓區，一直都住同一棟房子：我爸媽留給我的遺產。」

馬汀和艾瑪目測大約都七十歲上下，或許再老一些——蘿拉要是在世今天也四十五歲了……蘇娜第一眼看到他們，腦中跳出的形容詞是「身心憔悴」。

「我們以前都是老師，馬汀教體育，我教英文，偶爾也代課教數學。現在我們生活平靜很多，經常出門散步。」

「再次謝謝你們——」

她還沒說完，馬汀就打斷她：「我們在電話上沒提，但我們見過妳哥哥。我說過我們不跟記者談，可是有一天他在這兒突襲攔住我們。我不怪他。他的工作方式有點不尋常，但你們年輕這一代就是這樣嘛。說實在話，當下我有些不高興，不過他感覺是個好青年，對吧？」他瞥了太太一眼。

艾瑪附和：「對，他人非常好。所以我們才同意見妳，蘇娜。」

「華勒承諾會找到蘿拉，不過我們也不是第一次聽到這種話了。」馬汀接續著說，「但我很欽佩他的毅力；他看來真的相信他做得到。我們當然知道蘿拉不在了，但她仍活在我們的回憶中。我們或許永遠不會知道發生什麼事，但我希望我們活得夠久，至少能得到一些答案。」

艾瑪補上，「我們仍懷抱希望。」

蘇娜決定現在不適合跟他們說華勒曾接到來電，聲稱蘿拉已經過世，需要在教堂墓園好好下葬……

於是她說，「我可以請教你們跟華勒談了什麼嗎？」

夫妻倆互看一眼。

「他沒有問多少問題，似乎不想太打擾我們，老天保佑他。」艾瑪說，「他主要想知道那年夏天有沒有其他人在島上。當時當然沒有其他人住在島上——只有他們三個人：蘿拉、奧塔和歐樂芙。我是說，假如有其他目擊證人，警察——克里斯欽——總該偵訊過他們吧？」這個問題似乎是在問馬汀，不是蘇娜，確實也是馬汀回答：

「對，我想沒錯。」

蘇娜感覺他們討論過這件事很多次。「也就是說，你們沒能跟他說太多？」

馬汀說，「喔，我們有跟他提到葛蕾塔。」

「葛蕾塔？」

「葛蕾塔．葛林朵蒂。」

蘇娜屏住氣：這是她一直努力卻找不到的女子。「等一下，葛蕾塔是誰？」她盡量不要顯得太興奮。

「我的遠房表親。」艾瑪回答，「她前一年夏天在維澤島工作。是她母親推薦我們──應該說推薦蘿拉……」

這句話後頭接著很長的沉默，中間穿插咖啡館其他顧客嘈雜的閒聊，以及杯子茶碟的碰撞聲。

艾瑪終於繼續說：「對，她替蘿拉說了不少好話，蘿拉才應徵上的。她跟我們說奧塔和歐樂芙給的薪水不錯，工作不會太累，讓女兒認識他們這種有權勢的人也沒有壞處。我想妳應該知道，歐樂芙的家世很好。」

艾瑪這番話並沒有暗示她懷疑奧塔和歐樂芙有錯，除非她只是難以承認她和先生可能送女兒去替壞人工作。

「妳也知道，她才十五歲。」艾瑪繼續說，「五月我們送她到碼頭——五月初，我記得好清楚，很美好的夏日，遠方的小島看起來如此碧綠漂亮。我從來沒去過維澤島……」

「所以你們沒有去島上拜訪她？」

「沒有，她不希望我們去。她想自立自強，我們的女兒向來很獨立。」

「我猜警方當時帶你們詳細看過整個事件，可說沒有忽略任何線索吧？」

「我想是吧。」馬汀遲疑地回答，「妳翻舊報紙就能讀到所有報導；主要事證大多都有記載下來。她就失蹤了，沒有聯絡我們。通常她每週會打電話回家一次，但我們突然就聽說她不在維澤島了。我相信妳可以理解，即使過了這麼多年，要我們談論這件事還是很難。我說過了，妳應該能在報紙檔案庫找到相關資訊——對事件的完整描述。我們當然有跟親友到島上參與搜索，但沒有結果。」

「很抱歉沒能幫上妳的忙。」艾瑪接著說，「或許妳能完成不可能的任務，查出發生什麼事，蘿拉在哪裡……我希望，我真的希望……」艾瑪雖這麼說，看得出來她很久以前就放棄希望了。

蘇娜知道她至少得試著聯絡上葛蕾塔，她或許能分享一些有意思的資訊。

「那我就不打擾兩位了。」蘇娜說，「請繼續享用咖啡吧。」

艾瑪臉露感激看著蘇娜說：「很高興認識妳，也祝妳好運。方便問妳做什麼工作嗎？」

「我還是學生，在攻讀比較文學學位。」

「喔，聽起來好有趣。很好，太厲害了。」

蘇娜把椅子往後推，站起來。

「離開前方便再問你們一個問題嗎？」

「當然，我們不趕時間。」

「報紙報導了所有重要的事嗎？我只是在想是否有我不知道的細節……連我哥哥都沒注意到……我翻遍了他的筆記，真的想查個水落石出。」

「我喜歡妳樂觀的態度——能保持樂觀總是好。」馬汀說，「或許妳會成功。不過我想不到什麼了；當年報導非常詳盡，有時候我都覺得太過頭了。」

艾瑪說，「那條項鍊，馬汀——我們可以跟她說。」

蘇娜複述一次，「項鍊？」

「對，蘿拉總是戴著祖母送她的項鍊。我們沒有告訴媒體。她收到禮物時，我們通報她失蹤用的那張照片早就拍了。警方想要向民眾隱瞞部分資訊，好排除那些浪費時間的人。我不記得還有什麼，但我們沒有公開項鍊的資訊，不過現在也沒差了。」

「是哪種項鍊呢？」

「警方一直沒找到，但我很肯定她會戴著。那條項鍊啊，即使現在看也是唯美珍寶；

鍊子上掛著銀細絲製的大十字架。那是我們的傳家寶——做工細緻，不便宜。這孩子從來不會拿下來。」

一九八六年

十月六日

蘇娜和古納越來越常見面，她覺得不錯。他人很好，愛笑，也非常理解她，不過他是華勒的朋友這件事大概替他加分最多。

週六晚上，她和古納去城市飯店跳舞。他則拖著她去參加紀念大學七十五週年的研討會，說穿了她覺得挺無聊，不過有他陪伴就夠了。古納是個書蟲，但很可愛。

他本來建議當週稍後去新城市劇院舉辦的科技展，但蘇娜這次不妥協了。參觀這種展覽，周遭都是過度興奮的小孩在亂按按鈕，她想不到更無聊的事了。於是她提議，如果他想多了解美麗新世界，他自己去大概比較好。

她還是聯絡不上葛蕾塔．葛林朵蒂，她不接電話，也不回電給蘇娜。由於電話簿裡只有一個人叫這個名字，蘇娜頗確定她沒找錯人。她試了好幾次，在答錄機留下客氣的留言。

蘇娜打算整天待在國家圖書館，不過想想還是先再試著聯絡葛蕾塔一次。這回她連撥號音都聽不到，令她焦躁不已。新的波浪電台在背景播放，大量聽眾一如往常致電電台參加益智問答。蘇娜最近在《晨報》讀到一篇憤怒的讀者投書，抱怨電話系統無法負荷這麼大量的來電。所以她想是波浪電台的錯——電話線路過載了。顯然冰島人想到益智問答的獎品都興奮極了。

目前冰島的基礎建設不只這一項不敷使用。據傳為了雷根與戈巴契夫的高峰會，大約有三千人會湧入冰島，但雷克雅維克根本無法承接這種規模的活動。許多人爭相抱怨飯店哄抬價格，餐廳換掉舊菜單，針對外來遊客推出昂貴的新菜單。看來所有人都下定決心要參一腳了。現在想想，電話系統過載搞不好跟接下來的參訪也有關。

到頭來，基瓦爾美術館和薩加飯店都沒有獲選，反而是選定新藝術宅邸賀迪之家最適合舉辦這場歷史性的會面。雖然蘇娜沒有進去過，她知道這棟前領事官邸在輝煌時期曾招待瑪琳．黛德麗和溫斯頓．邱吉爾等各界名人，看來加上雷根和戈巴契夫也不為過？根據報導，雷根不會與夫人同行——所以看不到南希了——但賴莎．戈巴契娃會陪同先生前往。

蘇娜又試了一次葛蕾塔的號碼，但還是沒有撥號音。她忿忿把話筒用力掛上陳舊的話機。就在這一刻，響亮的叮噹聲響徹走廊。顯然有人成功打通了她的號碼。

然而不是葛蕾塔。電話上是男生的聲音；這次不是瑪格麗特的父親尤庫奇，但同樣令人意外：「妳好，請問是蘇娜嗎？」

他還沒開始自我介紹，她就認出他的聲音：

「我是埃里亞斯．馬爾。」

她清楚地大聲說，「埃里亞斯，很高興聽到你的聲音。」他是她在研究的作者。

「前陣子我們見面時，妳問我怎麼會寫《瘋狂時代的詩作》，我想當時妳問的一些問題難倒我了。不過後來我有機會翻看一些舊文件……妳要不要過來看看？妳如果想要，也可以把文件帶走，我沒什麼需要了。」

蘇娜回答，「太感謝你了。」她的心情好了一點。額外的文獻對她的論文非常有幫助，但不僅如此：她感覺彷彿開了一扇窗，通往過去華勒還活著、無憂無慮的日子。「我什麼時候過去方便？」

「這個嘛，妳什麼時候想來都行，我最近很清閒。順便告訴妳一個上次沒說的祕密吧：聖誕節前我會出一本新書。」

「真的？新書？」

「對，這次是翻譯作品。」

「真令人期待。可以多說一點細節嗎？」

「喔，我想可以吧。這次也是翻譯阿嘉莎．克莉絲蒂的小說——我應該說過幾年前我替廣播電台翻譯過一篇她的故事，叫《史岱爾莊謀殺案》，情節設計聰明極了。對了，我記得電台播出翻譯故事時，一位著名作曲家跟我說我不該屈就在電台上朗讀阿嘉莎．克莉絲蒂的推理小說。我說他自己跟那些國外知名樂團合作時，不也指揮了一些比較差的作品嗎。」

蘇娜咧嘴笑了。埃里亞斯突破萬難成功鼓舞了她的精神。她看向窗外陰鬱的晨光，難得感到一陣樂觀，認定陽光很快就會穿透烏雲。

埃里亞斯．馬爾掛掉電話後，她終於聽到撥號音，又試著打給葛蕾塔．葛林朵蒂，在她的答錄機留下比較直接的留言：

葛蕾塔，妳好。我試著聯絡妳好幾週了。我在調查一九五六年維澤島的失蹤案件。我哥哥華勒替他的報社在報導這起事件，但他八月突然過世了。我很希望妳能回電——

話筒傳來嗶的警示音，表示她用光了可用的錄音帶。

她才放下話筒，電話就響了起來。

她認定應該又是埃里亞斯．馬爾，打來說他有事忘了說。他在煙霧瀰漫的公寓創作詩作和故事，當然還有翻譯偵探小說，等她有空，她得去見他一面。蘇娜覺得他的翻譯作品絕不遜於他偏純文學的創作，不過她絕不敢向她的同學承認。

「喂？我想要找蘇娜。」

這次是女生的聲音成功打進過載的電話線，勝過迫切想贏得大獎的電台聽眾。

「嗯，我就是。」

「嗨，蘇娜。我是葛蕾塔，我聽到妳的留言了。」

蘇娜一瞬間說不出話來。

「我之前在惠拉蓋爾濟養病，最近才回到家，正打算回電給妳。」

「喔，謝謝妳聯絡我。對，我想問妳維澤島的事。」

「喔？」

「嗯。我哥哥在調查那起失蹤案——妳應該很熟悉吧？蘿拉……我聽說她是妳的遠房表親。」

話筒另一端沉默了好久。

「對，沒錯。」葛蕾塔終於說，「妳為什麼想問？」

「我聽說蘿拉失蹤的前一個夏天，妳也在島上工作過？」

又是一陣沉默。

「沒錯，跟她同樣的職位——替同一對夫婦幫傭。」

「我能跟妳見面簡單聊聊嗎？」

「呃……我想可以吧……不過真的隔很久了。三十年——其實是三十一年……妳可以到辦公室找我，我整天都會在公司……」

葛蕾塔在健康署工作，辦公地點在歐姆廣場一棟大樓的一樓。進門的路線其實不太舒服，大門是鐵柵欄，門後緊接著冰冷單調的樓梯井。不過等她走到辦公室門口，蘇娜親眼見到她在電視上看過的人物：健康署署長本人。他看起來氣宇不凡，戴著黑框厚眼鏡，頂著一頭白髮。他用友善的熟稔態度跟她打招呼，彷彿他們認識，即使他們從未見過面。

蘇娜跟葛蕾塔約好午餐時間見。她不需要請人去找她，因為署長才走下樓梯，一名中年女子便沿著走廊走來，朝她微笑。

「妳就是蘇娜吧。」她說，「署長剛出去，我們可以進去他的辦公室坐，他允許我必要時用他的辦公室開會。」

蘇娜在紅褐色的皮沙發坐下，手中準備好筆記本。華勒經常使用錄音機記錄訪談，但她沒有錄音機，也還沒準備投資購買，畢竟她還不確定是否要放棄文學研究，全職投入記者的工作。

「我已經說明過，我能告訴妳的資訊很少。」

「但妳確實替奧塔和歐樂芙幫傭過？」

「對，一九五五年，蘿拉失蹤前一年，做了整個夏天。」

「過程都很順利嗎？沒有出什麼事？」

葛蕾塔短暫撇開頭，撥開眼前的頭髮，才再次對上蘇娜的視線。「沒什麼大事。不過奧塔有些朋友會來拜訪他，我記得其中一個人有點……呃……」

蘇娜繼續等。

「他讓我覺得不太舒服，妳懂我的意思嗎？」

「哪種不舒服？」蘇娜傾身向前，攤開筆記本。對話轉向有趣的方向了，她急著想記下葛蕾塔的答案。

「唉，現在也無所謂了，都那麼久了。妳不是記者吧？」

蘇娜搖搖頭。「我只是想理解這個事件。我哥哥過世了，但我還不知道為什麼。有一說是有人推他去撞公車。」

「推他？我的天哪！」葛蕾塔看來非常震驚。

目前警方尚未公開上述懷疑。案件現在轉交給刑事調查部門，蘇娜最近跟負責調查的警探史諾理談過，他說案子「仍未結案」，但沒有發現新的證據，也沒有目擊證人出面……

「我只是想探查所有可能的線索，妳是其中之一。他沒有跟妳談過吧？我哥哥華勒？」

「沒有，我沒見過他。沒有人找我談過這個案子。」

「當年呢？警方總該有約談妳吧？」

「蘿拉失蹤的時候嗎？沒有，警察沒有找我，我從來沒有參與調查。」

這番話讓蘇娜有些驚訝。克里斯欽·克里斯欽森的原始調查到底有多嚴謹，或應該說多隨便？

「可以的話，跟我說說這個人吧。」

「妳是說奧塔的朋友嗎？實在太久以前了。當年我十五歲，那些男人我一個都不認得——幾乎連誰是誰都無法區分。不過有一個人當晚一開始老纏著我——有夠尷尬——但後來他就沒再靠近我了。」

「他們很多人嗎？」

「他們一個月見一次，都在每個月的第一個週五晚上，這我記得。他們會一起吃晚餐喝酒。六月我剛到島上時，夫妻倆請我服侍他們用餐，但七、八月他們再來聚會時，歐樂芙都讓我那天晚上放假。我有時會想是否跟那個人的行徑有關；就是奧塔想避免引發醜聞。所以我只見過他們一次，那天晚上也沒多少互動，我只替他們重斟酒水幾次而已。」

「妳記得他們是誰嗎？他們的名字或長相呢？總共有多少人？」

葛蕾塔笑了。「妳一次問了很多問題呢。」

「抱歉，我還在學習。說實在話，比起訪談別人，我窩在圖書館埋頭讀書比較自在。」

「我事前沒聽過這些人，當晚也沒有費心記下他們的名字。對年少的我來說，他們就只是一群狂喝冰島白蘭地的中年男子，我毫無興趣。我想現在見到他們，我也認不出來吧。對了，我覺得讓我不舒服的男子好像有一頭紅髮，但我不確定；可能只是回憶的錯覺。」

蘇娜趕忙記下這些資訊。她開始感覺像專業記者，彷彿華勒站在身後指引她，鼓勵她前進。

「奧塔和一群朋友——妳還記得有多少人嗎？」

葛蕾塔想了一下。「唉呀，我真的不確定。四、五個人？不會更多了。」

「歐樂芙並不在場？」

「對，那晚是男孩之夜。她會躲在樓上，我則待在我的房間——我是說另外兩次他們來的時候。不過聚會本身滿單純的喔？就像男孩俱樂部。我想當年他們大概都才三十歲上下而已。」

滿單純的……

蘇娜想像蘿拉替同樣這群男人斟酒。其中一個人可能喝得太醉，做出太過分的舉動嗎？不能排除這個可能。

可是他們是誰？

當然有奧塔。

或許還有赫尼．艾佛德？

已故的批發商芬努．史蒂文森？

市議員保羅？

律師、商人、地產開發商、政治人物……他們的人生都飛黃騰達，也互相保持密切聯絡。難道他們切不斷的羈絆來自共享的可怕祕密？

「赫尼．艾佛德，妳知道他是誰嗎？」

「我聽過這個名字，但對不上臉。」

「他是地產開發商。」

葛蕾塔聳聳肩。

「另一個我想到的名字，」蘇娜繼續說，「是剛過世的芬努．史蒂文森，他是批發商。」蘇娜暗自後悔沒想到要帶這些男人的照片給葛蕾塔看，只能說是新手的疏失。她可以去圖書館查芬努的訃聞，影印一張適合的照片。

「嗯，我也認得這個名字。他的名字不就是整個批發業的代稱嗎？」

「對，沒錯。」

「可惜我看到他也認不出來。」

「市議員保羅．尤韓尼森呢？」

「我倒沒聽過這個名字。他剛當選嗎？」

「他涉足市政很多年了，不過都不在第一線。」

問題就在這兒，這些人都罕為人知。他們在各自的領域或業界赫赫有名，但民眾走在路上很少會認出他們。他們行事極注重隱私，確實可以理解，畢竟很少有人會選擇把生活曬在媒體鎂光燈下。但他們這麼低調，是否也是因為多年前他們——或其中有人——涉入駭人的罪行？

「妳說總是在週五嗎？」

「什麼？對，我記得很清楚，因為星期五是每週我最喜歡的日子。」

這時蘇娜才想起華勒在電話上提過尤莉亞說的話。

是週六晚上，不是週五晚上。

她不確定她的想法是否正確，但或許現在她比先前任何時候都接近真相。

尤莉亞是否暗示這群人——這個男孩俱樂部——那週在週六晚上見面，而非平常的週五？出於某些原因，他們偏離了習慣？而那個週六晚上是蘿拉在世的最後一夜？

一九八六年

十月七日

蘇娜再次前往柯維斯街的國家圖書館時，天空一片陰鬱。她直接走到閱覽室，找到後方的桌子坐下，一面從高大的拱形窗戶往外眺望粉灰色的晨光，一面胡思亂想。室內一如往常籠罩在寂靜之中，因為現場人士都是來讀書或做研究。今天沒見到上次那位古板的圖書館員，反而是一名較年長的女子，她戴優雅的眼鏡，頭髮綁成髮髻。

她受理急切的讀者申請，讓他們探索圖書館檔案庫的寶藏。不過大家當然不許大聲說話，只能輕聲細語，當天稍早蘇娜已乖乖悄聲告知女子她的申請。她要來讀《奇巴巴，奇巴巴》，埃里亞斯·馬爾的小說《搖籃曲》的德文譯本。書封七彩繽紛，畫著一位深色頭髮的小男孩。然而蘇娜發現她無法專心閱讀文句。她的筆記簿攤放在面前，但頁面一片空白，鉛筆也放在桌上沒碰。她心想，發生了這麼多事，她的研究還有意義嗎？這些老譯本能帶給她什麼重要的發現？她腦中只裝得下蘿拉和華勒。她不該來的，她發現她根本還沒準備好恢復正常生活。

她需要找到蘿拉：這個念頭早上促使她起床，晚上助她入眠。與其說是執念，不如說是必要，就是簡單的生存本能。

所以她也把華勒所有的文件都塞進包包——他可靠的筆記本，以及原本他桌上所有的東西。當然她已經徹底翻過筆記本，盡可能擷取所有的資訊。有些頁面上的字都給她的淚水弄糊了，因為研讀華勒難以辨識的潦草字跡很容易令她崩潰，她幾乎不敢想像要重來一次。她在他桌上找到的紙張沒什麼幫助，大多是跟蘿拉無關的筆記。華勒同時在寫好幾篇報導，他以前常說記者的生活就是這樣，從來不無聊，不過由於經常會分心，也導致沒有時間好好深究任何議題。即便如此，蘇娜仍在考慮達拜圖的提議。論文越發難以完成後，她發現一頭栽進全新的不同領域，從華勒手中接過記者的工作，反而更吸引人了。

她和葛蕾塔的對話一直在腦中盤旋不去。她覺得事件完整的樣貌終於開始在她眼前展開。四名好友在維澤島上……一定出了什麼事，但時隔這麼多年，不會有人這時打破沉默。這個祕密守得很好；他們就像兄弟會發下血誓，代價太高，沒有人膽敢洩漏真相。

她把筆記簿推到一旁，小心翼翼將《奇巴巴，奇巴巴》放在隔壁桌上：今天早上閱覽室還算空曠，大部分理智的學生八成看了一眼陰鬱的天空，就決定繼續賴床了。她從地上拿起包包，鏗鏗鏘鏘把東西全倒在桌上。她趕忙抬頭，看到圖書館員用不悅的眼神瞪向她的方向，舉起一隻手指比出「噓」的手勢。國家圖書館閱覽室威嚴的環境不會允許這種噪音。

蘇娜越過廣大的房間向她露出抱歉的微笑。**對不起**。然後她開始努力整理這堆亂七八糟的東西。桌上散落著紙張、便條和華勒過世前要出刊的最後一份《威庫巴迪報》。當時她當然讀過了，尤其是華勒的文章，因此報紙對她只剩懷舊的意義，沒有實際的價值。

雖然沒什麼原因，她仍攤開報紙，吸進印刷墨水的氣味。華勒的文章刊在中後段的版面，不過她選擇緩緩翻過每一頁，瀏覽建城兩百週年紀念日和她的人生崩解前雷克雅維克的生活點滴：攝影機廣告（她還不打算砸錢購買，每年會租幾次機器和影帶湊合），氣泡水機廣告（她已經有了），建城週年慶祝活動準備的新聞。總理提及冰島克朗的強勢，並表明不可能讓貨幣貶值。一本小說的簡短書評，她知道是華勒寫的，但他沒有具名。

和短短幾週前簡單的日子相比，她的生活已經徹底翻轉：世上只剩她獨自一人。她的視線回到窗口，正好看到天氣驟變，滿天烏雲化作激烈的大暴雨。

她繼續翻過頁面，直到看到華勒的報導。報紙上刊出維澤島和熟悉的蘿拉照片。這時她注意到華勒在頁緣草草寫了什麼，她認出他的字跡，心頭突然一顫。先前她沒有翻開這份報紙，因為她沒想到華勒可能在上頭記筆記。不過他把筆記本借給她之後，他在世的最後幾天一定是手邊抓到什麼就用吧。

哥哥草草寫下：

蘿拉

死了。被殺。週六晚上，不是週五晚上。

尤莉亞？

要能葬在教堂墓園——或是好好下葬。

知道屍體在哪裡。

需要安眠。

希望大家找到她。

不想捲入案子。

希望一切能結束。

蘇娜反覆讀了筆記好幾次，仔細鑽研每一個字，檢視每一個字母，確保她正確解讀華勒的字跡。

這大概是哥哥給她最後的訊息了。

顯然他跟尤莉亞講電話時隨手記了筆記。他跟蘇娜提過對話的概要，但這裡記下的細節或許很重要。

週六晚上，不是週五晚上。

葛蕾塔的證詞看來解開了這個謎團。

根據他潦草的筆記，應該也能推論尤莉亞確切知道蘿拉何時過世——應該說何時遭到殺害。

蘇娜不知為何很在意下一行：

要能葬在教堂墓園——或是好好下葬。

他一定是幾乎一字不漏抄下了尤莉亞的話。

……或是……

為什麼說「或是」？葬在教堂墓園跟好好下葬不是一樣嗎？

蘇娜閉上雙眼，往前趴在桌上，聆聽周遭的寧靜。無聲中其實含有許多元素：室外暴雨的回聲，附近座位翻動書籍和紙張的聲音，有人移動堅固大椅子的摩擦聲，還有某處輕微的悄聲對話。即使在這裡，安靜也是假象，只有在華勒現在安眠的墳墓中才有真正的寂靜。

墳墓……

要能葬在教堂墓園——或是好好下葬。

蘇娜張開眼睛，又讀了一次這行字。

她自問：**要是蘿拉已經埋在教堂墓園了呢？**

有可能嗎？

如果是，這句話就有道理多了。

尤莉亞說蘿拉必須「葬在教堂墓園」時說溜了嘴。她想起蘿拉已經埋在教堂墓園，便改口說她需要好好下葬。

所以蘿拉埋在某處的教堂墓園嗎？

如果是，是哪座教堂墓園呢？

不太需要猜就知道了。

難道她真的一直埋在維澤島嗎？

蘇娜知道島上有教堂墓園，但她好一陣子沒去維澤島了。就算墓園很小，主管單位也不會同意開挖每一座墳。

她把紙張、筆記本和《威庫巴迪報》放回包包，差點把埃里亞斯・馬爾的德文譯本也放進去——犯這種錯的代價很高，她認為圖書館員不會樂見讀者試圖把圖書館的珍寶藏進包包。

離開的路上，她停下來跟表情嚴肅的圖書館員說話：「抱歉，」她悄聲說，「我該去哪裡查墳墓？」

「妳可以再說一次嗎？」

「墳墓。」

圖書館員一臉茫然。

「我是說，我想查詢墓園相關的資訊。」

「那妳一開始就這樣說嘛。」

「我可以去哪裡查詢？」

「查誰埋在哪裡嗎？妳想問這個嗎？」

蘇娜點點頭。悄聲說這麼多話太累人了。

圖書館員草草回答，「沒有，我們這裡沒有這些資訊。」

「抱歉，那妳知道我能去哪裡查嗎？」

她頓了一下。

「妳有特別想查哪座墓園嗎？」

「維澤島上那一座。」

「啊，那妳應該去首都地區墓園辦公室。」

蘇娜確認辦公室在哪裡後，微笑感謝女子的協助。

她快步走下圖書館華麗的大理石階梯，一瞬間還以為她在哪個歐洲大都市，但重擊窗戶的大雨洗掉了錯覺。她仍困在世界邊陲的北極圈小國首都。

蘇娜不知道該怎麼向墓園辦公室的職員提問：少女可能埋在維澤島上嗎？有辦法確認嗎？可以開挖舊墳嗎？

就算別無他法，她至少可以申請查看葬在島上的死者名單。

當她踏進室外滂沱的雨中，她終於想到了：

奧菲德．雷弗朵蒂。華勒請戶政機構的凱特琳查詢這名女子，卻沒有解釋為什麼。共有三名女子叫這個名字，其中一人在一九四〇年過世……可能嗎？

「妳說維澤墓園嗎？」

男子透過厚重的鏡片打量她。他頂著光頭，身穿格紋背心、襯衫和灰色西裝褲。他必定已屆齡退休，搞不好大家還沒注意到他超齡了。他坐在自己的世界裡，周圍環繞文件夾、書本和檔案，遭到眾人遺忘。空氣中瀰漫濃烈的咖啡味，但他沒有問蘇娜要不要喝。

「對，維澤島。」

「我想妳知道，最近很少有人葬在那裡了。」

「嗯，我想也是。」

「妳很**堅持**的話，我是可以挖出一些墓園的文件。」

蘇娜用上最動聽的溫柔口吻說，「太感謝你了。」

「喔，好吧。小姐，妳到底想要查什麼？」男子的態度非常高人一等，她猜想他是否不習慣跟普通的活人互動。

「我需要葬在島上的死者名單。」

「相較大墓園人數不多。」

「我想你說的對。」

「我**當然**說的對，我很**清楚**我在說什麼。」

「所以你有名單嗎？很難查嗎？」蘇娜意識到他不打算加快速度，口氣不禁越發不耐。

「看妳怎麼定義難……不過我查得到。」

「我特別想查一個名字。」

「唉，妳怎麼不一開始就說呢？」男子哼了一聲，調整眼鏡。「哪個名字？」

「奧菲德．雷弗朵蒂，她在一九四〇年過世。」

他嘟囔說，「奧菲德．雷弗朵蒂……」他皺起眉頭：「我沒聽過這個名字，不過可以查查看，給我一分鐘。」

一分鐘拖到半個小時，男子才終於回來。

「不好意思，」他說，「我沒注意到是午餐時間。我都會在中午下樓去食堂。好吧，其實說不上食堂，只有冷粥和褐色乳酪，但我想還是比沒有好。」

蘇娜急沖沖地問，「你有找到奧菲德嗎？」

「有，她在島上沒錯，埋在維澤島的土壤中，如妳所說在一九四〇年下葬。她是妳的親戚嗎？」

蘇娜沒有回答。

雖然她沒有真的預期臆測能成真，她仍因為沒有更早想通而覺得丟臉。起初的訝異消退後，她感到非常得意，甚至很驕傲，同時卻害怕起下一步。

她找到奧菲德．雷弗朵蒂了，難道她也找到蘿拉了嗎？

一九八六年

十月八日

蘇娜輾轉難眠，腦袋轉個不停，深信她快解開謎團了。等她終於睡著，又免不了夢到華勒。

他的調查進展到哪裡？

他有想出奧菲德．雷弗朵蒂埋在維澤墓園嗎？

不太可能，因為戶政機構的凱特琳沒能聯絡上他，說明她查詢的結果。他為了寫報導做研究時也沒有真的去島上，蘇娜記得當時還責罵他忽略了這件事。

不過現在最重要的問題當然是：奧菲德長眠的教堂墓地中，可能埋了其他東西——或應該說其他人嗎？

蘇娜幾乎不敢去想這個問題的合理結論。

她心想是否該跟報社的人談談，例如達拜圖或巴爾杜，但她遲遲沒有行動。她覺得跟他們不夠熟，無法一起喝咖啡討論下一步。他們屬於不同世代，跟她差太遠了。她也不能跟父母說，他們不知道她在調查華勒的報導，也不太可能讚許她的努力。

她試著打電話給古納，但他沒有接。他一定在大學鑽研《馬太福音》中的山上寶訓吧。

她接著想到瑪格麗特，部分因為這時柏林樂團在廣播電台上演奏《捍衛戰士》的情歌，部分因為蘇娜只跟少數人講過華勒的死和蘿拉的調查，而瑪格麗特正是其中一人。她跟蘇娜年齡相仿，雖然兩人沒什麼共通點——瑪格麗特甚至沒聽過埃里亞斯．馬爾！——她們至少都關愛華勒。即使在她父母家與奧塔和歐樂芙的會面有些尷尬，蘇娜感覺瑪格麗特是真心想幫忙解開蘿拉之謎。她的父親尤庫奇至少事後有為他的態度道歉，瑪格麗特也邀蘇娜去看電影試圖賠罪了。

瑪格麗特本人接起電話，讓蘇娜鬆了一口氣。她本來很怕得跟她的父母說話。

「嗨，我是蘇娜。」

「蘇娜？」瑪格麗特的口氣驚訝極了。「喔，嗨，妳好嗎？」

「我還好。」

「很高興聽到妳的聲音，其實我本來要打電話給妳呢。妳怎麼看最近的新聞——雷根和戈巴契夫要來雷克雅維克的事？」

「喔，妳也知道，實在——」

「太瘋狂了，對吧？我爸爸覺得他有機會見到他們。」

「真的？」

「對，看來他會加入什麼招待委員會或代表團之類的，好刺激喔。」

「是喔。」蘇娜說完才意識到瑪格麗特分享父親即將見到全球最有權勢的兩個人，可能期望她有更熱烈的反應。「總之，我在想要不要見面喝咖啡？」

「喝咖啡？當然好，隨時都行。」

當天下午稍晚，瑪格麗特來到蘇娜在希達區的公寓。她來拜訪才終於讓蘇娜認知到自己有多久沒有招待客人；最近幾週時間似乎停止了，每天都一成不變，只有廣播電台的聲音陪伴她。除了古納，她在家的四面牆外也沒見到多少人；她不再去大學，也暫時把論文束之高閣。

彷彿要凸顯她最近鮮少從事娛樂活動，她居然得上樓去敲卡蜜拉的門，詢問能不能借一點糖。她解釋家裡有訪客，並向房東保證有空再聊，才沒被留下來聊天。

瑪格麗特坐在沙發邊緣，捧著加了糖和牛奶的咖啡。她打扮得好時髦，跟破舊的沙發和脫線的靠墊格格不入。

蘇娜說，「好吧，我知道有點怪。」

「什麼？」

「突然邀妳來喝咖啡。」

背景傳來新電台下午節目的主持人聲音，跟目前所有人一樣聊著雷根和戈巴契夫。

「別傻了，蘇娜。這樣很好呀——我沒什麼特別的事要做。」

「其實啊，我一直在調查蘿拉的案子。」

「喔？有什麼新消息嗎？」

「嗯，我覺得有，所以才打電話給妳。我不太確定下一步該怎麼走，很需要跟我能信賴的人談談……」

「喔，我很樂意幫忙，我相信華勒也會很高興。」

蘇娜點點頭。

「妳還沒找到她吧？我是說蘿拉？」

蘇娜遲疑地說，「不算找到吧。」

「別說妳找到對歐樂芙和奧塔不利的證據喔？」

蘇娜聽出瑪格麗特的口氣突然有些擔心，看來她不希望父母的朋友牽扯上不名譽的醜聞。

「應該沒有，但我也不能保證。」

瑪格麗特不好意思地說，「喔，我只是好奇。」

「沒事。」蘇娜小心挑選接下來要說的話：「瑪格麗特，我**認為**我知道蘿拉在哪裡。」

瑪格麗特一臉不可置信。「什麼？哪裡？」

「我認為她早就過世了。」

瑪格麗特點點頭，嚴肅地等她繼續說。

「我懷疑她埋在維澤島。」

「她一直都在維澤島上？」

「對，埋在墓園裡。現在回頭看其實很明顯，她在島上失蹤，而最好的藏匿地點往往是最顯而易見的地方。妳讀過愛倫坡的作品嗎？」

瑪格麗特聳聳肩。「沒有。」

蘇娜不耐地搖頭，不過現在不適合對客人大談她的嗜好：偵探小說的起源和埃德加・愛倫坡如何推廣這個文類。於是她直搗黃龍：「我覺得我甚至知道確切**地點**：在奧菲德・雷弗朵蒂這名女子的墓中。華勒他……他過世前有問起這個人。」

「哇……如果是真的就太了不起了。妳可能解開了三十年的懸案！」

「我們一起……」

「我們？」

「對，我和華勒——我們一起做到的。」

「當然。」瑪格麗特害臊地笑。「接下來呢？」

「我就是想問妳的意見。妳認為我應該去找警察嗎？還是跟達拜圖談，讓報社支援我？畢竟開挖屍體一定有很多麻煩的法律問題吧？要取得所有必要的許可，那些有的沒的。而且要是有人捷足先登——要是消息走漏呢？冰島這麼小，不可能保密太久……」

「這個嘛，妳可以放心，我不會告訴任何人，蘇娜。」

「我知道。」

「我想我可以問爸爸……就是問他取得開挖墳墓的許可有多麻煩，但不提為什麼。」

蘇娜考慮了一下。她不太想牽扯上大律師，怕他可能拼湊出真相，警告他的朋友奧塔。畢竟蘇娜的理論如果成真，如果替他們幫傭的女孩居然埋在島上，奧塔和歐樂芙就難以自保了。當年一定發生了可怕的事，或許是意外，或許不是……現在該揭露真相了。

她幾乎後悔一時衝動把她的發現告訴瑪格麗特，不過有人一起討論其他替代方案還是很有幫助。

她說，「瑪格麗特，我有個想法。」

「嗯？」

「假如我們一起，就我們兩個人……去維澤島，看是今天晚上或明天，親自去墓園打探看看呢？」

瑪格麗特沒有馬上回答。

「這個嘛……我認為絕對不該扯上華勒的報社。」她終於堅定地說，「或許問我爸爸也不太好。就聽妳的，我們自己來吧。」

「妳確定？」

「嗯。我不太有機會踏出爸媽替我打造的舒適圈，光知道我在討論做這種事，他們就會氣炸了——可是我想去，突破現有的框架，即使可能犯法。」

「喔，我真心希望不會吃牢飯。我們只是跟著線索走。反正我們不會真的挖出奧菲德的棺木，只是刮掉一點土，看有沒有埋了其他人的跡象……」蘇娜心中的畫面跟在國家圖書館一整天努力研究陳舊文稿差不多。

「我沒問題。」瑪格麗特說，「百分百同意。我們要什麼時候去？」

跟瑪格麗特談完後，蘇娜打了幾通電話，確認只有週末才有渡輪定時前往小島。渡輪公司的人告訴她：「平日去維澤島的需求不多，不過有一名漁夫兼職載人好多年了。妳要他的名字和電話號碼嗎？」

當天晚上她聯絡上漁夫，他非常樂意載她們去島上。蘇娜傾向越晚去越好，確保她們的行跡不會引來注意。有些事還是躲在夜裡做比較好。

「我們想拍攝一些島上黃昏的照片，可以麻煩你明天傍晚大概六點載我們過去——大約九點再來接我們嗎？」

「當然好，我應該可以配合。不過妳也知道，晚上出海要多收一點錢喔。」

「沒有問題。」蘇娜有自信能說服瑪格麗特埋單。

畢竟瑪格麗特總得把家裡給的那些錢用掉嘛。

一九八六年

十月九日

她們舒服地坐在小漁船上，吃漁夫提供的餅乾。海面平靜，小船迅速橫越海灣，但空氣涼颼颼的。

「妳們說要去攝影？」漁夫從操舵室門口喊道，「很多人都想拍攝這座島。妳們要去拍鳥嗎？很多遊客好像都對鳥很感興趣。」

「其實我們什麼都想拍。」蘇娜替兩人回答。「景色，植物，鳥兒……我們特別想拍攝暮色。」

「我開這艘船十年，天候好的時候來回維澤島好多次了。在我之前是我爸爸在開船，他以前也會載人去島上。」

「所以蘿拉失蹤的那段期間，你爸爸一定有開船去維澤島囉？」

漁夫疑惑地挑起眉毛。

「在島上失蹤的那個女孩——一九五六年。」

「對，我知道，我當然聽過那起事件。嗯，我家老頭在一九五六年應該還很健朗。」

「我會問是因為我哥哥替他的報社在調查蘿拉的失蹤案。」

「是嗎？」

「如果能跟你爸爸聊聊看他記不記得那個女孩，那就太好了。」

「妳晚了一步：他幾年前過世了。」

「喔，天哪，我很遺憾。很抱歉還問你。」

「不用道歉。」漁夫轉換話題說：「我們快到了。妳確定妳們要待到九點？到時候會很冷喔。對了，跟妳們說一聲，通常教堂的門不會鎖，真的永遠為信眾開啟。」

蘇娜不禁偷笑，心想真像古納會說的話。她有點希望是跟他一起來冒險，而不是瑪格麗特——她打電話時他在家就好了。他個性很好，即使她覺得他太常提到上帝，她也還能接受。很多人就算興趣不完全相似，也能相處得很好。

「那可能到八點就好。」瑪格麗特突然開口，「我相信我們不用待更久。」

她的大腿上放著一個大背包，裝了兩把小鏟子。她們不想扛更大的工具去島上，畢竟連背包都可能引人懷疑了。他們講話時，蘇娜注意到漁夫在打量包包，但幸好沒有問她們怎麼帶那麼多東西。顯然他已經習慣各種古怪的乘客了。

他把船停到棧橋旁，扶她們上岸。

島上寒風刺骨，日光早已逐漸減弱。蘇娜開始反悔了。她心想當初是否應該直接去報警，而不是把瑪格麗特牽扯進來。

蘇娜偷偷觀察她的夥伴。她能信任瑪格麗特嗎？她馬上就同意這個瘋狂的計畫，有些可疑。要是瑪格麗特有所隱瞞呢？她會不會從父母那兒聽說奧塔和歐樂芙涉案的狀況，決定跟來阻止蘇娜解開謎題？她努力解讀瑪格麗特的表情，但對方只是順著斜坡專注看向宅邸和教堂。

蘇娜試著忽視她疑神疑鬼的猜忌。

她告訴自己，瑪格麗特只是想示好。況且蘇娜當然不想在這個階段扯上警察。說穿了，她想替自己找到答案。如果她的推測正確，下一步就要聯絡主管機關——並替達拜圖寫好文章，完成華勒的遺作……

「夜行動物。」

蘇娜猛然從沉思中回神，四處張望。她和瑪格麗特還站在棧橋上。「抱歉？」

「我說夜行動物。」漁夫鬆開固定船的繩索，給自己開的玩笑逗笑了。「我只是在想妳們這個時間想看哪種鳥。我自己的眼睛在白天比晚上看得清楚啦，不過人各有所好。我晚一點再回來，妳們別出事喔——小島比看起來還大。」

他沒再多說，走進操舵室，駛離棧橋。

瑪格麗特開口說，「他一定猜到我們——」

蘇娜打斷他。「他不可能猜到。況且也沒差，我們是為了華勒來，還有蘿拉，好嗎？」

瑪格麗特點點頭。「去看看教堂墓園也無妨。」她似乎在努力說服自己，「或許這樣就夠了。我是說，如果我們找不到那座墳，或……」

「我們就盡力吧，瑪格麗特。」

雖然日光逐漸黯淡，她們要做事還是看得清楚。蘇娜輕快地走上草地斜坡，朝宅邸和教堂走去。一會兒後，她聽到身後傳來瑪格麗特的腳步聲。

蘇娜感到寂寞又孤獨，不禁思索蘿拉第一次踏上小島，準備開始幫傭時，腦中在想什麼。十五歲——她只是個孩子。照她的父母說，當時是五月。在春天明亮的夜晚，她的周遭看起來會比現在陰鬱的秋夜好多了：蘿拉會在空氣中感到更多希望，心態更為樂觀。雖然從市內就看得到維澤島，對蘿拉這種在雷克雅維克長大的女孩來說，登島感覺必然像突然走進鄉野，更接近大自然，同時意外地自由。她一定很興奮能自立自強，賺取自己的薪水，結識上層社會受人尊敬的夫妻。奧塔和歐樂芙是一般所謂的模範市民，不會有人擔心送孩子去替他們工作：為人景仰的律師，來自顯赫家庭的女子……

蘇娜一時衝動想繞路經過他們的農舍，但根據她在國家圖書館查看的地圖，農舍離她們的路線太遠，也不是這次的首要目標。反正房子近來空著，裡頭只有過往的鬼魂，以及失蹤女孩的回音。

蘇娜回頭快快瞥了一眼。回顧過去令她背脊突然一寒。

瑪格麗特看她轉頭，露出心照不宣的微笑。蘇娜的心跳因而緩了一些，但她還是有點受驚，真是奇怪。空氣中瀰漫著威嚇的氣氛，彷彿她們要走進未知的世界……更糟的是，她們這對朋友——現在她們是朋友了嗎？——要直接走去墓園。

她們走近那兩棟白牆黑瓦的房子。右方的宅邸有一排黑色無光的窗戶，在昏暗中突然顯得很邪惡。左方的教堂看來比蘇娜印象中還小，不過上次她來維澤島已是好久以前，最近查看的照片則有些誤導。

教堂頗小，最近才翻修過。墓園就在左方，跟教堂的規模一樣小。如果墳墓都有清楚標示，她們應該不用多久就能找到奧菲德·雷弗朵蒂。

「我們真的是來冒險呢。」瑪格麗特的口氣只透露出高昂的氣勢。雖然她起初有些猶疑，現在卻似乎不像蘇娜一樣擔心。決定帶她來確實還是合理的選擇。她天性開朗，甚至可說無憂無慮，或許就是這些特質吸引到華勒吧。雖然她的父母是加爾扎拜爾的頑固傳統律師，感覺她肯定沒有遺傳到他們的個性。

或許有一天她和蘇娜能變成真的朋友，華勒也會這麼希望吧？

「好，我們來找奧菲德吧。」蘇娜將冰冷的新鮮空氣大口吸進肺裡，好鎮定心神。「然後就能找到蘿拉。」

「蘇娜，妳知道嗎？我從來沒想過有一天我會在黃昏偷偷溜進墓園挖墳。目前為止，我最嚴重的違規只有超速，還有晚上沒付錢就溜進鄉村俱樂部的游泳池。妳平常也是守法好公民吧？」

「是啊，我連圖書館的書都不會偷拿。」

蘇娜拉拉教堂大門，發現門沒鎖，跟漁夫說的一樣。她鬆了一口氣：事後她們可以進來取暖。她摸索室內的牆面，找到照明開關打開。教堂內部出現在眼前，以現今標準來說空間很小，不過教眾人數應該從來不多。一瞬間蘇娜感覺像回到數百年前。冰島大多數的建築都源自二十世紀，但她讀過這座教堂建於十八世紀後半，以當地標準來說很古老。木製長椅漆成藍色和褐色，看起來雖然漂亮，但坐久了必然很不舒服。祭壇和上方華麗的講道壇也漆成同樣的顏色，加上一點綠色。蘇娜閉上雙眼。她不覺得自己多虔誠，古納有時開始忘我暢談耶穌、上帝、宗教會議和儀式時，她還會嘲笑他。然而現在她感覺應該要默默為哥哥和蘿拉禱告。她一度覺得在這兒很靠近蘿拉，是幻想還是一廂情願？都有可能。

「開始吧？」瑪格麗特的問句帶著一絲不耐。她仍站在教堂門外。

「好呀。」蘇娜轉身關掉燈，走回室外，在身後輕輕關上門。

真要走進墓園時，蘇娜又遲疑了。她知道她們身處法律上極度灰色的地帶。她很難解釋為何要侵犯墓地，但她嚴正告訴自己，必要時得違反法律……

瑪格麗特說的沒錯，現在她們到了現場，四處看看總該無妨。蘇娜停下來，就著昏暗的光線觀察四周。教堂和宅邸位在平坦的草地上，夾在兩座像土堆的矮丘之間。她看不到任何動靜，開闊的環境也沒有遮蔽物能藏人。她再次安撫自己，島上一定沒有其他人。

她腦中冒出另一段蘿拉的畫面，這次可能是在八月的暮光下，她跑向宅邸和教堂，後面有人在追她，要傷害她。事實是這樣嗎？她為了保命跑過起伏的野外，在長滿草叢的地上絆倒？她是想逃離要攻擊她的人——幾乎肯定是男人——卻失敗了嗎？她毫無勝算，因為這座小島上無處可逃。她是否躲進教堂，蹲在長椅之間？這麼做沒什麼意義，因為教堂裡沒有真正能藏身的地方。

「好，我們來找她的墳吧：奧菲德．雷弗朵蒂。」瑪格麗特聽起來意志堅決，顯然不打算現在退縮，或浪費時間胡思亂想。蘇娜很感謝她的決心。

「嗯，反正數量不多。」

教堂墓園成正方形，周圍的石牆很矮，輕易就能跨過去。四散各處的幾個墳墓要不立有扁平的墓碑，不然就只是草地上的微微突起。

蘇娜彎下腰，仔細盯著石碑。靠著剩餘的日光，她不用手電筒也勉強看得見，但撐不了多久。

蘇娜知道作家古納·古納森埋在這兒，不用多久就看到他的墳。她停下來致意。

瑪格麗特嘶聲說，「別浪費時間瞻仰每一座墳啦。」雖然沒有旁人，她們仍自動降低音量，或許是因為對這次的非法任務心懷愧疚吧。

蘇娜解釋，「我找到一位有名的作家。」

「我們不是來找作家的。」

蘇娜摸摸鼻子，繼續掃視墓碑上的刻字。

「奧菲德！我找到了。」瑪格麗特稍微提高聲量悄悄說，「沒花太久嘛。」

蘇娜感到胃腸打結。現在怎麼辦？她們真的要挖開古墳嗎？

「我用保溫瓶帶了咖啡。」瑪格麗特說，「在我的背包裡。我們先去教堂坐著，喝點熱的，等天色完全暗吧？然後再開始動工。」

十五分鐘後，她們從教堂出來，這次帶著手電筒和鏟子。夜色迅速降臨，現在至少她們能隱身在黑暗中行事了。雷克雅維克的燈光在海灣對面閃爍。

瑪格麗特說，「我先來。」她們都同意最好先撬起扁平的墓碑，再往下挖，免得弄亂附近的草皮。瑪格麗特把鏟子插進墓碑邊緣，試圖抬起沉重的石塊，但抬不動。

蘇娜感到心一沉。這個主意真的很糟。

她遲疑地說，「妳確定嗎？」

「我們是為華勒來的，妳忘了嗎？」瑪格麗特鼓勵她。突然間她成了團隊推手，蘇娜反而顯得不甘情願。

蘇娜點點頭，著手幫助朋友。她意識到她跟瑪格麗特就是朋友，現在只有她們兩個人，要挖開一名陌生女子的墳墓。

時間的流逝慢得令人痛苦，酷寒的冷風刺骨，良心也不斷折磨她，但蘇娜努力不去想。搬開石塊比她想得難多了，很快她們就累得滿頭大汗。她的動作極為小心，她覺得瑪格麗特也是。即便如此，蘇娜很快就發現她們不可能不留痕跡，因為新翻過的土跟草皮落差太大。也就是說，蘿拉如果埋在這兒，奧塔和歐樂芙一定知道。凶手必須埋好女孩，藏起翻過土的痕跡，非常專業地重新鋪上草皮，後續搜索的人才不會注意到異狀。他不可能草草完成，也很難想像島上唯一的居民會不知道。所有證據似乎都指向同樣的結論——奧塔和歐樂芙要為蘿拉的死負責。

「妳看過《紫色姊妹花》嗎？」

「什麼？」蘇娜抬起頭。意料外的問題令她一時不知所措。

「那部電影，厄斯圖拜電影院還在上映。」

「喔，沒有，我還沒看。我本來就很少去電影院。」蘇娜回答完又補充說：「上次跟妳去看《捍衛戰士》是例外。」她沒有提她跟古納又去看了一次。

瑪格麗特把她們的注意轉向日常瑣事，成功化解緊張的氣氛，減緩了一點壓力。

蘇娜笑著說：「或許我們應該下個禮拜去看。」

「我已經看過了。有個男生邀我去——他是詩人。我不知道我為什麼答應。他說他讀過原著小說。我覺得我不會再跟他出去了——詩人不是我的菜。不過下個禮拜我們當然可以去看電影。」

「好喔。」聽瑪格麗特隨口提到她在華勒過世後這麼快就去約會，蘇娜不禁感到一絲怨怒，但她努力壓下情緒。

她們再次陷入沉默，只剩下鏟子的碰撞刮動聲，以及土壤鬆動的聲音和她們的喘息。蘇娜的思緒回到奧塔和歐樂芙身上。這對夫婦看似一本正經，同時態度又很疏遠。他們在瑪格麗特家見面時，她直覺感到兩人有所隱瞞。現在她後悔當初沒有更堅持，嚴厲要求他們回答，歐樂芙甚至沒有回應蘇娜問她的問題。雖然她跟赫尼和保羅談過後起了疑心，也在腦中把謎團想了好多遍，蘇娜總是得到同樣的結論：凶手一定是奧塔。這個論點唯一的問題是他沒有紅頭髮，葛蕾塔說讓她很不舒服的男子留紅髮。不過這兩起事件也可能毫無關聯，畢竟如果對方是她的雇主，葛蕾塔就會說了。難道那群好友中有人騷擾葛蕾塔，而殺死蘿拉的人完全不同？

瑪格麗特突然開口，「雷根今天晚上會抵達。」顯然她不喜歡沉默。

「嗯，我聽說了。好期待喔？」

「能看到他們就太酷了。我聽說爸爸明天會跟他們見面。」

「好難想像，光想就覺得真了不起。」

這時她們感到第一滴雨絲，不久後傾盆大雨便降了下來。蘇娜意識到在狂風暴雨的黑夜中偷偷摸摸實在太瘋狂了。整個計畫八成毫無意義，她們這麼拼命只會雙雙得肺炎罷了。

她問道，「我們要不要休息一下？等雨停？」

「才不要。」瑪格麗特累得喘氣回答，「我們先把該做的事做完。等我們找到蘿拉，再去教堂躲雨。」

天候之神彷彿要懲罰她們膽敢執行這個計畫，但蘇娜仍繼續挖，小心翼翼把鏟子插進去，既要盡量尊重墳墓與死者，又迫切需要找到蘿拉。她的情緒左右擺盪，一下確信她的理論正確，一下又極度懷疑她們在做什麼。她一度覺得聽到遠處傳來聲響，對瑪格麗特的懷疑又湧了上來：她大嘴巴洩漏了這件事嗎？有人要來阻止她們嗎？

沒有，當然沒有。蘇娜嚴厲地要自己專心，不要再疑神疑鬼。

黑夜全面降臨，在她們周圍躡手躡腳，朝蘇娜的耳朵說悄悄話，害她背脊一陣顫慄。

但她堅持下去，告訴自己現在退縮太晚了。

這時她的鏟子碰到東西，發出喀的一聲。

她嚇得縮了一下才站起身，退後一步。

「噓。」蘇娜叫瑪格麗特別出聲，她立刻停止挖土。蘇娜需要絕對的安靜——除了啪嗒啪嗒的雨聲。

她把手電筒對準黝黑的洞。

一根骨頭從潮濕的土壤凸出來。當蘇娜的手電筒光束掃過墳墓，她注意到更多骨頭，所以確實有遺體埋在這兒。這些不可能是奧菲德的骨頭，她們挖得還不夠深，也沒看到棺木的痕跡。蘇娜再次靠近，蹲下來，請瑪格麗特用她的手電筒照亮洞口。她開始用手扒土，希望能找到線索，告訴她這是誰的遺骨。手電筒光線照到某樣發光的東西。

蘇娜看著眼前掛在鍊子上的漂亮銀細絲大十字架。

一九八六年

十月九日

回到港口的短短船程中，蘇娜一個字都沒說。看懂她的暗示，瑪格莉特也一樣安靜。沒必要把她們的發現告訴漁夫。她們把沾滿泥土的鏟子留在島上，免得他問起難以回答的問題。雖然男子一直疑惑地偷看她們泥濘的衣服，他倒沒有問她們做了什麼，或許她們冷漠的表情讓他不敢多問。她們也沒有帶走項鍊，反而留在原地，不敢更進一步擾亂犯案現場。她們希望能說服警方今晚直接去維澤島全面檢查現場。

蘇娜的呼吸短促，她不敢看漁夫或瑪格麗特，於是橫越菲查弗希灣望向廣闊的大海，盯著黑暗中的一點，試圖讓焦慮的情緒冷靜下來。她好激動，幾乎無法正常思考，更別說把腦中的思緒轉換成文字。

船靠岸後，兩人跑向她們的車。

瑪格麗特坐進駕駛座。

她一面發動引擎，一面說，「我的天哪。」

「我們要去哪裡？」

「我家。」瑪格麗特果斷地說，「我們可以喝點熱的，換套衣服——我可以借妳乾的衣服——暖一下身子，再打電話報警。要是我們就這樣衝進警局，要他們相信我們，我擔心警察會認為我們瘋了。妳有案件負責人的直接聯絡方式吧？」

「嗯，他的辦公室和家裡電話都有，在我的包包裡。」

蘇娜直覺想直接去報警，但她不想和瑪格麗特唱反調。長遠來看，稍微繞遠路沒什麼差，況且能去瑪格麗特在加爾扎拜爾溫暖整齊的家，換上乾淨的乾衣服，感覺挺誘人的。現在蘇娜冷得不斷發抖，既震驚於她們的發現，又擔心接下來會發生什麼事。

無庸置疑，她們找到了蘿拉。

瑪格麗特轉開車上的廣播。再過幾分鐘就要九點，電台在現場直播報導隆納・雷根抵達冰島，新聞主播的聲音快給嗒嗒的雨聲和擺動的雨刷聲蓋住。蘇娜閉上眼睛，深吸一口氣，試著專心聽主播說話。感覺好不實際：世上最有權勢的人要在小小的雷克雅維克會面，其中一位已經抵達。而就在這一晚，她和瑪格麗特找到全國猜測三十年的失蹤女孩遺體。

快到瑪格麗特家時，九點的鐘響了，瑪格麗特的電子錶嗶了一聲，現場轉播隨之結束。瑪格麗特轉到第二電台，車上響徹埃里庫爾・豪森的歌聲，演唱《莫斯科和華盛頓的中途》。這首歌是春天遴選歐洲歌唱大賽冰島參賽選手的歌曲，現在突然有了全新的意義。

「我爸媽在家。」瑪格麗特停在家門前，「他們今天晚上打算看第二電視台開台。」新的民營電視台第一天開台！這麼多刺激的事件同時發生，蘇娜完全忘了這個重大的里程碑。

瑪格麗特說，「我們進去起居室吧。」蘇娜緊跟著她。

瑪格麗特的父母本來緊盯著電視，這時都轉過頭來。「哈囉，妳回來啦？蘇娜也來了？」娜娜說，「新頻道開台有些混亂，第二電視台發生技術問題，所以我們一直在新電視台和雷根抵達的現場直播之間切來切去。不過有新頻道還是不錯，尤庫奇和我以後晚上就不會無聊了。對吧，老公？」

前法務部長喃喃回了什麼。

「天哪，妳們都濕透了！」娜娜驚呼，顯然現在才注意到她們的樣子。「我們剛才看到雷根在機場淋雨。妳們也在室外嗎？」

蘇娜待在後頭，讓瑪格麗特替她們發言。

「我們去了維澤島。」

「維澤島？」尤庫奇終於專注看著她們。「去做什麼？」他皺起眉頭。

「我們去找……」瑪格麗特講到一半停下來，可能在思索適合的說法，或要努力鼓起勇氣。「我們去找蘿拉。」她聽起來氣喘吁吁，有些丟臉。

娜娜訝異地驚呼一聲，尤庫奇則立刻跳起來。蘇娜心想，雷根和戈巴契夫都比不過這條新消息了。

「妳們去找蘿拉？」尤庫奇重複一次。「我搞糊塗了。跟妳問奧塔和歐樂芙的問題有關嗎？」最後這句話是問蘇娜。

她小聲說，「不直接有關。」她開始意識到跟瑪格麗特回家是錯誤的決定，她的父母必然會反對，讓她們很難做事。

她感到無意義的衝動，想逃出這棟房子，回到過去，躲進哥哥的懷裡。華勒會幫她，他們會一起去報警；他們一起什麼都做得到。

「跟他們沒有關係。」瑪格麗特堅定地說，「蘇娜一直在調查怎麼回事，追蹤各種新舊線索。她不知怎麼推論出來蘿拉埋在維澤島。」

「胡說八道！」尤庫奇大喊，「說蘿拉埋在……沒有人知道她怎麼了。搞不好她現在還活著——在冰島或國外工作，誰知道呢？瑪格麗特，我不懂妳在想什麼，居然捲入這種瘋狂的事。」

「才不瘋狂，爸爸。我們找到她了。」

「找到什麼？」

「我們找到蘿拉了。」

「天哪，寶貝，妳說真的嗎？」娜娜不可置信地問，「妳們真的找到她了？」

「她一直都在教堂墓園，當然是埋在別人的墳裡。」

「我不相信。」尤庫奇重重坐在沙發上，臉色慘白到蘇娜有些擔心。或許他跟她一樣拼湊起細節，發現奧塔和歐樂芙脫不了關係。這對受人景仰的夫妻、尤庫奇和娜娜的友人極有可能造成少女死亡，或至少共謀掩飾駭人的罪行。

瑪格麗特不屈不撓繼續說：「我們找到她的項鍊，之後就沒再挖了。」

娜娜重複一次，「她的項鍊？」

「據說蘿拉總是戴同一條項鍊。雖然沒有出現在任何她的照片中，但蘇娜查到有這回事。那條絕對是她的項鍊。」

尤庫奇問，「妳們有拿走項鍊嗎？」

瑪格麗特遲疑了一下：「沒有，我們不想破壞證據。我們希望警方看到原本的現場，所以才——」

「拜託，妳們早就破壞了埋在那兒的死者墳墓，光這件事就違法了。我真不知道該說什麼……」尤庫奇長長嘆了一口氣。「不過時隔這麼多年，如果妳們真的找到蘿拉……這樣衝去維澤島破壞墳墓，實在太誇張了，但……」

「爸，如果警方有意見，你會保護我們吧？」

她父親漫不經心地點頭。

「我們現在就得報警。」瑪格麗特繼續說，「蘇娜有負責調查案件的警察電話。」

蘇娜問道，「對，我可以用你們的電話嗎？」

「當然，妳不用問。瑪格麗特，帶她去打電話。」娜娜說，「妳們最好馬上打。老天，這件事需要好好調查。」

蘇娜已經掏出寫了電話號碼的筆記本。

她用顫抖的手拿起話筒，等撥號音出現，才小心撥出五碼的電話號碼，焦急地希望不要打錯。

電話開始響。

她一面等，一面在腦中想過所有可能：警察也許不在家，或者已經就寢了。不過今晚美國總統抵達，又有新電視台開台，不會有人挑今天早早上床吧？

就在這一刻，電話打通了。

蘇娜馬上認出史諾理的聲音，趕忙自我介紹。「很抱歉打擾你，但我有急事。」

「喔？」

「我們找到蘿拉・馬汀朵蒂了。」

時間已過凌晨一點。

警察在電話上記下明確的方位，但沒有要求蘇娜和瑪格麗特陪同前往島上。蘇娜沒有抗議，即使她很想親眼看警方挖出蘿拉的遺體。她精疲力盡，可是全身流竄緊張興奮的情緒，害她睡不著覺。於是她和瑪格麗特洗了熱水澡，換上乾衣服後，便和尤庫奇跟娜娜一起待在起居室，聽交響樂團在廣播電台上表演到午夜，然後播起影帶來看。

終於門鈴響了。

尤庫奇去應門，蘇娜起身跟著他。

史諾理警探站在門前階梯上，旁邊站著蘇娜在報紙照片中看過的男子。

「晚安。」先前史諾理已說好狀況稍微明朗就會盡快過來。「這位是克里斯欽・克里斯欽森，最初負責調查的警探。」

克里斯欽說，「妳就是蘇娜吧。」

「對，我就是。」

尤庫奇插嘴說，「你們先進來吧？」

「好的，謝謝。」克里斯欽說，「我見過妳哥哥。」他看著蘇娜繼續說，「我聽到他的遭遇很震驚，請節哀。」

「謝謝。」

稍早隨著時間過去，她心中越發懷疑。她和瑪格麗特做錯了嗎？她們應該把項鍊帶回來嗎？結果不是蘿拉的項鍊嗎？那些骨骸難道是完全不同的人嗎？她也深受恐懼所苦，擔心有人趕在警方之前到島上湮滅證據。

「好吧，總之，」史諾理清清喉嚨，「長話短說，我敢說我們確實找到蘿拉了。我得承認非常了不起。」

蘇娜屏住氣。

「所以絕對是蘿拉囉？」

「所有證據都顯示死者是她，遺骸和項鍊都符合，非常遺憾。當然我們需要做更詳細的檢查，但我們現在會以蘿拉已死的前提調查；她在維澤島喪生，埋在島上。」

「這些年來，她都被藏在島上。」克里斯欽的話更像說給自己聽，「我花了人生超過三十年的時間找她。」他嘆了一口氣。

「案子肯定要重新調查了，很高興你能加入，克里斯欽。」史諾理說，「我們會傾全力查出發生什麼事。」

「那華勒呢？」

「看來妳哥哥的死很可能跟這個案子脫不了關係，現在開始我們應該會同步調查。他的死因仍不可解，但我們會更重視他被推到公車前的目擊證詞。可以想像有人為了阻止他繼續調查而殺了他，因為他跟妳一樣，顯然很接近事實了。」

瑪格麗特突然問，「你覺得蘇娜會有危險嗎？」

史諾理似乎沒考慮到。「嗯，應該還好，但也不能掉以輕心。不過我們已經找到遺體，現在除掉妳沒什麼意義了，蘇娜。我們可說是真的挖出了真相。」

「大部分的謎團確實都解開了。」她努力讓聲音維持冷靜，但瑪格麗特的話仍讓一絲恐懼竄過全身。「可是我們仍然不知道幕後黑手是誰……」

史諾理嚴肅地問，「這方面妳有任何進展嗎？」

目前為止，蘇娜都沒有提到她大部分的推測，她總是不相信自己查的方向正確。況且華勒教過她，好記者都會把王牌守好。她絕對要寫這篇報導；她的決心沒有變，但她沒辦法隱瞞警察多久了。

「我的確有調查。」她靜靜地說，「我知道有一群朋友定期在島上聚會，奧塔的朋友。」她意識到尤庫奇和娜娜也在聽。她必須小心謹慎，但現在來不及收回說出的話了。

史諾理問，「什麼時候的事？」

「一九五五年的夏天一定有，極有可能隔年也繼續，也就是蘿拉失蹤那一年。他們每個月固定週五晚上聚會，不過華勒收到密報，說蘿拉死在週六晚上。我猜那次他們改約週六，結果出事了。我不確定是哪一位男子曾騷擾前一年夏天在島上幫傭的女孩……」

史諾理的表情驚訝極了。他厲聲問，「這群男子是誰？」

蘇娜瞥了克里斯欽一眼，他駝背坐著。難道三十年前他也追查過同樣的線索，卻迷失在混亂的死路當中嗎？

「這個嘛，當然有奧塔……我認為還有其他幾個人。但我得先說，我的推論有部分只是臆測，依照我哥哥的筆記和──」

「妳就說吧。我們需要名字，當然也要妳哥哥的檔案。」

蘇娜有一瞬間不願說出男子的身分：她本來希望靠這些名字讓她的報導一炮而紅。現在是週四晚上──應該說週五凌晨──如果想在下一期的《威庫巴迪報》刊出報導，她只剩不到一週能寫。為了紀念華勒，她只考慮發表在這份報紙。

「好吧。」她頓了一下才說，「我認為有四個人：奧塔，還有地產開發商赫尼．艾佛德──」

「赫尼．艾佛德？妳確定？」史諾理挑起眉毛。

「沒錯，雖然他沒有明確回答我。」

「妳是說妳跟他說過話？」

「對，但只有幾句而已。」

「呃，我可沒跟他說過話呢。好，我們會調查。還有誰？」

「商人芬努．史蒂文森，那家批發公司的老闆。他最近過世，不過我跟他的遺孀談過。」蘇娜突然清楚知道下一步她要去拜訪索荻絲。強烈的直覺告訴她，在知曉真相的人當中，只有索荻絲準備好開口。不過現在她還不會把這件事告訴警方，至少要留一張王牌在手上。

「嗯，合理，我聽過他。」史諾理說，「克里斯欽，你怎麼看？」

「確實很有意思。」資深警探輕聲說，「我必須回溯記憶，看這些名字當初調查時有沒有出現。」

「還有誰嗎？還有一個人吧？」

「對，我認為是市議會的保羅．尤韓尼森。」

「老天，妳給我的這串名單真了不得。」史諾理長長吐了一口氣。「妳得理解我很難相信妳。」

然而克里斯欽不甚認同，第一次提高聲量說：「我們應該聽她的，我覺得她嗅到什麼了。」

「除了芬努，我跟他們都談過了。」蘇娜說，「但我猜你們去談會比我成功……需要有人逼出那些陳年祕密。」

「說得好。等我們公開遺體的消息，全國人民都會拭目以待，並要求警方聲張正義。

蘇娜，我可以跟妳保證，我們會盡力尋找真相，絕不妥協。」

「你們什麼時候要公開？」

史諾理沒有馬上回答；他似乎也在思考。

「明天——應該說今天稍晚——大概太快了，我想會是週末吧。我們想在白天去重新檢查現場，確保一切都合理。不過我們不太可能保持低調太久，民眾會開始問警方去維澤島做什麼。目前所有人的焦點都放在高峰會上，應該能給我們一點喘息的空間。」

「好。」蘇娜開始會用記者的盤算思考了。獨家消息能壓得稍微久一點對她也有好處，能確保她的報導第一個提到遺體。她推估警方應該不能禁止她寫她自己發現的事。明天她會開始寫文章——還要去拜訪索荻絲。

房內陷入沉默。蘇娜突然感到倦意襲來，或許亢奮的情緒過後，她可以睡幾個小時。

出乎意料，是克里斯欽打破沉默：「謝謝妳。」

蘇娜抬起頭。

「蘇娜，我想謝謝妳。這個案子已經塵封了三十年；沒有進展，沒有新的線索。結果妳——當然還有妳哥哥和朋友——居然找到了她。我一直懷抱希望她還活著，即使我想心底我其實也不相信。找到她反而讓我鬆了一口氣，我說不出來有多如釋重負。」

蘇娜不知道怎麼回答，只能朝他微笑。她隱約可以想像這一刻對他多重要。

「蘇娜，妳會跟瑪格麗特一起在這兒住一晚吧？」尤庫奇詢問她的口氣聽起來更像命令，不是邀請。

「呃，我想……」

或許倦意抑止了她其他的所有念頭，蘇娜覺得能直接上床睡覺挺吸引人，不用再回到冰冷黑暗的室外。她連車都沒有。瑪格麗特溫暖舒適的家如此樸實迎人，她感到她對瑪格麗特家人的偏見漸漸消失。雖然她討厭尤庫奇，但稍微認識他後，他人也還不差。不留下來，她就得回去她在希達區的孤單小公寓。其實她還有另一個考量，不過蘇娜沒說出口：她擔心受怕，今晚不敢一個人獨處。有人殺了蘿拉，同一個人八成也推華勒去送死。看來為了避免真相曝光，他什麼都做得出來：要是他們覺得蘇娜知道太多呢？

「蘇娜，方便的話，等早上我們再談吧？」她知道史諾理不是在問，而是在命令她。她必須正式做筆錄，交出所有證據，向警方說明搜尋蘿拉的每個階段，告訴他們尤莉亞的事……她還沒提到她，也沒有人問起。

「嗯，聽起來沒問題。如果方便的話，下午偏傍晚比較好。」

「當然好，妳好好休息吧。今後我們會負責大部分的調查，妳可以放輕鬆了。」

兩位警察告別離開。

「我想就恭敬不如從命了。」蘇娜低聲對瑪格麗特說，「今晚我待下來可以嗎？」

「妳說要走我還不接受呢。」

「我可以睡沙發——」

「妳可以睡我隔壁的房間，」瑪格麗特打斷她，「那是最大的客房。」

最大的客房……她再次記起錢從來不是這家人的問題。

蘇娜的思緒飄向她自己的父母。她應該要打電話給他們，說明今晚發生的事，不過不急。她需要睡覺，也得鼓起勇氣才能跟他們溝通。況且現在她還無法回答華勒碰上什麼事。這通電話得等到明天，一切都可以等到明天。

「蘇娜，妳想睡多晚都可以。」瑪格麗特說，「然後妳就能寫完報導了。」

尤庫奇趕忙追問，「報導？」

「蘇娜在寫蘿拉的報導，她要完成華勒的工作。」

「是嗎？」尤庫奇說，「要刊在達拜圖的報紙？」他皺起眉頭，不經意洩漏他多看不起《威庫巴迪報》。

蘇娜說，「對。」她想像自己週一或週二去找編輯，給他看完成的文章——頭版獨家，由蘇娜．羅伯朵蒂和華勒．羅伯森共同撰寫。同時她也會請教他是否願意聘用她，至少到今年底。她下定決心，現在不會回頭了。埃里亞斯．馬爾要暫時束之高閣，讓她進新聞界闖闖看。

現在報社生活在她眼中閃爍美好的光輝。

能帶她走出黑暗。

一九八六年

十月十日

歷經前晚的體力勞動，蘇娜身心俱疲，週五幾乎起不了床。快十二點她才動了動身，直到過了下午一點，她才終於拖著身子起來。她本來決定一醒來就要打電話給索荻絲或去她家，但蘇娜撥打她的電話沒有人接，接著警方又打來，請她到警局正式做筆錄。

她和瑪格麗特一起去警局。做筆錄的時間遠超過蘇娜的想像，結束時都已經傍晚了。她們開車離開警局，她問瑪格麗特，「我們要不要順道去索荻絲家？」

「太晚了，等到明天也沒差吧？」

蘇娜聳聳肩。她依然精疲力盡。

瑪格麗特頓了一下，又繼續說：「蘇娜，我們要不要暫時別管了？我們找到蘿拉了，剩下的事應該交給警察吧？」

這時蘇娜才意識到她必須自己找索荻絲談。她需要徹底釐清整個謎團，不能遭到任何人阻礙。

她沒有回答瑪格麗特的問題，反而問道：「對了，我從妳家拿了我的東西之後，妳方便載我回家嗎？我把外套留在妳家了，而……」

「蘇娜，妳週末就住在我們家吧？妳需要休息。昨天妳在大床上整晚睡得很好吧？」

「當然，但我不想——」

「別傻了。如果妳有興趣，今天晚上我們可以去看電影，十一點的……」

「明天比較好，今天我只會看到睡著。」

蘇娜一時想到古納。她必須把發生的事全部告訴他，但現在還不到時候。這件事可以等。

她實在好累。

她心想，**明天吧**。今晚她會接受瑪格麗特的邀約。

晚上她在加爾扎拜爾過得很舒適，蘇娜離家後就很懷念這種溫暖的家庭氛圍。電視和廣播在背景喃喃播放——不斷報導雷根和戈巴契夫的高峰會——她和瑪格麗特終於到家後用了晚餐，最後配著飄散全家的咖啡香享用麻花甜甜圈和洋芋片……生活就該像這樣，不是地上成堆的髒衣服或空了一半的冰箱。

然而她時不時仍會忽然感到一陣恐慌，揮之不去。

外頭某處，謀殺華勒的凶手仍然逍遙法外。

一九八六年

十月十一日

蘇娜醒著躺在床上好一會兒。她一直覺得聽到尤庫奇宏亮的聲音迴盪，但等她坐起身豎直耳朵聽，卻只聽到一片死寂。最後她終於遁入深邃無夢的沉眠。

隔天早上她九點醒來，感覺頭暈腦脹，半昏半醒。瑪格麗特全家早就起來了，她和母親娜娜坐在餐桌旁，空氣中瀰漫著土司和培根的香味。

「早安。」瑪格麗特愉悅地說，「妳睡得好嗎？」

「很好，謝謝。」

「爸爸進城去了，今天是大日子呢。」

「什麼？」

「雷根和戈巴契夫呀。運氣好的話，他今天就能見到他們。今天是高峰會的第一場會面。」

「喔，對，當然了。」蘇娜竟然完全忘了這場將名留青史的活動。今天張開眼以來，她就只想到蘿拉。

「妳要吃點什麼嗎?」

「謝謝。方便的話,我想吃點土司和起司。」

瑪格麗特笑著說,「自己來吧。」

「等一下我約了人見面。」蘇娜說,「妳們會不會剛好要進城,或……?」

娜娜回答:「我們可以借妳一台車,蘇娜。車道上停了三台,妳可以開我的老車——我們還沒時間賣掉。」

蘇娜接受她們的建議。她非得找到索荻絲,完成她的工作。她深信這名女演員就是尤莉亞,而她有故事要說。她的丈夫過世是轉捩點,讓她想替別人的錯贖罪。她無法預見後果:蘿拉確實被找到了,卻賠上華勒的性命。

吃完早餐,蘇娜又試著撥打電話,但索荻絲沒有接。

現在她站在女子位於盧嘉羅斯路的家門口。室外下雨,氣溫冷得悲慘。車道上停著一輛看來很新的賓士,名車和獨棟宅邸都明確象徵了夫妻倆的成功。芬努在批發業,索荻絲在劇場界,兩人的人生都成就非凡,一切都理所當然。不過真的嗎?他們沉默了三十年,讓蘿拉的父母日日煎熬。不管事實多麼醜陋,他們都有辦法終結蘿拉父母不確定真相的痛苦。或許索荻絲因此才打電話給華勒——一定是索荻絲打的。蘇娜感覺她有一顆溫暖的心，卻三緘其口這麼多年，直到丈夫過世。蘇娜猜想她是否在保護他，或守護芬努和朋友共有的祕密？芬努是否臨死前請她揭露真相？還是她懇求丈夫讓她開口？到底誰殺了蘿拉？這個問題才是重點。假如蘇娜能找到答案，她就能回答另一個更重要的問題：誰推華勒去送死？她的哥哥，那個和藹善良美好的男孩……

第一個問題最明顯的答案當然是芬努本人。他殺了蘿拉，索荻絲知情卻無法開口。直到他過世，她才試圖彌補尚能挽救的部分。

這套說詞說得通，但不可能。

因為事實不證自明，芬努沒有殺害華勒。

除非蘇娜挖出一些答案，不然她哪兒都不去。

她按了門鈴，站在門口等。

房子門前有一座大花園，可想而知後院也有同樣寬闊的空間。雖然現在是秋天，處處仍可看出樹木花朵受到悉心照料。花床上還有少許幾抹顏色，晚開的花朵拒絕向冬天臣服，灌木叢中的紅葉替寒風增添了一抹溫度。漆成淺灰色的屋子看來也保養得很好。

蘇娜敲敲門環，以防門鈴壞了。她不可能站在這兒淋雨一整天，真不行她就到車上等吧。她後退幾步，看到樓上的燈亮著。索荻絲絕對在家，她不可能躲一輩子。

正當蘇娜冷得渾身發抖，準備回到溫暖的車上躲雨，她聽到大門開了。門縫露出索荻絲的身影，宛如劇場的演員要風光上場，或在完美的表演後登台接受掌聲。她身穿紅色絲綢晨袍，波浪捲髮垂在肩上，打扮得像年輕許多的女子，看來迷人卻莊重，無疑是表演的巨星。

「蘇娜。」她用一個詞就表達了好多意思：她很歡迎蘇娜，知道她會來，但同時也最不想見到她。

蘇娜問道，「我可以進來嗎？」她全身都濕透了。

「我覺得沒有別的選擇，只能救妳進來躲雨了。」索荻絲解嘲般說，「進來換掉濕衣服吧。」

「我們也可以在外頭談，看妳決定。」

「別傻了，快進來。芬努和我向來都會邀客人進起居室。」

蘇娜脫掉鞋子和滴水的外套，跟著索荻絲走進她家的正規起居室。

她一時覺得像走進舞台劇，可是沒有觀眾，她也不知道導演是誰。不過有一點很清楚：索荻絲是女主角。

等她們坐下，蘇娜說，「《羅密歐與尤莉亞》。」她後來才想到：尤莉亞是莎士比亞筆下女主角茱麗葉的冰島文版本名字。

索荻絲重述一次，「《羅密歐與尤莉亞》。」

「妳演過尤莉亞。」

「對，而且我敢說我演得很好，不過那是很久以前的事了。我已失去年輕時的風華，蘇娜，我再也不會演出尤莉亞了。」

她的口氣帶著難以描述的悲傷，出乎蘇娜意料。她明明應該想著蘿拉和華勒，卻發現自己可憐起眼前的女子。她不能讓索荻絲玩弄她的情緒。如果索荻絲早一點出面說出真相，華勒不就可能還活著嗎？

或者反過來，假如索荻絲不動聲色，華勒從來沒有接到她的電話呢？媒體就不會瘋狂報導他即將解開謎團。

蘇娜突然不確定該怎麼面對索荻絲。她無法判斷對方是盟友還是敵人，不過或許劇場的重點就是這種欺瞞吧。

「妳打電話給我哥哥的時候，自稱叫尤莉亞吧？」

索荻絲站起身，優雅的身軀罩著絲質晨袍，開始來回踱步，不發一語。然後她又坐下來，傾身深深看進蘇娜的雙眼：一名演員，一名觀眾。

「蘇娜，我知道妳找到蘿拉了，警察昨天來找我了。這樣還不夠嗎？不能就此打住嗎？」

「我不認為妳了解現在的情況多嚴重。」蘇娜反駁，聲音激動得顫抖。「就在妳跟他談過之後，我哥哥死了。妳寄了一封信給他，所以他才死了。有人推他去撞公車。我可以重複講上一輩子，但什麼都不會變。華勒死了。妳失去芬努一定很難受吧。我失去哥哥，難受到無法用文字形容，索荻絲，我覺得我永遠無法用文字形容我的痛。」

蘇娜的嘆息幾乎像是呻吟。她精疲力盡，感覺全身遭到榨乾，只剩空殼。華勒過世後她就睡得很差，整個白天和半個晚上頭腦都在高速運轉。她現在活著的意義只剩下揭發真相，但她突然不確定自己還能撐得下去。她已用盡最後一絲氣力。

看索荻絲沒有回答，蘇娜趁機又補上：「蘿拉的父母也失去女兒。妳見過他們嗎？」

索荻絲搖搖頭。「沒有，我沒見過他們。」

「或許妳應該去跟他們喝杯咖啡。他們只是掙扎度日的普通人，我想他們不會住這麼昂貴的房子。他們也哀悼女兒三十年了。三十年很長呢，索荻絲，這段期間妳都做了什麼？」

「妳大概猜得出來，我過得並不開心。」

「對，我看得出來。」蘇娜說，「我也知道妳本人沒有傷害蘿拉，凶手另有其人。可是保持沉默也有後果。妳告訴我哥哥蘿拉遭到謀殺，凶手是誰？」

索荻絲把臉埋進雙手。「可憐的孩子。」

蘇娜再問一次，「凶手是誰？」

索荻絲沒有回答。

「是芬努嗎？是妳先生嗎？」

「芬努？不，不，不。他……」她的聲音哽咽。蘇娜不確定是表演結束了，或者只是換了場景。無所謂，索荻絲的人生感覺就是一場盛大的表演，不過現在她顯然下定決心要開口了。

「蘇娜，妳沒有錄音吧？我們在這兒說的話都要保密。」

索荻絲嚴厲地盯著蘇娜。她搖搖頭。「我沒有錄音。」

「我可以跟妳保證，芬努是好人。他的朋友就未必了，但有時候友誼的羈絆會強到斬不斷。共同的利益，共同的祕密。芬努是好丈夫，我們沒有孩子，但我們有彼此。他從來沒傷過任何人，連蒼蠅都不會打。他在商場上很強勢，所以我們才過得這麼優渥，但……我們其實一直都過得不好，真的。我們從來不缺錢，批發生意蒸蒸日上，我們死後還會繼續成長。可是蘇娜，總有一道陰影籠罩一切——蘿拉的陰影。我們什麼事都能談，也很喜歡彼此的陪伴，但我們從來沒談過這件事。芬努只是在錯的時間出現在錯的地方，有時就會這樣——一切都歸因於殘酷的命運。當年就是這樣，蘇娜……」

蘇娜用嚴厲的口氣問，「誰殺了蘿拉？」她下定決心要拼鬥到底，不會讓索荻絲掌控全局。她不會可憐索荻絲，現在不會，還不行。

「我不知道……我沒辦法……現在還有差嗎？」

「**當然**有差！」蘇娜提高聲量，「正義必須聲張才能結案，有人要負起責任。他們欠蘿拉的父母，欠我和我的父母，我的爸媽。妳必須做正確的決定。」

「做正確的決定？這個嘛……」

「芬努也希望妳說出來吧？」

「對。」

「他怎麼說？」

「出事後他馬上就告訴我了。妳要知道，我不在現場。之後我們再也沒談過這件事，也沒什麼好說了。他們互相承諾會三緘其口，反正女孩都死了，無法復生。於是芬努受困在沉默之中，我們都是。蘇娜，我每天都想打電話給蘿拉的父母，告訴他們怎麼回事，可是我不能背叛芬努。」索荻絲靜下來，清清喉嚨。「我跟妳說，親愛的芬努過世前，其實最後就是跟我說這件事。他提到維澤島，當下我就知道我得做點什麼。很抱歉牽扯上妳哥哥，我怎麼賠罪都不夠，但當時感覺這麼做是最直接的辦法……對，最直接的……」

「結果現在他死了。」

「著實是場悲劇，這整件事都是悲劇。」

「有一點我不懂。」蘇娜說，「為什麼警方沒有發現芬努和朋友那個週末去島上拜訪奧塔？他們怎麼沒有接受偵訊？開船載他們的人總該會跟警察說吧？」

「奧塔自己有船。」索荻絲回答，「以前他會親自開船去接朋友，聚會結束再送他們回本島，所以週日清晨他送朋友回家並沒有問題。只有我們這些妻子知道他們在島上。」

「索荻絲，為什麼你們夫婦沒有說出真相呢？」

「人生很複雜呀，非常複雜——那麼多既得利益，再小的疏失都會有超乎想像的後果……芬努陷進他無法掙脫的蜘蛛網——我們都無法掙脫。蜘蛛網的絲線伸向各個方向，所謂我為人人，人人為我。他們就像傳奇故事裡的血盟兄弟，只差沒有真的舉行歃血儀式了。他們互相幫忙，每個人都因此獲利。我們建立起欣欣向榮的事業。政治，工程……」她突然住口，彷彿害怕透漏太多。「沒有人敢冒險跟小團體決裂。」

「索荻絲，誰殺了她？妳只要告訴我，一切都會好轉。」

連蘇娜都不相信這句話。

「他攻擊她，本來還打算……我根本說不出口……他想佔她便宜，但她奮力抵抗。等其他人——他的朋友——聽說時，她已經死了。他說他把女孩的脖子抓得太緊，壓得太用力……他們都醉了，每次都這樣。其中一個人——不是芬努——想到可以把她埋在教堂墓園——才不會毀了他們的人生。」她發出冰冷詭譎的笑聲。「但我們的人生還是毀了，每天都像在喝該死的毒藥。」

所以芬努無罪。索荻絲這麼說，她也希望是如此。蘇娜懷疑事實沒有這麼簡單，不過她決定現在不適合跟索荻絲爭論她的詮釋。她需要索荻絲，她需要她給出一個名字，一個名字就好……

蘇娜必須獨自完成。到了這一步，她不要牽扯上警方，不過最終還是需要他們加入。她好接近真相，多令人興奮呀。

「奧塔，絕對是奧塔。」她脫口而出，「他是屋主，也是島上最有權威的人。他太太在樓上不會礙事，我猜他失控攻擊女孩，然後……」

索荻絲一會兒沒說話，接著才說：「我沒辦法……我們得用別的方式解決這件事，蘇娜。」

「是奧塔嗎？」

然而索荻絲不肯回答，反而又回頭講起她的愧疚：「當時我好想打電話給他們——我是說蘿拉的父母。我好多年前就該打了，但有時候就是缺乏勇氣。他們有權利知道她在哪裡。有時候我照鏡子都認不出自己，我沒有這麼惡劣，我不知道為什麼拖了這麼久。」

「現在該結束一切，一勞永逸了。」

「蘇娜，妳得從我的角度來看。除了堅守沉默，芬努沒有做錯任何事。他沒有殺人，只是害怕罷了。學生時代以來，這群男生就彼此互挺，根本不可能要芬努背叛……背叛……」

蘇娜想朝索荻絲尖叫。她看不出來自己的眼光有多扭曲嗎？她似乎自我說服芬努和她別無選擇，而且他們沒有犯錯。可是蘿拉幾乎可說是在芬努眼前遭到謀殺，被埋在另一名女子的墳裡——而凶手逍遙法外。然而芬努三緘其口，索荻絲也是，直到她決定打電話給華勒。

可是凶手仍然逍遙法外。

即便索荻絲極力否認，有沒有可能芬努才是凶手？

所以她等到他過世才開口，所以她不想指涉其他人，因為沒有其他人……

「芬努什麼時候告訴妳發生的事？」

「幾乎一到家就說了。妳要知道，事後他就變了，要背負這種祕密的重量會毀了一個人。妳現在大概還不懂，我也看得出來妳不同情我，沒關係。我們相差太多，妳又這麼年輕，時間久了妳就會懂了。」她的口氣帶著居高臨下的態度。「我不需要任何人的同情，這起事件中我並不重要。」

「索荻絲，芬努殺了她嗎？他已經過世了——妳不需要再替他撒謊了。」

聽到這兒，索荻絲終於發火了。「我已經很清楚回答過這個問題了。」她怒吼，「我先生沒有殺人，我可以發誓。」

「可是妳還是不願意幫我。我只需要一個名字就能去報警，接著就有機會聲張正義。」

「我需要時間思考，別再催我了。」

「是奧塔嗎？」

索荻絲搖搖頭。「我請妳給我時間思考了。」

「是赫尼嗎？大家應該都不意外他有祕密……」

「我一個字都不會說，蘇娜，現在別想了。妳就算唸完全天下的名字也不會有幫助。當時誰在維澤島並不重要。」

「這件事**很**重要，索荻絲。**非常**重要。」

索荻絲站起身。

「我需要更多時間，蘇娜。謝謝妳過來，把話講開來很有幫助。」

「是保羅嗎……？」蘇娜繼續固執地問，每說一個名字就仔細觀察索荻絲有沒有反應，但她冰冷的臉毫無表情，不愧是累積了幾十年的演戲經驗。

這時像是突然換了檔，索荻絲似乎退讓了。

「蘇娜，如果這麼說能讓妳好過一些，我同意妳的意見。」

蘇娜困惑地說，「什麼？」

「妳說我應該做正確的決定。」索荻絲繼續說，「妳講得很好。這個事件該結束了——我會負責收尾。我——」

蘇娜打斷她：「那妳會告訴我真相嗎？」

「我會用我的方式處理這件破事。我要去對質……」她停下來。她差點說溜嘴凶手的名字嗎？「我要去找他對質，說服他去自首。」

「妳認為會成功嗎？」

「我確定可行。」

「可是如果……他……如果他也殺了我哥哥呢？妳真的覺得這麼容易嗎？」

「相信我，蘇娜。抱歉，我該送客了。」

蘇娜緩緩站起身。「妳不如把名字告訴我，我直接去找警察吧？他們就能接手處理了。」

「不行，不能這樣做。我不想牽扯到芬努，他的名字不應該出現在報紙上。我一開始就說了，我們今天討論的內容都是機密，不能有人知道。如果妳寫進報導，我會否認這整段對話。」

蘇娜無法說服女子改變心意，只得認輸。她沉悶地說，「謝謝妳願意跟我談。」

「妳沒給我選擇吧。」索荻絲笑了。

「小心點。」

「小心？」

「妳說妳要去找凶手對質。」

「我什麼都不怕，蘇娜。」

一九八六年

十月十一日

蘇娜在車上坐了好一會兒，完全不知所措。她們的討論最後走向超乎意料的方向，索荻絲說了遠超過蘇娜膽敢想像的內容，卻拒絕透露唯一重要的資訊。

所以他們**的確**都在場，那群朋友三十年前都在維澤島，喝得爛醉，其中一人成了危險的性侵犯，危險到殺了一名年輕少女。然而他們都三緘其口。我為人人，人人為我，就這麼辦。索荻絲怎麼說的？就像維京傳奇裡的血盟兄弟。

他們繼續過活，彷彿什麼都沒發生；他們現在都六十幾歲了——如果還沒過世——每個人都事業有成，生活優渥。他們協助彼此累積財富，建立有用的人脈。這段期間，蘿拉都獨自躺在冰冷的墓穴中。凶案本身已經夠可怕了，但這群男人的共謀——加上索荻絲，或許還有其他妻子，像歐樂芙和葛恩珞——也同樣駭人。他們小心埋起祕密，忘卻一切，蘿拉的父母卻一無所有，一直不知道女兒怎麼了。

蘇娜心想，現在她到底該怎麼辦。

她打量眼前的房子，這個美好的家；索荻絲和芬努對外呈現的形象如此完美無瑕。然而再怎麼堅硬的鎖鏈都會敗在最脆弱的一環，現在這一環已經彎曲，甚至可能斷了。索荻絲明顯受到愧疚折磨，不難理解，不過她時隔這麼久才站出來，真的值得讚賞嗎？蘇娜的心情有些矛盾；一方面她很感謝索荻絲揭露維澤島發生的事，即使是用這麼古怪的方式。但另一方面，索荻絲的行為造成一連串的事件，可能導致華勒喪生。

蘇娜試著整理思緒。她應該回去瑪格麗特家，還是她的公寓？或者直接去警局，告訴他們整個悲慘的故事？拼圖即將完成；她只在等人提供最後一片。警察應該肯定會偵訊那天在場的三名在世男士，搞不好跟他們都已經談過了。其中一人總該會坦白。

赫尼、奧塔還是保羅？

三人她都不喜歡。

藏著這樣的祕密三十年一定不好受，但她認為他們一開始就不是真正的好人或正人君子。

他們當中誰失控了？攻擊十五歲的少女，掐住她，看她死去？

又是誰推華勒去送死？誰**謀殺**了她的哥哥，她知道時會怎麼反應？

現在她只能去警局找史諾理——或許還有克里斯欽——把她跟索荻絲的對話一五一十告訴他們。實務上，蘇娜為了結案能做的事都做了。

她發動引擎，廣播電台自動打開。十點新聞的主播說全球最知名的新聞台現在都聚集在伯嘉圖街，等待兩位世界領袖出現在賀迪之家門口的階梯上。雷克雅維克從未在國際媒體上扮演這麼重要的角色。

這時她注意到索荻絲出了家門，走向她的車，看來完全沒發現蘇娜還坐在車上看她。女演員換上黑色洋裝和白色大衣，像極了西洋棋盤上的皇后，準備下一個棋步。

蘇娜快快盤算一下。最簡單的做法就是跟著索荻絲，她不會認出蘇娜的車，應該也不會懷疑有人跟蹤。

假如索荻絲遵守承諾去找凶手對質，蘇娜只要跟蹤她，就能知道他的身分。

索荻絲開過盧嘉羅斯路，左轉開上孫盧加路。

新聞節目結束，開朗的DJ介紹接下來要播的新歌〈莫斯科，莫斯科〉是冰島團體史輟斯（Strax）為這次高峰會特別寫的。

莫斯科，莫斯科，快快快，九點新聞時段即將到來……

蘇娜聽著悅耳的曲調，這才意識到索荻絲正開向伯嘉圖街和賀迪之家的方向。難道她其實是要去看兩位領導人一眼？

莫斯科，莫斯科，難道你聽不見我在線上等待……

不過等她開到伯嘉圖街的十字路口，她發現交通管制封閉了整條路。索荻絲迴轉，違規停在人行道上。蘇娜停進相隔不遠的停車位，繼續密切關注女演員的行蹤。

索荻絲絕對是要去賀迪之家，太奇怪了。既然她迫切需要跟蘿拉的凶手對質，很難想像她會撥空出門觀賞賀迪之家的活動。即使狂風現在吹著雨滴重擊車窗，蘇娜仍不敢冒險讓女子離開視線。她瞄了一眼手錶：十點十五分。下車後的景象感覺像走在異國大都市，每個街角都有警察，旁邊顯然還有美國和蘇聯的特勤人員駐守。數不盡的車、豪華轎車和四輪驅動車停在路邊。蘇娜走進狂風大雨中，朝賀迪之家前進。更靠近後，她看到一大群記者，全世界的目光都聚焦在雷克雅維克。

雖然索荻絲都沒有回頭，蘇娜還是保持一段安全距離。她看女子靠近警察，跟他說了幾句話。難道索荻絲打算親自去報警？不對，看來她是想進入封鎖區。出乎蘇娜意料之外，她成功穿過了路障。

現在蘇娜也蠻接近宅邸了，但到處都看不到兩位領導人，只見到保鑣、警察和一群冰島政府官員，她認得出其中幾人。每個人都在等雷根和戈巴契夫。全世界都屏息期待……這次會面能成功結束冷戰嗎？

索荻絲真的大老遠跑來只為了親眼見到他們，還是有其他目的？

如果她是來這裡和凶手對質，那只可能是市議員保羅了。

蘇娜想起她在市議員辦公室頗不愉快的會面。她掃視群眾，第一眼沒看到他，不過市議會成員一定跟其他政府部門一樣在場。

受人景仰的市議員真的眼看蘿拉嚥氣，然後說服他的密友偷偷把她埋在教堂墓園嗎？蘇娜想著不禁打了個哆嗦。

現在她走到先前短暫拖住索荻絲的警戒線，對上同一位警察。

「這塊區域封閉了。」他的表情在雨中顯得煩躁。

她堅定地說，「我代表《威庫巴迪報》來的。」

「《威庫巴迪報》？喔，好，等一下……妳有媒體證嗎？」

她想起她去報社清理華勒的辦公桌時，把他的媒體證收進自己的包包。她翻找一陣終於找到，小心翼翼用手指蓋住名字。

警察點點頭。「好，但麻煩保持距離，不准太靠近現場。」

「好的。」

群眾突然一陣騷動，她知道大事要發生了。

一輛黑車開到賀迪之家門口，隆納·雷根本人下了車。

蘇娜停下來，一口氣卡在喉頭。

她沒料到能親眼見到美國總統，當面見證如此重要的一刻。

總統微笑向媒體示意，沒有回答問題便繼續走進屋內。

蘇娜四處張望，擔心跟丟了索荻絲。她看到她仍在人群中穿梭，趕忙努力跟上去。然而一會兒後，群眾再次靜下來，另一輛車開到宅邸門口，載著米哈伊爾．戈巴契夫。雷根回到階梯上，迎接蘇聯總書記。蘇娜彷彿石化般站在原地看，感覺太不真實了。

等她回到現實，慌張地四處打量，索荻絲卻不見了。

可惡！

她跟丟了嗎？

她怎麼能這麼粗心？

她掃視四周，但先前索荻絲走去的方向只剩一排警察。媒體也開始移動散開，大家預期短時間內不會再拍到領導人的照片了。

她到底能跑去哪裡？

這時蘇娜瞥見索荻絲的白色大衣閃進一棟現代辦公大樓，隔著伯嘉圖街對面就是賀迪之家。這邊的群眾很擠，很難快速移動，不過蘇娜還是盡力穿過人群和車子。她的心臟狂跳，一部分是害怕跟丟索荻絲，一部分是害怕接下來會發生的事。她可能會見到殺害華勒的凶手。

她花了兩到三分鐘寶貴的時間擠到大樓，衝進大門，沒有停下來徵詢許可。室內談話聲此起彼落，英文、俄文和冰島文爭先恐後，她猜測都是來自世界各地的記者。這裡一定是高峰會的媒體中心。那就令人不禁要問，索荻絲想來這裡做什麼？大樓裡有辦公室嗎？還是市議員保羅在這裡接受訪問？

她四處看看，但哪兒都看不到索荻絲，於是她開始隨機查看一間間房間。整棟大樓迴盪著喧鬧的雜音；她聽見旁人的對話片段，都跟高峰會、新聞或照片有關。她再次感到那股活力，這種生活吸引人的地方。能夠以職業記者的身分在這兒一定很酷，不過冰島記者的生活當然不是每天都這麼刺激。

索荻絲似乎憑空蒸發了。

大樓這側只剩下一間在遠處角落的辦公室，門上沒有門牌。蘇娜突然感到不祥的預感，跟她在維澤島的感受類似，彷彿直覺感應到真相就在轉角。她本來舉手要敲門，後來回過神來，沒有示警便用力拉開門。

索荻絲在裡頭，一臉驚恐，一名男子看似把她壓在牆上。他沒有停手——蘇娜聽不清楚他在說什麼，但他的聲量不小——顯然很有自信室外的喧嚷能蓋掉任何聲音——況且所有人的目光都放在賀迪之家，伯嘉圖街上無窗的辦公室就算發生不法之事也沒有目擊證人。

蘇娜衝進房內，讓身後的門完全敞開。男子猛然扭過頭。

他警戒地睜大雙眼，對上她的視線。她看出現在換他害怕了。

一九八六年

十月十一日

蘇娜僵在原地。

一開始，她的頭腦無法理解她看到的畫面。

達拜圖站在她眼前。

他結巴說，「蘇娜……蘇娜……」

稍早她在他眼中一瞬間看到殘暴的憤怒，但現在他的表情像是走投無路，知道一切都玩完了。

四或五個人。

可惡！

葛蕾塔是這麼說的。

奧塔和他的一些朋友。**四或五個人，不會更多了**。

蘇娜竟蠢到沒想到她的名單可能缺了一個人。

奧塔、赫尼、保羅、芬努——還有達拜圖。

她踉蹌後退幾步，退出房間，但雙眼一直盯著編輯。

她攔住第一個經過的人，是一名急匆匆的女子。

「抱歉，可以替我打電話報警，或去外面找一名警察，請他馬上過來嗎？」

「什麼？」

「拜託，這件事非常緊急，我現在就需要警察過來。」蘇娜平常不相信她的聲音和態度在這種場合能如此冷靜果斷，但她現在不能退縮。現在她要對質謀殺華勒的凶手；她已直接看進他的雙眼，並感到悲痛和怒火瀕臨爆發。

她轉身走回房內，刻意擋住門口，用冷酷的威嚴口氣說：「放過索荻絲。」她知道現在她掌握優勢。她不怕達拜圖——他想做什麼都太晚了。

他呻吟一聲，伸手抓抓光頭，視線慌亂地四處游移，尋找逃跑路線。這時蘇娜想起葛蕾塔說的另一件事：騷擾她的男子留一頭紅髮。她的描述不符合其他四個人——除非赫尼的頭髮不染是紅色——不過達拜圖禿頭前或許是紅髮？

「我沒有要傷害她。」他說得沒什麼說服力。

「混蛋，你攻擊我耶！」索荻絲大叫，憤慨取代了恐懼。

當下蘇娜便知道整件事確實結束了。索荻絲不會再保護達拜圖，他一定也發現了。

「首先是蘿拉，接著是華勒，現在……你差點也殺了索荻絲。」

「不是這樣，我沒有要……」

「你在維澤島攻擊蘿拉，我們都知道了。我們找到她的屍體了。」

達拜圖雙眼暴凸，直盯著她，然後忽然把臉埋進雙手。

時間一分一秒過去，但警察仍沒有現身。蘇娜擋著門口繼續等。

「你和朋友一起埋了她嗎？」

他點點頭。

「埋在奧菲德的墳裡。」

「某個女人的墳，對，奧菲德．雷弗朵蒂。我們隨便挑的。」

「結果華勒查起這條線索。」

「還不是索荻絲做的好事。」達拜圖的聲音又逐漸染上怒意。

「你們一起嗎？」

「什麼？」

「你們一起埋了屍體嗎？一起掩埋罪行？」

「對，沒有其他辦法了。芬努最放不下，他人太好，心地善良但軟弱。」達拜圖轉頭對上索荻絲的視線。「不過連他都沒有拒絕我們帶來的機會和錢，我們一直以來都團結一致。」他轉回頭看著蘇娜。「我那些朋友都跟我一樣有罪。我替他們寫正面報導；他們資助我的報紙。保羅盡力替我們疏通政界，芬努和赫尼賺進大筆錢財，大家都扮演好自己的角色。」

「可是蘿拉死了。」

「一時衝動就出事了，我知道確實很悲慘。她這麼年輕，這麼美麗。」

「還有華勒。」

這次達拜圖遲了一點才回答。

「妳得相信我，蘇娜——我沒有打算傷害妳哥哥，妳得……」達拜圖暫停一下，哽咽到說不出話。「我只是想盯著他。我很擔心，怕他太接近事實。我不能讓他查出真相。我甚至考慮過去維澤島挖出屍體，但……太不切實際了——風險太大。華勒感覺很有信心，堅信他可以在下次出刊前解開謎團，還開始提到我朋友的名字。然後……」他的聲音又越來越小，深吸一口氣才繼續說：「然後我看到他站在擁擠的公車站，公車沿路飛快開來。我……我跌倒撞上他——真的，完全是意外，我絕對沒有要……」

「不可能是意外。」蘇娜反駁，冰冷的口氣既鄙視又憤怒。「你全都仔細規劃好了吧？你洩密給電視台編輯部，說華勒查到新線索，這樣大家都知道了，就沒道理懷疑你。我說對了吧？達拜圖，事實就是這樣吧？」

他沒有回答，但她從他閃爍的眼神看出她說中了。

她耗盡所有自制力才沒有當場衝上去攻擊他。

她深吸一口氣，忍住眼淚。她不該這個時候在這裡為華勒掉淚。知道達拜圖要去吃很久的牢飯帶給她些微的安慰。

她只繃緊聲音說，「你們是朋友。」

「他替我工作，沒有人進報社是為了交朋友。我當然沒有打算殺他。我其實同意他四處打探這個該死的案子，查看過去的狀況。但後來整件事就失控了。起初他只是重新整理資料庫的新聞——這種報導每幾年就會出現一次，我並不在意：我們的祕密藏得很好，絕不會見光，畢竟牽扯到太多利益——每個知情的人都輸不起，代價太高了。」他回頭快快瞥了一眼。「我不知道芬努大嘴巴跟太太說了。」他輕蔑地說，「我早該猜到的。其他人都知道要閉嘴，不過歐樂芙當然也知道一些，避不了的。」

「就算一分鐘也好，你有想過蘿拉的父母嗎？」

「我是要跟他們說什麼？」達拜圖用忿忿不平的口氣說，「說她死了？他們一定早就察覺到了吧。我要指引他們去維澤島的墳嗎？大家只會覺得奧塔脫不了關係，到頭來可能有人會循線聯想到我，不過妳和華勒都沒想到。學校的那群哥倆好……」

「那華勒呢？我哥哥死了，你覺得沒什麼大不了嗎？你怎麼想？」

達拜圖沒有回答。

他們在講話時，索荻絲一直像雕像站著，靜靜凝視達拜圖和蘇娜，雙眼充滿情緒。蘇娜突然想到，對這位女演員來說，這也只是另一齣戲。不過身後走廊的動靜打斷了她的思緒，蘇娜轉過頭，看到兩名警察出現。

其中一人問道，「出了什麼事嗎？」

「這個人……」蘇娜用顫抖的手指指向達拜圖。「達拜圖．史坦森——他攻擊這名女子索荻絲，還……」

她想起她們在索荻絲位於盧嘉羅斯路的家中見面時，索荻絲說**找華勒談感覺是最直接的辦法**。她的確這麼說——當然了，**因為**華勒替達拜圖工作。

「真的嗎？」警察問道，「他攻擊妳嗎？」

索荻絲點點頭。「沒錯，他想殺了我。」

蘇娜說，「我及時趕到。」她忽然洩了氣，彷彿整個人只剩空殼。「不只這樣：達拜圖還坦承犯下另外兩起謀殺案。」

「妳說什麼？」警察一臉震驚，「謀殺？」

「對。」蘇娜以冷酷的口吻回答，「他殺了我哥哥，記者華勒．羅伯森。一九五六年他還在維澤島殺了一名少女，她叫蘿拉．馬汀朵蒂。」

「蘿拉？那個失蹤的女孩？」

「你們最好跟兩位警察同仁談談，史諾理．埃西森和克里斯欽．克里斯欽森——他們負責調查那兩個案子。他們需要……」

蘇娜停下來，腦袋一陣暈眩。她勉強踉蹌走過索荻絲身旁，走過達拜圖身旁，在角落地上坐下，茫然看警察護送達拜圖走出房間。

她腦中滿溢華勒的回憶，當時不重要的普通時刻，現在都充滿意義。他的笑容，他對工作的熱誠。達拜圖不該小看華勒，他接下這麼重大的報導，就一定會把事情做好。現在要靠她完成他開始的志業了。

「我們要帶達拜圖去柯維斯街的警局。」兩名警察離開房間時，其中一人說，「跟妳們約在那兒見好嗎？」

索荻絲向他保證，「我們會過去。」她轉向蘇娜。「太感謝妳跑來了，謝謝妳……好吧，妳跟蹤我吧？」

蘇娜點點頭。

「妳才離開，我就打電話到報社想找達拜圖。」索荻絲解釋，「他們說我到這裡能找到他……然後……」

蘇娜再次閉上眼睛，感覺虛弱到無法回答。

「孩子，接下來就沒事了。」索荻絲溫柔地說，「我們去做個筆錄，妳就可以回家休息了。我可以幫妳聯絡誰嗎？」

蘇娜一時沒有回答，後來才說：「古納，嗯，妳可以聯絡古納。」她本來要說瑪格麗特，但最後改變了主意。「古納．古納森，我跟妳第一次見面時他陪我去。」

「妳知道我在哪兒能找到他嗎？妳有他的電話號碼嗎？」

蘇娜努力回想，但她的頭腦太混亂了。「電話本有他的電話……古納．古納森，神學院學生。」

索荻絲說，「交給我們吧。」

蘇娜只想回家睡覺。等她恢復精力，她會立刻開始寫作。

不過報導絕對不會刊在《威庫巴迪報》。

一九八六年

十一月一日

幾乎毫無預警，聖誕節就近在眼前了。

蘇娜到市中心散步一圈，在哈夫納街的觀光禮品店櫥窗前短暫駐足，欣賞應景的裝飾，包括冰島傳統的十三名聖誕老公公。

她要去熟悉的愛店莫卡咖啡廳，不過這次她的伴不是華勒，她要跟古納一起享用咖啡和鬆餅。過去幾週，他成為她生活中越發重要的存在。聽他暢談神學，她甚至覺得很可愛，不過她想她一直都有點暗戀他吧。達拜圖遭到逮捕、冰島人民得以聽聞真相的那一週，世界整個翻天覆地，但他都陪在她身旁。

報導刊出的那天晚上，古納邀蘇娜去了劇場。雖然她不常看戲，她仍欣然赴約，當晚成功忘卻了一切。短短兩到三小時之間，她的思緒一次都沒有飄向華勒、達拜圖或維澤島，非常神奇。

今天晚上，他邀她去看冰島國家歌劇團演出《吟遊詩人》的最後一場。這也不是蘇娜平常會有興趣的表演，但她順著他的建議走。他們的戀情正緩緩從容起步，她一點也不趕。況且她的報導——她和華勒的報導——掀起了一陣媒體風暴，現在她不需要任何其他的刺激了。不過她成功說服古納在看完歌劇後去城市飯店跳舞，畢竟今天是週六晚上。

最後她選擇在《晨報》發表文章。瑪格麗特的父親尤庫奇強烈推薦，於是蘇娜同意跟兩位編輯見面喝咖啡。他們說服她這樣的文章從各方面來看都是重大報導，應該刊在全國最大的報紙。他們還提供報社實習的機會，從新年開始上工，當作額外誘因。

她深知自己手握年度最大的獨家，便冷靜沉著地聽他們列出條件，然後問道：「報導絕對會刊在頭版吧？」即使她非常清楚《晨報》的頭版向來都保留給國際新聞。

編輯遲疑了一下，不過其中一位終究回答：「好，沒問題。」於是他們達成了協議。

報導在十月十八日刊出，正好是華勒過世後兩個月。報社讓蘇娜選擇日期。最後她必須讓出週六報和頭版的部分版面給冰島總統，因為他去梵諦岡拜見教宗，不過至少是共享版面適切的對象。頭條附上蘿拉、華勒和蘇娜的三張照片，兄妹兩人都冠名為撰稿人。

她可是日以繼夜努力潤飾文稿。

達拜圖自白了，但她不想在頭版放他的照片——對她來說，那個混蛋和與他共謀犯罪的小夥伴只配放在內頁。歐樂芙和索荻絲也沒能輕易脫罪，肯定都得承擔掩飾謀殺案的罪責。這起醜聞震驚冰島，文章刊出後，媒體陷入爭相報導的瘋狂狀態。目前事件仍是頭條新聞，兩個電視台都採訪了蘇娜——其中一位製作人甚至稱她是**真相的信差**——冰島民眾也因此嚴正討論起打擊貪腐的重要。各黨派的政治人物都搶著表態；保羅被迫辭去市議員，赫尼．艾佛德丟掉一個接一個合約，蘇娜聽說他快破產了。他們也避不了以共犯名義遭到逮捕的風險。不過索荻絲奇蹟似躲掉大部分的批評，大概因為她是國寶級的演員，而且即使她拖到最後才鬆口，蘇娜仍指名是索荻絲指點她和華勒調查的方向。

現在蘇娜走過市中心時，她發現行人會認出她，偷偷看她並互相低語。原來這就是出名的感覺——或至少接近出名吧。她並不介意；她覺得她能習慣這種關注。

達拜圖遭到羈押，《威庫巴迪報》從雷根與戈巴契夫高峰會以來就沒有出刊，報社職員都一一辭職了，沒有人想替達拜圖工作。其他報社則開始調查《威庫巴迪報》的財務狀況，以及據傳從奧塔、赫尼和已故的芬努收到的資金：這五名在學友人的互助結盟確實非常縝密。達拜圖大多隱身幕後，避免公開他與其他人的關係，不過看來他長年利用自己編輯的報導保護友人的利益。他唯一犯的錯就是允許華勒花那麼多時間調查蘿拉。蘇娜心想，他的過度自信導致慘痛的下場。她覺得達拜圖自認沒有人動得了他，深信祕密成功隱瞞了這麼久，絕不可能見光。或許他也認為掌控所有關於蘿拉的報導對自己更安全。

報紙揭發蘿拉謀殺案的重大發現時，冰島民眾很快就忘了雷根和戈巴契夫、新的電視台、建城紀念日和最近佔據新聞報導的其他事情。不過總有一天，大眾對這則新聞的興趣會淡去。蘇娜已經準備好了。她打算休息到聖誕節，或許終於找時間去跟埃里亞斯．馬爾喝咖啡，稍微寫一點論文。

她也會給古納一點機會，看他們怎麼發展。

華勒過世以來，她第一次感到心底冒出一絲開心的期待。即使發生這麼多事，她仍等不及聖誕節到來，並打算北上到胡薩維克跟父母共度佳節。過了新年，她就要投身新聞界，帶著自信與滿心熱誠，準備改變世界。

至於她的論文，這個嘛，總有一天會寫完的。一點也不急。

後記

二〇二〇年一月，我們共進午餐閒聊彼此對犯罪小說的共同喜好時，拉格納首次提案這個主要發生在一九八〇年代的故事，講述發生在維澤島的陳年失蹤案。我們剛好都是那個時代的人，都記得當年無憂無慮的快樂時光。雷克雅維克市大舉慶祝建城兩百週年時，十歲的我們也跟著群眾去搶那個兩百公尺長的蛋糕。我們也記得八〇年代冰島經歷了快速的變革。由於我們個性非常不同，觀點也不同，撰寫過往年代以及與當今無關的獨特社會問題，感覺頗為自由。

那次午餐後不久，新冠肺炎疫情來襲，改變了所有人的生活。這段期間，能夠隨時把心思轉向蘿拉和她的失蹤謎團，竟有療癒的效果。我們寫作的過程很閑散，沒有外部壓力，都在其他工作之間偷閒進行，主要是為了我們的共同興趣自娛而寫。

到了二〇二二年春天，我們的合寫專案終於看到終點了。雖然直到最後一刻，我們都還在爭執某些細節，但我們可以真心坦承寫這本書帶來無比的喜悅，希望讀者閱讀時也感受得到。

為了調查故事背景，我們研讀老報紙，鑽研那個年代的人和議題。雖然有些當年的知名人士在故事中客串出場，所有主要角色都是我們自創的。回顧一九八〇年代中期的生活和文化，包括音樂到食物的各個層面，對我們來說當然也非常有趣。

撰寫過去的故事必然極為複雜，即使盡力了，我們的作品仍可能錯誤描寫當年的冰島社會。為了劇情，我們也擅自調整了一些微小細節。

蘇娜跟埃里亞斯．馬爾討論他翻譯的阿嘉莎．克莉絲蒂小說——以及著名作曲家不認同埃里亞斯．馬爾過去翻譯克莉絲蒂的作品——其實來自拉格納和詩人的真實對話，讀者知道了應該會覺得很有趣吧。

把這樣一本書化為現實需要許多人的協助，包括我們在英國Penguin Michael Joseph出版社和冰島Bjartur & Veröld出版社的優秀團隊，以及我們高超的英文譯者Victoria Cribb。謝謝我們的家人提供有用的建議，並閱讀我們的手稿。我們也要感謝所有讀過本書原稿的朋友：Björn Gíslason、Halldóra Björt Ewen、Hulda María Stefánsdóttir和Víkingur Heiðar Ólafsson。書中的任何錯誤都是作者的責任，不過我們希望讀者記得這個故事從頭到尾都是虛構的。最後，我們誠摯希望讀者喜歡這個故事，並享受回到一九八六年雷克雅維克的體驗。

雷克雅維克，二〇二二年夏
卡特琳·雅各布斯朵蒂
拉格納·約拿森

臉譜小說選 FR6617

冰島謎蹤：雷克雅維克懸案

Reykjavík

原著作者	拉格納・約拿森（Ragnar Jónasson）、 卡特琳・雅各布斯朵蒂（Katrín Jakobsdóttir）
譯者	蘇雅薇
書封設計	莊謹銘
責任編輯	廖培穎
行銷企畫	陳彩玉、林詩玟
業務	李再星、李振東、林佩瑜
副總編輯	陳雨柔
編輯總監	劉麗真
事業群總經理	謝至平
發行人	何飛鵬
出版	臉譜出版 台北市南港區昆陽街16號4樓 電話：886-2-25007696　傳真：886-2-25001952
發行	英屬蓋曼群島商家庭傳媒股份有限公司城邦分公司 台北市南港區昆陽街16號8樓 客服專線：02-25007718；25007719 24小時傳真專線：02-25001990；25001991 服務時間：週一至週五上午09:30-12:00；下午13:30-17:00 劃撥帳號：19863813　戶名：書虫股份有限公司 讀者服務信箱：service@readingclub.com.tw 城邦網址：http://www.cite.com.tw
香港發行所	城邦（香港）出版集團有限公司 香港九龍土瓜灣土瓜灣道86號順聯工業大廈6樓A室 電話：852-25086231　傳真：852-25789337
馬新發行所	城邦（馬新）出版集團 Cite（M）Sdn. Bhd.（458372U） 41, Jalan Radin Anum, Bandar Baru Sri Petaling, 57000 Kuala Lumpur, Malaysia. 電話：603-90563833　傳真：603-90576622 電子信箱：services@cite.my
初版一刷	2025年8月
ISBN	978-626-315-666-1

城邦讀書花園
www.cite.com.tw

售價：450元

（本書如有缺頁、破損、倒裝，請寄回更換）

國家圖書館出版品預行編目（CIP）資料

冰島謎蹤：雷克雅維克懸案／拉格納・約拿森（Ragnar Jónasson）、卡特琳・雅各布斯朵蒂（Katrín Jakobsdóttir）著；蘇雅薇譯. -- 初版. -- 臺北市：臉譜出版：英屬蓋曼群島商家庭傳媒股份有限公司城邦分公司發行, 2025.08
　面；　公分. --（臉譜小說選；FR6617）
譯自：Reykjavík.
ISBN 978-626-315-666-1（平裝）
881.257　　114007469